U0919888

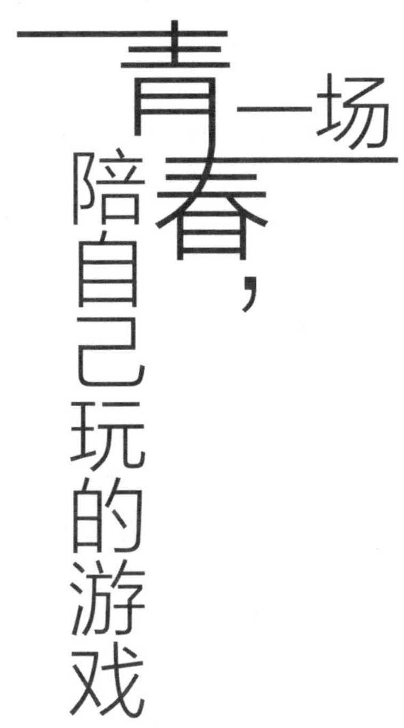

青春，一场陪自己玩的游戏

李绪恒 著

QINGCHUN
YICHANG PEI ZIJI
WAN DE YOUXI

命运从未刻意安排，
它只是被生活偶然地放置于此处，
走上前，接住它，我们开始独自长大。

SPM 南方出版传媒 广东人民出版社
·广州·

图书在版编目（CIP）数据

青春，一场陪自己玩的游戏 / 李绪恒著. — 广州：广东人民出版社，2016. 4
ISBN 978-7-218-10758-5

Ⅰ. ①青… Ⅱ. ①李… Ⅲ. ①长篇小说—中国—当代 Ⅳ. ①I247. 5

中国版本图书馆 CIP 数据核字（2016）第 044039 号

QINGCHUN YI CHANG PEI ZIJI WAN DE YOUXI
青春，一场陪自己玩的游戏
李绪恒 著

出 版 人：曾 莹

策　　划：肖风华
责任编辑：温玲玲
责任技编：周 杰 黎碧霞

出版发行：广东人民出版社
地　　址：广州市大沙头四马路 10 号（邮编编码 510102）
电　　话：（020）83798714（总编室）
传　　真：（020）83780199
网　　址：http：//www. gdpph. com
印　　刷：珠海市鹏腾宇印务有限公司
开　　本：889mm × 1194mm 1/32
印　　张：10　插　页：2　字　数：190 千
版　　次：2016 年 4 月第 1 版 2016 年 4 月第 1 次印刷
定　　价：35. 00 元

如发生印装质量问题，影响阅读，请与出版社（020-83795749）联系调换。
售书热线：（020）83795240　83780517

光阴柔软婀娜地融化进我们的节奏

无声地推摇着一个转经筒默默轮回，

把一切开始、结束、未知随风化于路途之上。

当冰冷的人心接触滚热的胸腔，
我在你胸前的皮肤上液化，
我激励你勇敢奔跑。

静静地看着静静的一切结束，
我真的好困了。

目录

青春，一场陪自己玩的游戏

01
时间风尘仆仆，而你在哪里

“程总，请原谅我的不礼貌，我想再次跟您重复一次，这份竞标方案我需要与您进行更加细致和周密的研讨，这次行动对公司有怎样的重要性，我相信我和您，包括黄总的看法是一致的。”

“吴经理，我欣赏你的态度，也认同你的说法。但是，无论这件事多么重要，为它做准备有多么迫切，在今晚，它们都是例外。我无法跟您说明更多情况了，失陪。”

我找不到我的司机小雅了。我吩咐手下前往相关部门取来了她预留的联系方式，接通她的手机后，她听出是我，立马支吾着说不出话了，这时手机那头又适时地传来了男人关切的询问，抹杀了她最后找借口的机会。曾经我雇用过数位司机，他们开我的车去接送孩子上学我没意见，但我绝对不允许他们去搭载陌生女人。不是我不喜欢自己的物品被他人利用的感觉，我只是觉得这样对那些上了车的女人不负责，无论她们是否纯良。如果她们与你在车上的所作所为都是以那台车是属于你的为默认前提，那么这就是一种欺骗。那几任司机前赴后继地栽倒在了这条沟壑里。有一段时间我没有再雇用司机，但我工作之余的精力的确无法亲自驾驶。我想了很久，唯一的办法就是雇用一位女司机，没想到她也会去搭载男人。

我彻底绝望了，没有心情再去教育小雅什么。这时黄文丰路过这里，问我是不是遇到什么困难了。大致了解情况后，他把自己的车钥匙给了我，说道：“你要赶时间的话先用我的车吧。”

我看了看钥匙上醒目的奥迪车标，问道：“你还有其他车子么？”

“今天没有了。你觉得这车拿不出手吗？”

“不是，算了，谢谢。”

我再次联系小雅，让她尽快把车子开到窖垄高速的一号入口。我打了个的过去与她会面，让她从驾驶位上下来。

“您这是要辞退我吗？”她慢吞吞地下来，小脸已经扭成了一只苦瓜，带着哭腔说道，“程总，您先前听到的那个男人的声音，是我的未婚夫。他是个消防员，今早执行任务的时候负了伤，腿骨折了，坐公交回家太艰难，我估摸着您这么晚了不会再用车了，所以才……”

我说道：“这不过分，但你为何要关掉平时我和你联系的那个手机呢？”

她声音更没底气了：“我这不是心虚嘛，毕竟这也是公车私用。”

我说道：“行了，你回去吧，今天我想要自己开车。”我给了的士师傅一张百元钞票让他送小雅回家。

深夜的高速路段全面陷入了漆黑，规整排列的路灯连接成了一排纯黄色的灯光。我的心里突然想起了一些很不好的东西，苦闷孤独的错觉堵满了胸口，似乎以后的日子都无法消解。因为焦虑，我把油门踩得越来越深，车速加快也毫无察觉。我想开启导航的定位功能，摁开电源后却怎么也检测不到卫星，只好关掉它打开了音乐播放器，空白了几秒后，音乐骤然响起。

只求望一望　让爱火永远地高烧
青春请你归来　再伴我一会
若果他朝此生不可与你　那管生命是无奈
过去也曾尽诉　往日心里爱的声音
就像隔世人期望重拾当天的一切
此世短暂转身步过　萧刹了的空间
只求望一望　让爱火……

就在这时，音突然没了，车身的右后方接收到了一股强大的力量。我像所有司机一样先后用上了刹车和方向盘，但车做的是旋转运动，这两者无济于事。我对驾驶的原则一向是尽力做好各项主动安全防范工作，但我也知道，只要坐进了车里，总有那么百分之几的比例是无力控制的。我放松身体松开手脚，我愿意接受最坏的结果。

还好这台帕萨特的稳定性不错，原地旋转后安然停了下来。我下车，看到一台小型的奔驰车钻进了我的后备箱，开车的是个小姑娘。

起先几分钟我没去打扰她，让她自己稳定一下情绪，但她似乎并没有受到什么惊吓。她的车还能开，我指挥她和我一起把车挪到安全地带。

我把她请进了我的后座，跟她讲了讲交通法关于主道辅道的规定，可她听不进去。我拿起手机上网，把交通法调了出来，指出相关条文给她看，她说她理解不了专业术语。我从钱包里掏出一张卡，对她说道："我身上所有的钱都在这里了，以我多年的养车经验，这些钱够你修好车的了。"

她直截了当地表示不相信我，坚持要让交警来处理。

我对她说道："你听着，今天我开车出来，是要去接我的一个哥哥的。换做其他任何时候开车出来，我都不会为这种事跟你争，但今天，恳请你高抬贵手行个方便。我们素昧平生，我的确没有理由要求你相信我，我给你这张卡，只是想让你知道，我没有想逃避责任，也没有想占你的便宜。"

她说："你是个有哥哥的人，我也是个有哥哥的人，我们后面那台车，就是我哥哥送给我的。他是个青年才俊，很有眼界也很有能力，可是他就在几周前被查出了强直性脊柱炎，这种病……算了，我不必跟你说这些。我想说的是，你所说的在感情上我可以接受，但是从小到大我的家庭就教育我要按规则和流程办事，遇事第一时间找警察。 请你给我 10 分钟的时间考虑一下行么？”

“行，当然可以。”

在约莫 7 分钟的时候，一台交警的巡逻车从我们身旁经过。 他们看到了我们，一位交警敲了敲我的车窗：“两位，请下车，请把现场交给我们的同志来处理。”

交警队长要走了我们两儿的车钥匙，吩咐手下带我们到附近的办事处等候。 看了看办事处里的钟，已经过了午夜了。 小姑娘显得有些拘谨和尴尬，不敢抬头看我跟我说话。我坐在角落里的一张椅子上抽烟，烟盒里最后一根烟香火熄灭以后，我走出屋子去透透气。

屋外是一条窄窄的水泥路，我散着步，想象着这条路的起始和尽头有怎样的景色，在高速路边修一条这样的小路用意何在。 路的旁边是一些不知名的野花杂草，它们是最自由的，膨胀成了千奇百怪的形状。 我想也难怪，没有环卫工人有闲暇来修剪这种地方。 在这浓稠漆黑的夜色里，就以这样频率的步伐走着，我的意识竟渐渐剥离白天所见的那些板上钉钉的实景，开始游荡进了时间和空间那恍恍惚惚的失去了方向的隧道。 远方浓稠的黑夜一点点渗透进了午后的光亮，那些以不明形态出现的感官黏附在了我的身体上，然后包裹住了我，从头到脚变得清晰了起来，清晰地复原了那些早已逝去的年代尚还存在着时代鲜活的印记。伊始稀疏的光亮终于在脚步起落间充盈照亮了整个天穹，而我还是像刚才一样散着步，重新用眼睛感受着20多年前曾经出现在自己眼睛里的景象。飘散的记忆聚拢了过来，那一下子我看到了，我现在正走在故乡的一条街道上，不久前刚从一家卖唱片的店子走了出来。走在我身旁的是小朱哥哥，他正在把一张刚买的碟放进自己肩上那个风尘仆仆的行李包里。

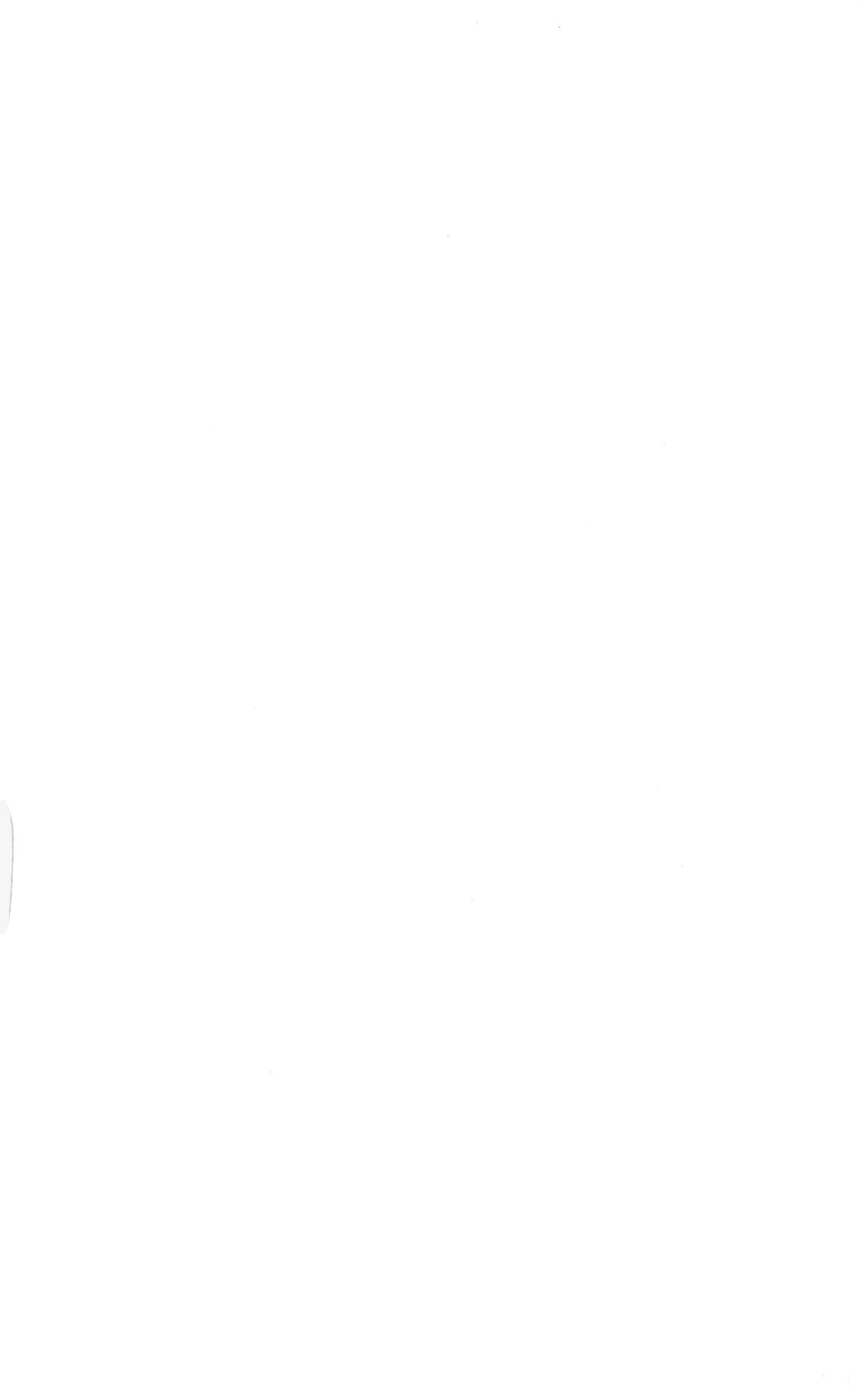

02
过去你曾寻过某段失去了的声音

今天是 8 月 31 号，明天就要正式开学了。

而我现在正在前往市里火车站的路上，迎接小朱哥哥从新疆归来。他的姨妈是新疆人，后来和一个汉人结了婚，那个男人是来自内地的一位数学家，因为所属单位开展援疆事业被调动到了那里。数学家长期坐着搞研究缺乏锻炼，到了那边严重水土不服，有次大病一场后跋山涉水才找到一间漏风的土诊所，看病的疆民们已经排到了屋外。好不容易见了医生，因为语言不通，医生难以给他对症下药，只让他自己回去多喝点热水。他空着手走出了屋子，绝望地靠在墙边，默默注视着远方的天山，掰着手指盘算还得多少个日夜才能离开这个地方。这时一个护士路过，看到了他，试探地走到了他身边。她用尽各种办法与他进行简单的交流，凭着并不丰富的医学知识给他诊断，然后跑进诊所拿了几味药给他。这在当地属于违规操作。姨夫在那一刻就决定再也不回去了。小朱哥哥告诉我，他姨父的原话是，都怪天山脚下的景色太美丽，人在美景下容易意识迷乱进而做出冲动的决定。几年后他就私自与这位护士，也就是小朱哥哥的姨妈在当地结婚生子。原单位的领导在不知情的情况下还在单位里给他举办了一次表彰大会，号召其他同志们学习他这种吃苦耐劳坚守边疆的奉献精神。 后来小朱哥哥的母亲也模仿姐姐跟汉人结了婚，不过这次是她跟随他父亲回到了内陆，也就是我所在的小镇。 很长时间我都沉浸在对小朱哥哥的姨父母那次偶遇的美好想象中，我把这件事讲给一些年纪比我大一些的人听，他们跟我说，你听听就好，别太认真了，这种事情是在那个特定的纯真年代才会发生的。 我把他们的话告诉小朱哥哥，小朱哥哥跟我说，这个跟年代没太大的关系，主要还是机缘巧合。那时的我还无法理解什么叫机缘巧合，其实我估计他也不理解，只是字面意思大概沾边就套用上去了。 我充满求知欲地看着他，他说他要想想如何形象生动地跟我解释。 一会儿后，他说：“两个人能不能跨越内陆与边疆相遇，能不能跨越大陆与海洋相遇，他们能从相隔多远的地方走到一起，这个要看最初的缘分。 他们相遇后能否相守，能快乐地待在一起一天，还是平淡地互相陪伴到老，这个要看一辈子的缘分。”于是从此之后很长一段时间，我的朋友们向我倾诉他们的悲欢离合，我都用缘分这套说法来向他们解释。

多年后我因为种种原因去了一趟新疆，拜访他姨妈一家，姨夫的知识谈吐着实称得上一位渊博的学者。 小朱哥哥的姨妈拥有一个果园，他住进了那个果园，帮姨妈打理园子里的各种事物，学习如何把一个果园经营起来。

我没有走上月台，只是站在火车站外的墙边等候。 我的头上印着已经发灰褪色的“科学技术是第一生产力”几个大字。这句话在我小时候曾经风靡流行，我的童年很多玩乐时间都是在父亲的车间里度过的，那时候我不知道这句话在讲什么，在我眼里生产力就是螺母和螺丝，扳手和榔头。如今这句话已经衰微了，我终于明白了它是多么正确，我试图去学好我的数理化，可惜事与愿违。隔着厚重的红砖墙，火车悠长的汽笛声在天际回旋，车头烟囱里浓稠如墨染的黑烟爬上墙际，缓缓消融进了那方低矮的天空。

坐火车的人零零散散地走出了车站，在稀疏的人群中，我们俩很快相认。也许是因为我身高处在快速增长阶段的原因，我眼中的小朱哥哥似乎没有以前那么高不可及了，他的面容越发地消瘦憔悴，笑起来的时候眼角会泛起细碎的鱼尾纹。

火车站外就是汽车站，这儿有双节的接驳公交车直通县中心。这趟车调度失误是常事，比如今天，我们就等了很久很久，本来不多的火车乘客们纷纷选择其他交通工具离开。小朱哥哥身上棕色的长裤和深灰色的长袖衫一尘不染，只有靴子上沾满了果园里带来的泥巴。汽车站只剩下我们两个人时，我闻到他身上有一股被阳光熏烤过的淡香。

车上很安静，上车后他跟我讲了这2个月里他在果园的生活。凌晨4点起床，给果树修剪枝叶，翻搅土壤，驱逐掉果园边缘低矮灌木丛上的害虫。他边干着这些边感受着太阳渐次照亮整片大地的全过程。干完活儿后差不多已经上午八九点了，他会去果园里的一座小木房子再睡一次，其实只是一个由几块木板钉成的小隔间，里面有一张藤条捆绑成的吊床。他半裸睡上去，睡到自然醒，骑着姨夫的小摩托车去集市里给一家人购买生活物资，偶尔也会骑远一点去一个专门卖狗粮的店铺给果园的看门狗改善伙食。

下午是他的自由活动时间，他会到果园对面的一条小河那儿去看书，一直看到天色昏暗看不清书上的字。与姨妈一家人吃完晚饭后，他会教几个堂兄堂姐说普通话，对方也教他说新疆话。夜晚他负责看管果园，沐浴着清冷的月光，查遍每一个角落。

他能玩得这么开心的一个原因是他的寒暑假作业从来不写。我曾经问他，你老师不会管的吗，他说，“老师管不管从来不在我的考虑范围。我写作业前会把作业分成两类，重复练习的和拓展思维的，前者随便做，后者认真做，而寒暑假作业则完全属于前者。我于是也把这套理论运用到了我的作业上，惨遭老师呵斥并打回重写。”

听他描述着新疆万里无云的天空，驮着货物的骆驼长途跋涉时疲惫呆滞的眼神，四面八方而来的夹杂着土腥味儿的和风，随处可见的能在任何音乐下起舞的维吾尔族少年，我却难以把那段生活的具体模样套入自己的脑海中。

公交车在县里的车站停站。我们的县名叫秋港，小朱哥哥很喜欢这个名字，每次从外地回来都要表示一次自己的喜爱。他说这个名字很有意境，有一种离愁别绪。相比之下，香港就有所逊色。但我其实更向往香港，我是接触到第一批引进港片的少年，影片里所描绘的城市多彩而神秘，让我心驰神往。县里播放港片严格按照一张计划表来，下一部片子是将在下一个月放映的《赌侠》，这让我在这空虚无趣的几个月里找到了唯一的期待。下车后，我们沿着以往熟悉的道路行走，走上了一条街道。

狭长的街道中央，是一家卖唱片的店铺。这个店虽然面积不大，但它的屋子很特别，在一堆砖瓦房屋中有着独特的全木质外形。店主把自己的种种藏品都钉在了墙壁上，泛黄的老式唱片和歌星的签名海报交相辉映。这里是颓废者的聚集地，充满了形容枯槁的文艺青年和百无聊赖的无业游民。

此时萦绕在屋子里的是用欧式古典乐器演奏出来的纯音乐，音调低沉绵长，把屋里的空气都揉碎拉长了。我们俩细细浏览着被摆放出来的光碟和磁带。走到柜台旁边时，小朱哥哥指着一张碟对店主说道："麻烦你，我想听一下这张。"

"这张碟是我的私人藏品。"店主说道。

"您的意思是您不卖？"

"不不不，我没有这个意思，我只是很欣赏你的眼光。"

硕大的电子机器慢吞吞地把碟吸了进去，这样的歌声很快响彻了整个屋子。

原谅话也不讲半句　此刻生命在凝聚
过去你曾寻过某段失去了的声音
落日远去人祈望留住青春的一刹
风雨思念置身梦里总会有唏嘘
若果他朝此生不可与你　那管生命是无奈
过去也曾尽诉　往日心里爱的声音
就像隔世人期望重拾当天的一切
此世短暂转身步过　萧刹了的空间

这是一首粤语歌，我们听不懂它在唱什么，但因为它的旋律太动人，我们忍受不了不知道它的歌词是什么，于是向店主买下它。

店主指了指封底的价格标签，说："你们就按这个数给吧，这张碟我不赚钱了，我也是花这个价买来的。"

我瞅了眼标签，我的内心是无法接受这个价格的。我正准备跟小朱哥哥再作商量，他已经把钱堆到了店主的柜台上。

"小朱哥哥，我怎么觉得这碟贵得有点儿不正常啊。"那时我的消费观还比较幼稚，习惯于把精神产品物质化后进行估价。小朱哥哥说道："别把这事放在心上了，我爸妈很鼓励我学习音乐，只要是购买与音乐有关的商品，费用全部由他们负责，我待会儿就去找他们要钱。再说，这碟是我们俩一起选中的，就算是咱们的共同财产吧。”

快到我们家门口的时候，我有意识地问起他待会儿有什么安排，他说：“我要去剪个头发，然后补完暑假作业。”

听了他的话我感到了深深的悲哀，因为他打破了自己的原则。他对我说：“程循，对不起，以前我跟你说的话没有考虑清楚。我把写作业这事看得太严肃了，它只是一个提高成绩的手段。为了达到这个目的，重复性练习反而是最有效的。我的想法在本质上是没错的，只是具体情况要具体分析。”

这时已经走到了我家门口了，我顺势邀请他进去坐坐。

推门进屋的时候，我姐姐很高兴地出来迎接我们。她和小朱哥哥的关系是这样的——他们俩是小学同班同学，有一天姐姐被一个男生欺负了，一个人站在教室里哭，小朱哥哥二话不说，得知是谁后直接找到那个男生，严肃地跟他说，以后你不准欺负程萱。这个男生的爹是部队里的将军，他大声地说我没有欺负程萱，小朱哥哥声音更大地说程萱说欺负了就是欺负了，然后他俩就打起来了，小朱哥哥的眼睛被打肿，鼻子冒血。第二天三方家长会面，将军首先发言，说我已经家法教育过我的儿子了，如果没有了解错的话，昨天的情况并不是我的儿子揪着你的儿子打，而是两个孩子互相打，这种情况一般是不用分是谁的责任的。如果您没意见的话，从今以后他们俩就是兄弟了，你的儿子如果再和谁发生冲突，我的儿子一定会保护他的。

这话听着总觉得哪儿有点儿别扭，所有人都哑口无言了。许久后，我的父亲说：“这位将军，我作为第三方想说两句，希望您不要见怪，您不能只关心打法，也应该看看结果。事实上您的儿子只受了点儿皮外伤，而那位朱翰杉小朋友已经鼻青脸肿了。”

这话说完后，将军眼珠子一转，立马说：“也对，咱们解放军不占群众一针一线的便宜，总是应该把最大的实惠让给人民。这次的责任都算在我们头上，朱翰杉小朋友全部的医药费由我包了。”

小朱哥哥的父亲说：“这位将军，您之前说得对，这种情况不需要分是谁的责任。我是一名主任医师，医药费的事我们自己能承担，您让您的孩子明白道理就行了。兄弟的事儿算是认下了，但我更希望两个孩子以后在学习上互相帮助，而不是并肩携手去打打杀杀。还有，程先生，您的好意我心领了。”

时间证明了那个男生的心意。他不是欺负姐姐，而是喜欢她，或者说因为喜欢的方式太激烈而给女生造成了欺负的错觉。这位军人的后代在幼年就表现出了对爱情的执着，这次事之后依旧对姐姐穷追不舍，每天放学坚持要送她回家，为了给她送礼物把他爹的军功章都偷了。有一次，将军携夫人拜访了我们家，还拉来了一套全新的真皮沙发。他对我的父亲说，能不能让你的女儿做我儿子的女朋友。姐姐在小学的生涯里第一次受到了正式的提亲。我母亲当场就发飙了，说孩子不懂事你们大人也跟着瞎胡闹么，小学都没毕业的孩子懂什么男朋友女朋友的，是不是没人教你怎么当爹呢，快把你的东西拉回去。将军连忙赔笑："嫂子息怒，我的儿子对你的女儿是全心全意用情至深。"父亲打起圆场："孩子他妈，来者是客，不得无礼。"然后转向将军，"将军先生，您跟我说这些没用，这个还得看我女儿程萱自己的意思。今天我把话撂这儿了，只要你儿子能追到我女儿，我绝不反对。"

这样的状况继续维持了一个多月，将军给儿子办理了转学手续，转到了省城的一所贵族学校。而小朱哥哥痊愈出院后也固执地抗拒上学，老师跟他家访谈了数次，他每次什么原因都不说，就是摇晃着小脑袋不肯走进学校半步，他父亲也没办法，于是给他办理了转学手续，转到了省内另一座城市的一所小学。临走的时候，姐姐把家里的电话号码留给了小朱哥哥，每个周末他们都会通电话聊天。小学毕业后，小朱哥哥回到秋港来上中学，两人终于在一起了，但因为学习任务都繁重，联系反而变得稀疏起来。

姐姐随口问了他几句路上的情况，让他坐在沙发上等待。

"也不知道是不是你分析准了，它真发表出来了。"姐姐从房间里拿出来了一份报纸，这是一份近期的《秋港日报》，报纸上还余留着油墨香味儿。

上个学期的时候，姐姐向她们学校的文学社提交了入会申请，文学社和所有校内社团一样，有些无理但必需的入社要求，它的要求是要在正规刊物上发表过时评。那时候姐姐连期末考试的备考都搁到了一边，一个星期不舍昼夜，赶制出了一篇关于国有企业职工休假制度的评论，准备投稿给省里的大杂志《群众生活》。结果她投递完2个星期以后就被退稿了。她找来了小朱哥哥，他咬着笔盖把这篇文章翻来覆去看了好几遍，实在看不出有什么达不到《群众生活》录用标准的地方。他问道：“你这儿有《群众生活》吗？”

姐姐拿了一本杂志给他，他随手翻看了几页，说：“我估计他们不用你的文章，如果实在不是因为内容，就是因为篇幅了。你看这本杂志大体分为三个板块，封面故事、文化杂谈和特别报道。你的文章放到前者和后者太长了，放到文化杂谈里面又太短了。你只有两个选择，要么把它浓缩，要么把它扩充。”

姐姐文笔有限，两项选择她都做不来。小朱哥哥说，这几天我翻了翻我们县城的报刊，《秋港日报》的篇幅比较适合你，你把它投给它算了。姐姐咬着嘴唇想了会儿，说，可《群众生活》是咱们省里第一的社会类杂志啊。小朱哥哥说你也别把《群众生活》看得太神圣了，它的水准也不过尔尔，只是咱们省里没有其他同类的杂志了才让它当了这个第一。姐姐还是无法接受，说再怎么样杂志也是一本书，报纸只是一张纸啊。小朱哥哥笑了，说哥德巴赫说了从物质形态去看问题属于幼稚的眼光。《群众生活》你也可以把它当成是钉成一沓的报纸。再说你发这个的初衷不是为了满足入文学社那个要求吗?

姐姐说是啊。

小朱哥哥说:“这么说的话，有了这个敲门砖就可以了。以后你有时间认认真真写一些好的散文，咱们投给上海的《中文自修》。”

后来，姐姐的文章登上了报纸，她提交的入会申请也被批通过。

小朱哥哥离开我家前从他的行李包里取出一个小包裹，让我在里面选一个喜欢的。这里面有各种各样的新疆刀子，有宽宽的带着弧形刀刃的和又尖又细的如同一把缩小的利剑的。我在里面找出了一把短短的匕首，它有着玛瑙色的光滑刀柄。

03
一个开始的地方，用来夹叶子的本子

第二天，我和一个朋友刘力杰在教学楼相遇并一起朝教室走去，他手里拿了个本子，和我聊天的时候声音里有着掩饰不住的激动。到了我们班门口，我看到只有一个女生站在教室外面，她就是位子在我前面的那个女生。她站在走廊上阳光最耀眼的中心，丝毫没有注意我们来了，我们在远处看她也因为隔着一层光而显得模糊。但我知道在刘力杰眼里这是一幅令人迷醉心悸的朦胧画面。她在用一个小剪子仔细地剪下枝条上每个部位的树叶，然后小心翼翼地夹进一个本子里。刘力杰准备朝她走去，我拉住了他，说："等会儿再去，现在先别打扰她。"

一进教室耳边就充盈了女生们此起彼伏的声浪，她们分别了一个暑假，都极富热情而迫不及待地分享着暑假里的见闻。她们的声音都太过尖锐和嘈杂，我和几个男生朋友打招呼时都听不见对方的声音。我在座位上坐了一会儿，从书包里掏出小朱哥哥送我的匕首展示给其他朋友们看。这时候刘力杰按捺不住走出了教室，我用余光望向教室外面，看他和那个女生面对面站了几分钟，他心满意足地转身离开，女生手里拿着他的本子回到了教室里面。

“程循，你什么时候来的？”她见到我像是惊喜一般地说道。

“我来挺久的了，是你刚才太全神贯注了。”

她于是就在我前面坐下来，把自己的本子摊开给我看，对我介绍道：“每年不同的季节，我都会收集一些能代表那个季节的植物。当然不能是体积太大的，要能够夹在本子里的，回家之后我就会用胶水把它们粘起来。我在家查了日历，今天是盛夏的某一天。”

她把自己的本子收进书包以后，刘力杰送给她的那个本子露了出来。那本子的侧边是用线缠起来的，尺寸也比我们常用的作业本大了一圈儿，本子的封面是一幅似乎画的是日出的油画。

“你喜欢这个吗？”我随口问。

她笑了下说：“这个本子确实挺漂亮的，但我并不需要一个本子，我也不想老是接受他送的东西。但是他说这是他爸暑假加班单位给的奖励，只给了两本。他爸自己要用一本，他只有这一本了，他想把这本送我。他这么说我就不忍心拒绝了。”

“没关系，拿了就拿了。对他来说，唯一的东西能给你比他自己用更开心。”

她哈哈笑了起来，然后想了想对我说：“要不我送给你吧。”

“本子送给我有啥用，你见我什么时候做过笔记写过作业。”

她一下子认真了起来，说：“那么从今天开始，你要拿着它用来学习。”

“好吧，那我就勉为其难地收下了。”

我之所以这么说是因为我想起了我的另一个朋友郭君生。他此刻也待在这座教学楼，跟我同级不同班。以前我们出去玩的时候经过文具店，顺便一起进去买本子。文具店里有一个大的架子和一个小的架子，大的架子上放满了黑白灰的本子，纸张是用订书针钉起来的，封面上只有一条一条的条纹。小的架子上放着花花绿绿的本子，它们是用整齐漂亮的细线扎起来的，封面和封底都印了各种逼真的景物，五彩斑斓的画作，或一些那时作为偶像的人物形象。郭君生总是绕过大的架子在小的架子前驻足，越看越出神，放在裤兜上的手也越握越紧，然后默不作声地在大的架子上拿好本子付款离开。我也一向是和他一起在大的架子上拿普通本子的，这仅仅是因为我只把本子当成一个记录工具，并没有什么特殊喜好。当我以各种名义要买一本给他做礼物时，他又想方设法地把我拉走。

中午放学走出教室时，刘力杰来到了我的旁边，我把本子藏在身后朝他打趣儿道：“刚才你找什么理由把本子送给乔都的啊？”

他一脸不屑地说："以我和她的亲密关系，送个东西还需要找理由吗？ 我只是随便找了个理由，我说你现在用来夹树叶的本子太寒碜了，我送你这个，你以后就可以在它上面……"

"程循！"这时候郭君生火急火燎地跑来找我了，而我正走在前往他教室的路上。

"怎么了？"

他急得说不圆一句话，只说出了："白菜出事儿了。"

"他这个月已经是第三次出事儿了，他又怎么了？"

"这次出的事儿好像还挺严重的，具体是什么我也不太清楚，也是一个哥们儿刚才告诉我的，好像是被一群人围起来不让他走了。"

"在哪儿啊？"我们俩边说着边往外跑。

"好像是在量北路文济世那家中药铺子。"

"告诉高阳光了吗？"我问道。

"刚才那个哥们儿是先通知了阳光哥才跑来告诉我的。"

04
在机车上一起飞扬的青春

量北路在县城的北边，离我们学校还有一定的距离，坐公交车时间肯定是来不及的。好在我的单车就放在校门口，我们商定先骑我的单车到郭君生村里的家，到了那儿之后再把他父亲的摩托车骑出来一路赶往量北路那边，虽然不知道围困白菜的是一伙儿什么样的人，但顺便可以从他家拿一些农具用来当武器。

到郭君生家里后，我去屋后领来两柄镰刀和两把用来处理刚摘下来的水果的短刀，他去棚屋里把摩托车弄出来。

我出来的时候他刚好把摩托车推到了泥地上，我问他道："你会骑吗？"

他擦了擦额头说："不是很会，以前我爹教过我一两次。"

这台单薄的小摩托车就像一只趴在地上的小蚂蚱，除了座位以外其他地方都沾上了凝固的泥浆。郭君生使劲儿踩着启动杆，发动机一阵喘就是打不着火。

他急得骂娘，涨红的脸颊上汗水一滴滴地往下滑落。

"别着急，你急也没用。"我来到他的身边说，"让我试试。"

我使出吃奶的劲儿把他刚才踩的位置一脚踩到底，发动机终于噼里啪啦冒出黑烟然后轰隆轰隆地吼了起来。郭君生赶紧跳上车，把油门拧得一阵阵狂吼，载着我驶出村里的泥地，来到了车水马龙的街道上。

他一路上开得左摇右摆，不时地急刹，我们好几次险些连人带车栽倒在马路上。他使劲儿踩着档位，身后一阵滚滚的白烟。机器发出歇斯底里的吼叫，可速度怎么也上不去。身边的景物以同样的速度后退着，郭君生油门到底死命催促车子快点再快一点。

摩托车刚拐进量北路，我就看到中药铺子那儿围了好多人。我和郭君生带着镰刀跑过去，看到高阳光站在我们这堆人的最前面。

“阳光哥，怎么回事儿啊？”我挤到高阳光身边问。

他压低声音说：“我也是刚赶到，我前脚刚到你后脚就到了。我现在也不清楚到底是怎么回事儿。”

“不会有事儿吧？”我问道。

“会有办法处理的。”他的声音里不带一丝波澜。

对方那群人里面，一个身材瘦高、眼睛很小的男人走到我们面前，把刚抽完的烟蒂扔在地上，扫了眼我和高阳光问：“你俩谁是大哥？”

“我是。”高阳光说。

这男的挪开了身子，我看到他们的老大倚着墙双手抱在胸前，身边摆着一根约莫 2 米长的钢管。

见到他们老大的面容时，我的心里泛起一阵浓重的不愉快——世界真小，怎么又见到他了？

高阳光看了下我的表情，问：“你认识他？”

我说："以前见过。"

这人名叫王悦嘉，听起来像个斯文的女孩子，其实现实中的形象和名字完全相反。

我还清楚地记得，就在今年 10 月初的时候，我们兄弟几个去临县的落仙潭水库游泳。 北方城市的 10 月已经如同南方的腊月一样寒冷了，而最让我们着迷的就是这种冰凉的刺激。

我们在岸上的一块水泥坪上把自己扒光，清冷的空气侵入皮肤后我很快头脑发晕。

我们飞奔到河堤边上纵身跃进冰凉的水里。

我全身没入水中后，尖着嗓子骂咧的声音透过水面传到了我的耳朵里："你们是狗吗，土狗才大冷天跳水！"

这句话刺入耳膜后瞬间把我激怒了，原先透过皮肉刺入骨髓的寒冷一下被燃烧到全身每个毛孔的怒火逼退了。 我一丝不挂地上岸，右手捂裆冲那人吼道："你骂人什么意思？"

这个一本书没念过的混混那天不知是勃发了文艺情愫还是怎么着，带着新交的女朋友来到水库的堤岸边静坐。 他一边用手摩擦着衣服上的水渍一边更加大声地吼我："你要到别的地方发羊癫疯，老子还真不想管，但你看看，你跳下去溅得老子一身凉水！"

这人今天肯定是难得穿了件珍藏已久的深灰色双排扣夹克，他脱下湿了水的夹克，右臂紧紧搂住女友给她取暖。

"弄湿了你的衣服是我们不对，但你用不着骂出这么难听的话吧？”杨斌走到他跟前说。

“你们有错在先还嫌别人说话难听？”王悦嘉说，“况且我一直就是这么说话的，你们是有意见还是怎么着？”

“对，我就是有意见了。”我咬着牙用力地说。

“那你又能怎样啊，光屁股的小孩儿？”他寸步不让。

“你给我等着。”

我们几个不顾全身的水匆匆套上了衣裤。我当时觉得他太蠢了，我们好几条汉子，他就孤身一人还带着女友，要真拼起来他肯定占不了上峰。可就在这时，意想不到的事情发生了，从水泥坪后面，走出来了将近10个男的。我实在无法理解他这样的安排，把一个女朋友和十个兄弟同时带出来，自己和女朋友坐在堤岸边闲适地观景，让所有兄弟缩在水泥坪后面干等着。

见到这阵势，我赶紧带着兄弟们，在他们还没有开始动手之前赶紧逃跑。

此后我一直咽不下这口气，我找人打听到，那人名叫王悦嘉，年龄比我大个一两岁，在技校读书。

本以为这辈子都不会见到这个人了，不料会与他在这种情境下相遇。白菜贴着墙佝偻着腰，我看到他的衣领被撕裂，胸口全是指甲挠的道道血印，锁骨那儿皮肉都绽开来了。脸上也沾满了血污，几乎辨不清面容，嘴角深色的血液还未凝固。两条手臂被他们反剪在背后，肩膀上是被金属伤害过的血迹，应该是失去反抗能力后被他们死命抽了几下。看到他的模样的那一瞬间，我听到了自己拳头握紧后骨头挤压的声音。

不知王悦嘉第一眼是否也认出我了，他捋起袖管，一声不响地走到了我的面前。

“有话快说。”我对他的装腔作势忍无可忍。

“少在这儿装蒜了，别告诉我他三天前干了什么你们这些狐朋狗友都不知道。”王悦嘉说道。

“我真的不知道他干了什么，你现在告诉我吧。”高阳光说。

“他敢胆子那么大，怕是你这个做大哥的在背后给他撑腰呢。”

我心里咯噔了一下，闭上眼睛微微仰起头努力回忆，白菜三天前根本没跟我们在一起，我是的确无法在记忆中搜索出一丝一毫三天前白菜可能与他发生过什么的内容。

我鼓了鼓喉结镇定下情绪，对白菜说：“现在他在我们也在，你告诉我你三天前是不是干了什么见不得人的事儿。”

白菜见我和高阳光来了，顿时底气十足，吼着辩解道：“你们这群见人就咬的疯狗，你摆得出什么证据证明你的车玻璃是我砸的！”

“还他妈嘴硬！”刚才那个小眼睛对着白菜已经伤痕累累的小腹踢了一脚。

我不假思索地冲到小眼睛面前，一拳击打在了他的小腹上。 他疼得一下子弯下了腰，然后抱着我的腰准备伸腿把我绊倒在地。

“你放开他！”王悦嘉走过来把他从我身上拉开，让他站回原来的位置。

我回到了高阳光的身边，王悦嘉对着高阳光冷笑了一下，说：“看来你们是不想说什么了是吧。”

高阳光说：“我刚才让你告诉我发生了什么，你什么都不说。 没错，我是没什么好说的了。”

王悦嘉朝背后打了个手势，一个人把一根腕儿粗的钢管递到了他手里。 高阳光也马上拿过镰刀攥紧在手里。

高阳光出手之前，我先抬腿直接踢在了王悦嘉的肚皮上。那一下我都不知道有多重，他一下子疼得没反应过来，咬着牙蹲在了地上。 他的小弟们纷纷亮出了钢管和木棍，离我最近那个举起一块板砖往我头上扣。 我闪开了脑袋，肩胛骨遭到重击，一个趔趄差点儿没倒下。

高阳光挥舞着镰刀往他们那边砍过去，刺耳的金属撞击声接连不断地急速响起。 紧接着，郭君生和杨斌也冲了上去，跟他们扭打在一块儿。 对方的棍类武器横扫起来威力极强，我刚想往他们的人堆里冲的时候腹部和大腿就分别挨了重创。 我忍忍痛，在一片混乱中找到王悦嘉的身影，拿镰刀往他的身上戳。

不知为何我的刀尖总是与王悦嘉遥不可及。我使劲往前戳，却只砍到了他小弟们的胳膊、屁股，而我自己却清晰地感觉到身上的疼痛越来越剧烈。我用余光瞟了下周围，我们这边的兄弟体力已经捉襟见肘了，何兆雄是伤得最重的，左臂整条袖管都被戳得棉絮纷飞，但他也是打得最凶狠的，对方用钢管捅他，他就当那些钢管不存在，迎着他们走过去直接伸手用短刀割。

双方的体力都极快耗损，打斗的幅度却越来越激烈。就在我们打得昏天黑地的时候，身后突然响起了一个如击鼎般洪亮的声音："住手！"

我们满城格斗，这种劝架的声音早已进不了我们的耳朵。我继续与他们互砍，却发觉小腿被什么重重地绊了一下，整个人不可控制地朝前倒。紧接着一条粗壮的手臂把我的脖子箍住，顺势抢过我的镰刀甩到了一边，我毫无反抗之力，霎时与大地贴合。

我挣扎着抬起头，看到一个男的用行云流水的擒拿术把我牢牢制服，我在他手里就像只断了气的小白兔般无力。然后我又转过头去看王悦嘉，他也被另两名男子压制在了一棵树边。

确认我们都无法再站起来后，男子终于放开了我。我艰难地靠着墙壁站了起来，而那边的王悦嘉也是好不容易才挣扎着站直了身体。所有人都安静了下来。那个男的扫视了我和王悦嘉十几秒，然后开口指着中药铺子的牌匾：“我不允许你们任何人在我的地盘门口打架，听明白了吗？”

文济世的中药铺子在县里算是有一定规模的，我以前也来这里看过病，拿过好几次药，但我从来没见过这个男的，而听他说话也不像是新来的。他看起来20出头，一米七的个子，理着平头，穿着一身便装和军鞋。

他身后站着好几个男的，表情都像是在模仿他，一脸的冷漠严肃，没有小地痞那种不可一世的戾气。被分开这么久后，我们和王悦嘉两边都没有力气再恢复刚才那场战斗了。我把镰刀收起来，脱下外衣擦了擦脖子上的灰尘和血污。

我们和王悦嘉分别朝着相反的方向离开了。

我们晕晕乎乎地逛到了一条人烟熙攘的小巷子，大家都不约而同地放慢了脚步。这儿沿路都是些做糕点来卖的，空气中氤氲着白色热气。

“三天前你和他怎么回事儿啊？”高阳光拦住白菜问。

白菜一副闯了祸后羞赧的表情，搓着手苦笑了一下，有些难为情地概括：“那天吧，我们在电影院里起了点儿争执。”

那天正是《赌侠》上映的日子，白菜带着他的小女朋友羽琪挤过去观看。那时候的电影院一排总共有10个座位，第5、6个之间有条过道隔开。羽琪和白菜赶得比较早，所以买到了并在一块儿的6号和7号座位，8号座位那边坐着几个陌生的男人。片子开演前不到一分钟，王悦嘉突然风尘仆仆地赶了过来，站在羽琪左边的走廊上，瞅了眼票根上的座位号，躬下身来把脑袋凑到白菜耳边说：“哥们儿，有个事跟你打个商量成不，我的座位就在那边的 5 号，你右边坐的那些个都是我的兄弟，我想跟他们挨一块儿坐，能不能跟你换个座位？”那边几个男的也往这边看过来。

白菜扬起下巴想都没想就说：“我花钱买的票就对在这个号儿上，凭什么要跟你换？”

“不是这个意思，没有凭什么。”王悦嘉说，“主要是你那边都是我的朋友，我们是一起的，待会儿我们想要说点儿话。”然后他瞥了眼羽琪，说：“反正你坐我那 5 号也是一样嘛，你就跟你的女孩儿多隔了条过道而已。”

羽琪扯了扯白菜的衣角，小声地说：“他想跟他朋友坐，你就跟他换吧。”

也许在王悦嘉嘴里只是“而已”的过道却被白菜真真切切地介意了，也许他仅仅是单纯地不乐意别的男人坐得比自己离羽琪更近。他用自己的手掌从上至下盖住羽琪的手指，说：“别理他。”然后依旧不留余地地冰冷地拒绝：“我说过了不行就是不行。你打消这个念头吧，我说过了不换就不会跟你换的。”

羽琪颦起了眉头，语气有些急促了：“你一个男人怎么那么小肚鸡肠啊，人家哥哥只不过想和你换个座位而已，又没朝你要什么，干嘛不能答应他啊。”

白菜也许只是被羽琪这句话激怒了，便把怒气撒到了王悦嘉身上："我今儿还真就不满足他的要求了，看他能拿我怎样。"

刚才王悦嘉完全是被白菜的言行愣住了，现在他反应过来了，脸色开始阴沉下来。他勾起脑袋，咧开嘴巴，用右手大拇指蹭蹭唇角，朝那伙儿男人们扬了扬眉尖。男人们嚯地一下都站了起来，把手伸进衣服内的兜子里。那时电影刚要开演，全场分外安静，伴随着衣兜表面皱巴巴的蠕动，音量不大但分外尖锐刺耳的刀刃摩擦声响彻了白菜的耳际。

白菜已经吓得失掉了刚才的全部威风，身子瘫在原地，脑袋里一片浆糊，攥紧羽琪的手心里一层层地溢出冷汗。

王悦嘉冷笑着，伸出左手摁到了白菜发抖的右肩上，声音喑哑地说："让你给我个座位而已，有这么困难么。"

白菜哆嗦着双腿颤颤巍巍地从座位上站起来，模样像极了一个做了坏事被老师点名起立的学生。他口齿不清地艰难地发出声音："你……你坐我……我不看了……"羽琪也隐约意识到了事态的转变，蜷在白菜的身旁吓得流出了泪水还不敢哭出声。

白菜牵着羽琪准备离开的时候，王悦嘉拦住了她。他缓慢地把手指伸到羽琪的脸边，揩去她脸上的泪水，说："我不会伤害你的，我就喜欢你这样不小气的女孩子。"说罢往后退了一步，对她说："你如果想看这个电影，你可以坐回去把它看完。”

“不，不了，我不看了。”羽琪泣不成声地摇摇头，抓着白菜的手一路小跑逃出了阴暗的电影院。午后的骄阳重新倾洒到他们身上的时候，羽琪很快又笑了出来，她拍拍白菜的后背说：“好了，没事儿了。一部电影而已，不看就不看了。”

白菜完全没有理会她的话，拖着她的手一脸僵硬地快步朝前走去。

“你要干嘛？”

白菜飞奔到了影院前的大路边，那里停着一台成色老旧的藏蓝色捷达轿车。他面对着车头喃喃自语：“我记得，那伙人先前就是从这台车上下来的。”说罢弯下身，捡起台阶边一块松落下来的砖头。

羽琪赶忙去夺他手里的砖头，说：“你可别冲动啊。”

“你躲开！”白菜一把推开羽琪，猛地把那块砖头砸向了挡风玻璃。一声闷响，玻璃上结出了一个硕大的蜘蛛网。

“你厉害喀，还没破。”

他再次捡起那块砖头，朝玻璃掷去。这次的声音出奇的清脆响亮，紧接着，砖头和碎裂的玻璃块一并哗啦啦地落到了前排的两个座位上。

“白兴浩你疯了吗？”羽琪猛推了下白菜的胸口，又惊恐地回头看了眼捷达一片狼藉的驾驶舱。

白菜低下头深呼吸了几下，然后抬起头，轻轻捧起羽琪的脸，说："他在任何人面前让我丢脸我都可以不计较，但唯独你不行。"

羽琪拨开他的手，声音急促又哭笑不得地说："刚才人家好声好气地跟你商量，明明是你先端起架子的好吗？他让你没面子了也不能全怪他啊，现在你砸了人家的车，人家要找你算账怎么办？"

"管不了这么多了。"白菜环视了下四周，"咱们现在先想办法全身而退吧。"说罢，他领着羽琪钻进了附近一条偏僻的巷子。

"你这人就是作。"听完后，郭君生用一句话总结。

"还怂。"高阳光又加了一句。

白菜立刻焉成了一棵被霜打的白菜，一个字也说不出来。

把白菜送走后，我们找了个水龙头洗把脸，百无聊赖地在街上游荡。杨斌只身前往街角的卫生所赊账拿了瓶酒精。我撩起袖管，发觉手臂上有一道长长的伤痕，刚划下的时候不起眼，现在鲜血渗涌了出来，鲜红而醒目。我们所有人都对止血的常识一无所知，只知道血不可能从伤口里流干，身体会自己帮我们解决这个问题。

杨斌粗鲁地把乙醚直接往我手臂上泼，我疼得已经没有力气骂他。我清晰地察觉到了午时骄阳的到来与离开。每一次温度的变化总是能让我的感受极为深切。

蹒跚地来到教室门口的时候，我用另一只手臂遮住那道伤口，迟到的尴尬气氛在这个扭曲的姿势下更加变质。讲台上的年轻姑娘我以前从来没见过，我俩四目相对，相顾无言，许久她才问我：“你为什么要这样摆放你的手？”

“我刚才在校门口摔了一跤，好像摔中风了。”我一本正经地注视着她的眼睛回答。

班里顿时爆发出哄堂大笑，我依旧保持严肃悲伤的脸色观察着她神情的变化。

笑声好不容易停止了，她才有机会继续发问：“这是第一个问题，我现在先问你第二个问题，不过第一个问题你待会儿还是要回答我。第二个问题是，你为什么迟到快半节课了？”

“我中风了，腿脚不利索，从校门口到这里，我是一步步挪过来的。您看窗外，”我指了指校园里蜡黄干枯的树叶，“刚才我进来的时候看到它们才刚刚发芽。”

“那好。”年轻的老师点了点头，我的手臂已经抬得有些发酸，“你现在回答我的第一个问题。”

“其实我的手臂上有纹身，老大的一条青龙。”

“纹身只是行为上的偏差，又不是关乎人品的罪过，干嘛要藏着掖着，你躲得了这节课躲得了整个高二吗？”

“本来我是想直接走进来的，但看到您是个这么年轻漂亮的女老师，我们又是第一次见面，不想给您留下不好的印象。”

“什么不好的印象？”

“觉得我是流氓啊。”

刚才的笑声再一次毫无预兆地爆发，她一时无言，只好对我说：“那你先回到你的位子上去吧。”

“其他同学们，请继续看这个余弦函数的值域。”

回到座位上以后，我就趴在桌子上睡着了，睁开眼睛的时候，我看到这个老师坐在我同桌的位子上。我揉揉眼睛，自言自语道：“我不是睡到下课了吧？”

她说道：“现在已经放学了。”

想到她专门来找我，还坐在我身边默默地等到我自然醒，我心里感到由衷的不安和抱歉。

“我问你个问题，你的作息时间是不是跟其他同学不一样？”

“没有。”

“你昨天晚上是不是没睡觉？”

“我睡了啊。”

“那你为什么上课的时候那么困？”

“其实也不是困，就是有时候突然觉得很累，想给脑袋找个地方搁一下。”

“这样吧，以后你如果实在想睡，就在我的课上睡，我不会叫醒你，但不要在其他老师课上睡觉，这样会让他们觉得你很不尊重他们。”

听她说完，我收拾书包准备离开，女老师双手抱在胸前站在后门边等我。我们一同下楼，她边走边说：“对了，还有件更重要的事儿，你说你纹身的地方怎么有道那么深的割痕？”

我扫了眼自己的手臂，真想再想出一个调侃它的说辞。

“听着小伙子，以后不要再用你自己肉体上的创伤来戏弄我了，我再怎么样都不愿意看你受了伤还遮遮掩掩的。还有，以后要保护好自己。”

05

你不知道的目送

这个学期的期中，姐姐她们学校的学习任务更加繁重，学校已经成了她的第二个家。她回家打包了所有的可能用到的生活用品，装进了一个大箱子，让我帮着她一起带到学校去。姐姐的学校隔着一条街的对面有一栋 3 层楼高的古老红砖房，每次我经过的时候，都会看到一楼一个干瘦的老太太在炒豆角，刺啦的响声伴随着青色的油烟从窗户飘出。

我抬起头，看到了屋顶上一个熟悉的身影，我知道那是小朱哥哥盘着腿坐在天台边缘。与姐姐告别后，我爬上去找他，他让我坐在他的身边，陪他一起俯瞰楼下人来人往的街道。我知道他坐在这儿是为了目送姐姐走进校门，但我并没有说出来。其实我对于他处理他们俩关系时的行为一直是疑惑的，他永远是让她在前面走，自己在她身后找个地方看着。一定分量的感情的存在谁都无法否认，但他宁可在感情的周边犹豫徘徊也不愿意置身其中。而在我对他的感情上，我宁可相信是我现阶段理解不了他，也不愿意把一切不好的形容词用到他身上。他沉寂凝望的样子就像一座历经千古的丰碑。我面对所有肃穆的东西都不会发出太多疑问。

被母亲照顾了 2 个月后，他的鱼尾纹有所消退，暗淡的脸色也终于恢复白净。每次近看小朱哥哥的眼睛，我都感觉有一种锋刃般锐利的寒气扑面，与之并存的却是他眼光流动间温润的暖意，似乎是旭日下的融水沉入冰洋深处。他的瞳仁就像深不可测的海底，那样的澄澈与无邪。但今天我发现了，这跟所谓的眼神似乎并无关系，这种感觉只是他眼睛的物理构造所致——他的眼窝比一般人都凹陷得深，漆黑的细眉沿着凸耸的眉骨直刺入鬓角边缘。

站在高处的人总是容易最先感受到暮色的倾轧，随着校门顶上黄色夜光灯的亮起，眼皮底下的人影已经有些模糊了，就像一团团浮动的乌云。小朱哥哥伸出细长的手臂搂住我的肩膀，我靠在他的肩上轻轻地闭上了眼睛。

几天后的下午，放学回家后，我刚把书包扔在地上，就听到屋外传来机器的轰鸣。

“儿子，出来看看！”父亲兴奋的声音从窗口传来。

我大概知道发生了什么，激动地走出屋子，看到父亲坐在一台崭新的摩托车上露出得意的笑容。这是小镇里第一台这种摩托车，有这么宽的油箱和这么大的发动机。

他跳下车，把车挂到空挡，让我拧动油门试试。我轻轻扭了扭手腕，刚才那种轰鸣即刻重新响起。

“儿子，等我把这台车开熟了，我就教你骑摩托车。”父亲站在我身边，因为特别开心，语速都轻快了起来。

我坐在这台车的后座，靠着父亲的后背驰骋在城郊的一条大马路上。远方的天色渐渐昏黄，我们的速度却似乎越来越快，路也越来越看不到尽头。沉闷的排气声就像催眠曲一般让我们忘记了时间。

我想起有一次，父亲带着我去省城给他们车间的员工办一些手续，我们家没有摩托车，我们先步行到了镇上的长途车站，然后坐了 2 个多小时的长途客车到达省城的车站，又坐省城的公交车到了他要办手续的政府大楼。在长途客车上，我们买的是最后面一排的两个座位，那时我特别晕车，把自己的嘴唇都咬成青色了。

办完手续从政府大楼出来后，父亲的心情格外轻松。我们父子俩沿着宽敞的街道散步。

“你看，省城的这些建筑就是不一样。”父亲放慢了步子，把手背在腰后面，“你看这一栋一栋的，修得多整齐，中间隔的距离也是不宽不窄，一栋还可以住那么多人。”

然后他扫了眼马路，说：“这马路上车这么多，但他们都是按规矩开的，该走的走，该停的停。”

而我也是第一次见到这么宽的马路，路上有这么密集的汽车。

“儿子，你在学校里要好好读书，将来考上省城的大学，就可以在这里生活了。”

走到一家街角的小卖部，父亲给我买了一瓶酸果汁。在我喝着果汁的时候，他看到小卖部边上停了一台在小镇里从没见过的摩托车。他走过去看了一会儿，问老板：“老板，这是你的摩托车吗？”

“是啊。”

“我们家是住在小镇上的，我们那儿从没见过这样的摩托车，这车这里有得卖吗？”

“这里也没得卖，我这是在上海订的，然后运过来的。”

“哦。”父亲搓了搓手，说，“能不能麻烦你给我看一下这车的型号。”

老板从小卖部里走出来，指着油箱下方一块板子上的一串英文字母，说：“这个就是型号。”

父亲把包卸下来，从里面抽出一张皱巴巴的纸，又掏了好一会儿掏出一支钢笔，对着型号抄了下来。

老板看着我笑了一下，又低着头对父亲说：“大哥，你不会也想买这个车吧？”

父亲不好意思地笑着点了点头。

“这车没什么好买的，又贵。我在城里开，都觉得用不上这么大的排量，更别说你在小镇上了。”

“我就是挺喜欢的。”父亲的神情和声音就像个看到漂亮玩具的小孩。

后来，不知道父亲为了这台车付出了多少汗水，费了多少周折，今天下午他终于把它骑回了自己家的小院子。

我们在城郊的马路上一路飞驰直至天黑，半箱油都快烧完了。原本锃亮的挡泥板也被淤泥覆盖。

回到小镇的时候，我对父亲说："送我去趟黄文丰家吧。"

"去他家干什么？"

"他跟我说好多次了，说他家买了新的特别好玩儿的东西，让我有时间去看看。"

父亲绕过镇上的几条街道，把车停到了黄文丰家门口。他家位于小镇偏僻的一隅，这儿多是花草树木，隔老远才能见到一处住人的地方。他家门前有条与房子垂直的笔直的石板路，每次来他家都要走过这条路才能抵达屋檐下。他家房子有4层，并且在当时极罕见地在外面涂了淡黄色的油漆。

我敲了敲那扇硕大的褐色木门，一会儿，黄文丰过来为我开门。

刚进他家客厅的时候，我看到一个女人从楼梯口走了下来。她光着脚踩在木地板上，穿着一条花纹纵横的棉布短裙和一件蓬松的黑白色夹克。见到我以后，她微笑了一下，什么都没说，步子款款地走到餐桌边端起一个装了食物的盘子，又从楼梯那儿上去了。

这是我在他家见到的一个陌生女人。她上楼一阵子后，我问黄文丰："她是谁啊？"

黄文丰摇摇头说："不知道。几天前下午自己来的，没敲门喊人，自己不知道从哪儿来的钥匙开的门，就进来了。这几天也没跟我说过话。”

“哦。”我点点头。

“你是不是想知道她是谁啊？”黄文丰问我。

“没有啊，不用了吧。”

“你这么一说，我跟她在一个房子里住了那么多天了，我倒有点儿想知道她是谁了。”黄文丰说着便朝楼梯口大喊，“嘿，那个女的！”

我赶紧拍了他手臂一下：“傻啊，哪有你这么喊人的。”

不料过了一会儿，那个女的在楼梯拐角处探出脑袋，眨巴着眼睛指着自己的鼻子问：“是在叫我吗？”

她来到我们身边，黄文丰问她：“你是谁啊？”

她笑了一下说：“我是袁若菲。”

“哦。”

对她的回答，我和黄文丰就这么并肩站着，谁都不知道下一句该接上什么。她依旧保持着那样的笑容，无声了十几秒后，她问我们：“关于我，你们还有什么想问的吗？”

“没有了。”黄文丰说。

然后她又像刚才那样走上楼去了。

“算了，别管她了。”黄文丰搂着我的肩膀，坐到了电视机前的地板上，让我陪他玩他新买的小霸王游戏机。

玩到天黑时，他的父亲黄大地回家了。他跟我打了声招呼，询问了我几句家里的情况。他嘴巴上面那道一字胡须愈发神采奕奕，随着说话时的嘴部动作恰如其分地伴舞。

这时候那个叫袁若菲的女人走了下来，站到了他父亲的身边，他们俩相互点了个头，却没有做出任何亲昵的搂搂抱抱。黄大地对黄文丰说："文丰，我在北县的厂里新进了一条流水线，是英国制造的，我为它特意给厂子新扩了一个车间的位置。我和你袁若菲阿姨一起，带着你去看看。"

黄文丰暂停了游戏，说："我对那些机械没啥兴趣。"

黄大地坐到了沙发上，靠近黄文丰的身边，说："我想让你知道，大型的机床是怎样把一个物品生产出来的。我也想让你见识一下县里的落后机器和欧洲的先进机器有什么不同。你现在已经快十七岁了，将来你和别人坐上同样的位子，你懂的就会比他们多，看的就会比他们远。"

黄文丰仍旧不情愿，但他已经没力气跟他父亲争辩了。黄大地接着说："如果没什么事儿，咱们现在就出发吧。看完之后就在厂里的食堂吃晚饭，我已经让师傅去准备了。"

黄大地和我父亲同岁，原先是在镇政府给人当器材保障员的。所谓器材保障员是一个很奇特的工种，应该归入杂工的门类，哪儿有个门闩生锈了，哪儿有个电表进水了，哪儿有个洗涤槽堵塞了，均交由他处置。这世上有些聪明人发愤图强地去做了很多蠢事，结果一事无成，而有些不怎么聪明的人只花了一点儿力气做了一件聪明的事，结果就成功了。在那个商品经济的概念尚未深入人心的年代，人民的生活用品都是由工厂单一地按计划生产，然后通过固定渠道进行供给售卖。可是死板的条例不能适应多变的市场，于是造成了货物大量的短缺和盈余同时存在。而当时也没有一个机制把短缺和盈余平衡一下，那些盈余的货物要么就被压制到很低贱的价格，要么就干脆被闲置遗忘。黄大地所做的事儿很简单，就是四处寻找没人要的货物低价收购，再进行分类整合，以接近普通的价位再一次倾销到短缺的区域。

就凭着做这件事儿，黄大地几年下来攒下了不少钱，于是辞去了器材保障员的工作，开始了我们县史无前例的自主创业。他最先在北县开了一家做机械钟表的工厂，之后又开了几家分厂，顺理成章地成为了当地的首富。他买下了一栋4层的房子，又花了几乎和房价差不多的钱把它装修成了现在的样子。

小时候黄文丰跟我们家一样都是住在普通的平房里，记忆中他的母亲总是笑盈盈地迎接我进他们家。但自从他们搬进来这栋房子，我就再也没有在这里见过他的生母。整个县城都没有人知道那个女人究竟去哪儿了。黄文丰多年前还偶尔跟我提过她的母亲，现在也绝口不提了。

黄文丰指着我问他的父亲：“那程循怎么办啊？”

他父亲眯着眼笑笑拍了拍我的脑袋，说：“程循跟我们一起去。”

“我就不去了吧。”我说，“我待会儿要回家了。”

我们几个一起走出了黄文丰家的房子，他们家那台本田雅阁的轿车已经在屋外等着了。黄大地对我说：“上车吧程循，我让司机先把你送回家。”

秋港最冷的几个月已经悄悄流走，温暖的风雨重新回到了这片土地。我能察觉到很多事物的变化，包括我自己。虽然依然和兄弟们出去逛街游荡，继续以前的生活节奏，但我也开始克制自己不去做一些事情。某天我趴在自己的桌上小憩，姐姐推醒我，指着窗外说：“你看。”

下雨了。我抬起头，看到黏在窗子玻璃上的水珠在一颗颗地滑落，细碎的雨滴让窗子和窗外变得更加朦胧。被小雨润泽过的院子也改变了色调和气味。

从此以后我再也没有三番五次地离家过夜，纵使有时候会很扫高阳光他们的兴，但我一到 9 点就会强烈地有往家走的惯性。那段时间我也恋上了自己的床，从日升到日落都不愿从它身上离开。

离我们校门不远处有一条青石板砖的道路，路边是一排铁栏杆，过了这条路就可以出校门了。有天我一样孤身一人走到了铁栏杆那里，一抬头，看到乔都正靠在铁栏杆边上站着。看她的眼神，似乎是在等待着什么。他见我朝她打招呼，她有点儿窘迫和不知所措。她的脸颊好像忘了怎么笑一样，笑不出自然的样子了，潮红一波波地涌上来。

“你傻站在这儿干嘛啊？”我问。

“没事儿，就站一会儿。”她的语气也有些慌乱。

“你每天这个点儿都爱站在这儿吗？”

她低下头拢了拢头发，说：“是啊……也……没有吧。”她的语序开始混乱了。

“那你现在走吗？”

“可以啊。”

“那我们就一起走吧。”

“好啊。”虽然她的表情还没有恢复自然，但她眉眼间发自内心的幸福难以遮掩。

这一路太短了，不够我们聊起一个话题。我零零散散地跟她说了几句话，可她一句话都没说，除了出校门口我们互相说的那句“再见”。

本来今天晚上我准备回家草草吃个饭就躺到床上去的，但高阳光已经跟我约好饭后在贾三路见个面。见到我以后，他对我说：“明儿中午跟我一起去见个人。”

“谁啊？”

“就是上次我们跟那个家伙，捆了白菜的那个，你以前还认识的那个，跟他还没清算完的时候，从中药铺子出来一个男的把你给摁倒了嘛，他还有其他几个兄弟把那个家伙也摁倒了嘛。就是去见见那个男的。看他的身手快刀斩乱麻，出手又快又准，不像是个俗人，我想去认识他一下。”

“好啊，那明天中午你就在这个地方等我？”

“没问题。”

第二天见到高阳光后，看他就带了我和另外两个熟悉的朋友，加上他就四个人。我们一起坐公交车到了县郊，文济世的中药铺子所在的那条路。

到了中药铺子门口，高阳光说：“先在这儿等会儿。”

几分钟后，一个穿着黑色衬衫的男的来到了门口，他跟高阳光握了握手，说：“老高，这么早就来了。你们稍等会儿，我去叫他。”

“去吧。”高阳光微笑着对他说。

一会儿，穿着黑色衬衫的男子带着一个男的出来了，我一眼就认出他就是上次那个男的，依旧是和上次一样一身朴实的装束，一头干净利落的发型。

他来到我们面前后，黑色衬衫男笑着指着高阳光说：“这是我朋友，玩了好多年的铁哥们儿了。”

那个男的礼貌地点点头，伸出手对高阳光说道：“你好，我叫罗建军。”

高阳光也伸出手道：“你好，我叫高阳光。”

“你就是高阳光啊。”罗建军笑了下说，“我好多次听朋友说过他们和你发生过的故事。”

“那都是一些前尘往事了，呵呵。”高阳光笑道。

“要不进来喝点儿东西吧。”

我们往中药铺子里走的时候，高阳光接着说：“上次那事还得谢谢你。不是说我们干不过他们，但你出来把两方都拦停了，我们就没有更进一步的损伤了。”

“这事儿你不需要谢我，我也不是为了你们才拦的。”罗建军说。

我们沿着楼梯走上了中药铺子的二楼，有一些病人在这里做中医治疗。走过这些人后，有一个侧对着人群不易被注意到的木门，罗建军推开了这扇门，我以前来这里还从没到达过这个地方。

进门就是一张木头的圆桌子，罗建军提起开水壶冲进撒了茶叶的玻璃盅，轻轻摇晃后给我们每人沏了茶水。他是个讲话很平淡的人，没有高阳光那种张扬的口才，也没有小朱哥哥那种渐进的思虑，只是把需要讲的内容一个个字地说出来罢了。他也是个话不多的人，对于我们提出的话题，他从不抗拒躲避，也不会在做完浅显的陈述后再进行更深入的探究。整个过程中我们大致了解到，他是文济世的远房表亲。文济世在这个中药铺子里只管坐诊看病，其他的一些运转上的事情都是他和其他几个兄弟朋友在打理。来看病的人都是认文济世这个门面，而他们在后头工作是没有多少人见到或了解的。不过文济世给了他们一个还算不错的容身之所，生活起码是衣食无忧。

聊完后，罗建军送我们和那个穿黑色衬衫的男的到中药铺子的大门口，说：“我这里还有事儿脱不开身，就恕不远送了。你们沿着这条路一直走，大概百来米吧，就是一个公交车站，你们坐那里的车就可以回镇上。”

“我知道，我们刚才就是坐车到了那里过来的。”高阳光的一个朋友说。

高阳光对罗建军说：“幸会。”

罗建军说：“我以后就认得你了。”

06
每个人都要找生活的意义

那天有一个大人物来我们学校演讲，全校师生都准时聚集在了大操场上，我们如此积极主要是因为这种活动可以占满几节课的时间。校长站在主席台上发言：“想必在座同学们都听说了，我校非常荣幸地要在定海区开办一所分校，校址是由县政府亲自批示的。今天我们有幸邀请到了‘定海区之父’胡冬远先生，来给大家进行一场别开生面的演讲！”

我由于一些事情迟到了，走到我们班后面的时候那个演讲的家伙正好在掌声雷动中登场。

由于大家的反应太过热烈，我不想插队影响了大家的兴致，便随便捡了个队伍最后的板凳坐下。上次那位女老师碰巧又坐在了我的旁边，在那以后我知道了她的名字叫林慧。林老师皱着眉头问我：“你怎么又迟到了？”

“迟下到怎么了，这大人物是谁啊，值得你们比阅兵仪仗队还准时。”我说。

“他是‘定海区之父’胡冬远。”

“来头不小，定海区跟他有什么关系么？”

“何止有关系，整个定海区就是他创造的。”

只见胡冬远站定后，身后一个样子像秘书的男人递给了他一份稿件，他摊开开始朗诵了起来。那都是些不会给人留下任何印象的空话套话，5 分钟不到演讲就宣告结束。

校长再次上台表示感谢后，大家都被通知收好凳子回班继续上课。回去的路上我从消息灵通人士口中得知，这个全校演讲只是个走形式的环节，学校里的行政会议室被腾出来重新布置了，胡冬远待会儿要去那里跟每个班选出来的学生代表和带队老师进行一场主题为“五味成长”的交流分享活动，校长请来了《群众生活》杂志的几位记者，到时候配有照片的报道会在杂志上刊登，为定海区的分校做宣传。我们班选出的 2 位代表学生是乔都和刘力杰，待会儿他们会跟林老师一起进入那个会议室。

我们男生都不想上课，便中途开溜跑到会议室去扒窗口。只见坐在沙发上的胡冬远精神矍铄，与刚才念稿子的样子判若两人。我是从这里开始听到他说话的：

“我在你们这么大的时候，有一天开始突然很迷茫，不知道自己每天的生活有什么意义，不知道自己未来要干什么。最严重的时候我就不上学了，天天从早到晚静坐在我们家的后院里，和一群山羊待在一起。它们在吃草，我就在思考着我要做件什么惊天动地的大事来证明自己还活着。我们家是在一座山头上，我们山下面那个街区比较大，里面有一个运输中转站，每天都会有黄底红字的中巴在街道上疾驰而过。街区里有一伙浪荡青年，每天晚上就捡了很多废砖头躲在路边，中转站的车一开过来，他们就往车轮子底下扔砖头，车子要么就会弹起来，要么就会甩一下尾巴，司机气得破口大骂也找不到他们人。后来我也加入了他们，有一天晚上有几个白人青年给了我一个大砖头让我去扔，这次扔得太好了，大中巴压到那块砖头直接翻车了。我吓得魂飞魄散，那群浪荡青年倒是兴高采烈地走到车厢边，把里面的包裹掏了出来带走了。他们觉得我家在山头上比较安全，就强烈要求躲到我家里去了。我爸妈在家的时候，他们就躲在地下室里，我爸妈去上班了，他们就全跑上来尽情享用我家的食物。那时候我妈居然还没发现，以为我在长身体吃得多。”

会议室里光线明亮，四周的镜头稳稳地对着他，室内一片静谧，所有同学包括老师都屏息凝气期待着他接下来的讲述。

“后来，警察就拜访了我们家，把那群浪荡青年，还有他们抢来的所有东西，全部搜了出来。我在警察局里关了半个月才放出来。

“后来我就想我还是干点儿其他的事吧。我就读的那所中学跟你们不一样，是不用从早到晚待在教室里读书的，休学退学都很方便。于是我就计划了一次长途旅行，我让我爸妈给了我一笔钱，不是很多，大概就相当于你们现在的人民币1000元的样子吧，背着个大包，光靠走路穿越了两个州，途中靠给别人打各种零工挣钱。我没有那么多迷茫和烦恼了，每天就看着地图计划着要走哪条路要上哪趟车，未来的目的地就是要到达目的地，每看到一处以前只在报纸杂志书本上看到的景物，我就特别开心。回来后我完成了中学和大学的学业，自己能赚钱后也坐飞机到过欧洲、非洲和澳洲。大概在1976年的时候我回到了这里，强烈驱使我回来的是我祖祖辈辈的血脉。

“我现在的体力已经不能跟10年前相比了，我还是可以去很远的地方，但一定要各方面都计划安排好，不能和以前一样说走就走了。你们现在还年轻，未来那些沉重的负担跟你们没关系，你们想干什么都有条件去尝试，只要每天都让自己过得快乐就好了。当然了，快乐不等于放纵，认真学习也是一种让自己快乐的方式。”

胡冬远讲话结束后，所有同学们都沸腾了，潮水般的掌声还没退完，大家就争先恐后地要求胡冬远讲更多关于他生活的内容，并毫不吝惜地当众阐述自己的生活片段以及感触和困惑。面对闪光灯的此起彼伏，他安然地陷入思索，耐心地追忆了自己更多的生活细节。每位同学无论怎样提问，他都耐心地倾听，他这时候的样子很好看，隔着窗子我在远处铭记下了他微笑的脸庞，深深勾起嘴角，明亮的眼睛里充满了对孩童的慈爱。他总是稍加思忖，然后帮他们有条不紊地分析问题，以试探性的语气给出意见和建议，仿佛与全屋子的人在探讨一个深奥而长久的命题。

这是我第一次看到了全校女老师们对一个男人集体表现

出的崇拜。会议临近结束的时候，林老师第一个把持不住，跑到胡冬远身边要求与他照一张合影。愣怔了半分钟后，其他女老师也相继冲上去包围胡冬远要求与他单独合影。校长摇头叹息，胡冬远则依次满足了她们每个人的要求。

这一期的《群众生活》上，林老师与胡冬远的那张合影贴在了学校报道的扉页上，我把这一页工工整整地撕下来夹在书柜里保存了下来。

之后的某一天我进入了定海区一次，按照黄文丰给我的地址来到了一座小型的乳白色房屋前。房屋四周都是绵延无尽的荒野杂草，远看就像一块草丛中央的白色砖头。走进去后，里面灯光阴暗，每一扇窗子都配备了漂亮的雕花窗框，仿佛进入了老式欧洲黑白电影的片场。

在我们县城，最先进最现代化的定海区里，这是唯一一个荒芜破旧无人问津的场所，县政府自然容不得它这样突兀地存在，要想办法把它和其他光鲜亮丽的房子统一化，于是政府就想到了首富黄大地。这地方已经难以弄清房主是谁，县政府以很低的价钱把这里转手给了黄大地，附加条件是要把房屋及四周加以修缮。黄大地为了保留房子原有的外貌特质，没有重新刷墙，只是叫人提着水桶把外墙清洗了一遍。房屋的内饰已经破败不堪了，只好找了小镇上最好的木工师傅按照原来的格局重新打造了地板、门窗和楼梯。房子装修完后一直闲置在那里，每次隔好长时间才进去，面积又大，搞卫生都成了一个头疼的问题。考虑到这个问题，黄大地最近决定把它打造成一个营业场所，准确地说是把它打造成一个饭馆。这样一来可以让更多的人欣赏到这座房子的古典，二来通过收益节省了维护成本。

我进来的时候它还没有正式开张，里头空无一人，一楼的厅堂里刚刚摆上了大圆桌子。不知是不是因为阳光正烈的缘故，屋内没有开灯，只有屋顶透射出的阳光如台灯般昏黄，散发出来的光线如台灯般昏黄。绣了花纹的窗帘被撩起，将屋外的阳光释放进来，昏暗的光线下桌面上的木纹若隐若现。

楼梯的红木看起来年头不少，走起来却相当厚实。上到二楼后，这里的光线比下面稍微明亮了一些，摆放的不再是圆桌子，而是更加小型的方桌子，适合人数较少的私密交谈。黄文丰就坐在最角落的那张桌子朝我打招呼。袁若菲坐在他的身边。

我始终没搞清楚黄文丰的生活安排到底是咋样的，哪些天需要上学哪些天不需要，不上学的时候是去出入各种奇异的场所还是在家闲待着睡觉。我看了袁若菲一眼，出于礼节性地问好："若菲姐姐，你好。"

"叫我菲姐就好了。你和黄文丰是同学？"

"没有，我们是经常在一起玩的朋友。"

"哦，这样啊。"

袁若菲今天的打扮很简单，一身帅气的牛仔套装，头发随意地扎成马尾放在脑后。桌上放着一桶新鲜的啤酒，她起身帮我去拿酒杯去了。我低声问黄文丰："她今天怎么跟你来了？"

"她说在家里待着无聊。"

"谢谢。"我接过她递给我的高脚杯，往里面灌入啤酒。

喝了几口后，袁若菲首先开口："你们知道吗，前几天我在家里待着无聊，我去帮别人改了50多篇小学生作文。"

"帮谁啊？"我问。

"新认识的一个朋友，她是个小学老师。"

"你没给人家瞎评分吧。"我说，"小朋友们对作文分数非常在意的。"

"怎么会，"袁若菲拍了下我的手臂，说，"说来菲姐也是石崇大学政治学硕士研究生毕业，虽说专业不是文学，但对于几篇小学生的作文还是不在话下的，哈哈。"

虽然我没听说过石崇大学，但硕士研究生这个头衔在当年听起来还是够唬人的。黄文丰问："她为什么要你帮这个忙啊？"

"本来我们和另外几个女人是计划着一起外出旅行一趟的，但快要走的时候，她劝我说那旅游没意思，咱俩都别去了，你不如帮我去改作文吧，我那儿还有2个班的100多份呢。"

我来了兴趣，问：“你们怎么会突发奇想要组织这种活动啊？”

“大地的一个朋友在县城里开了家服装城，那天搞了个开业仪式，他就带着我开着车去参加了。那家服装城据说是完全按照北京、上海的规格打造的，那天去的时候似乎所有的太太们都到齐了。我和大地在里面逛的时候正好看到我那个语文老师朋友也在那儿，我就走过去和她打招呼。她和几个女人一起在聊天，她们都和我们热情地打了招呼。我问她们在聊什么。她说她们准备约着一起去外省旅游。我一听旅游就兴奋了，问能否跟她们一起。她们同意了，于是我们约了 29 号晚上在小祥湘菜馆聚个餐，商量具体事宜。”

袁若菲喝了一大口酒，抹了抹嘴巴继续说：“29 号晚上，我一个人跑去小祥湘菜馆找她们，她们加起来差不多有 10 来个吧，已经到齐了，通知我说地点已经定好了，去辽宁大连的海滨游泳、晒太阳，如果大家都没事的话明天下午就出发。其实我的皮肤有个小毛病，不能暴露在太强的紫外线下面，在太阳底下晒久了会长斑点，还特别痒，但能跟大家一起去，我也就说可以了。吃饭的时候我跟他们提了好多关于旅游、沙滩日光浴的话题，但她们好像都不太感兴趣，要么不搭理我，要么就只是嗯哼几声，后来有个妇女直接对大家说不要讲关于旅游的话题了，就专心地吃这顿饭。

“吃完饭后所有人都各自回家了，我那个朋友邀请我上她家坐会儿。到了她家之后，她拉我坐到沙发上，说：‘若菲，其实我觉得跟她们一起出去玩特别没意思，她们只知道家长里短，满口抱怨，说不出什么有意义的话来，我去也是因为她们老叫我去我就只能去了。她们都是些结了婚的长舌妇，表面上说说笑笑，其实一点小事就斤斤计较，吃点小亏就互相埋怨，说来说去真没意思。’

“我说没关系的。她见我不以为意，接着说：‘我的意思是，有些人见到别人比自己好就会难受，自己难受了就想方设法地让别人也难受，什么刻薄的话都说得出来，聚在一起就更会对你说三道四的。虽然我们俩都是语文老师，他们不会把我放在眼里，但你就不一样了。’

“听了她的话，我就不知道说什么了，过了会儿我才跟她说：‘我们毕竟都是生活在一个小镇上的，我只是想跟她们做朋友。’

“她又说：‘你在首富那个别墅里憋太久了，我能理解你的心情。但我觉得你要去找些懂你的人做朋友，不要把友好浪费在这些不值得的女人身上了。’过了会儿她提议：‘这样吧，咱俩都别去了，我那里正好有 2 个班的作文还没改呢，有 100 多份呢，你帮我分担一半吧。你不是跟我说过你是石崇大学的硕士吗，这事你干得了吧？’然后我就答应她了。”

听她说了这些，我对她说：“菲姐，如果你不嫌弃我也讲不出什么有意义的话，我的学历没你高的话，你可以把我当成朋友。”

她的眼眶一下子就湿润了，她紧紧抓住了我的手腕。 黄文丰往我们这边瞥了一眼，继续喝他杯里的啤酒。

“咱不稀罕去大连的海滨，真想旅游的话以后带上你跟我的朋友们一起，我们是真正上天下地的。”

窗外南风吹拂，带着正午阳光的暖意，肆意蔓延。 目力所及之处尽是混杂在一起的花花草草，颜色清淡凌乱，被风卷起的波浪，一层推着另一层摇荡。

“再跟你们说件事吧。”黄文丰缓缓开口。

“什么？”

他头也不抬地似乎是自言自语：“就是有天上午，我正坐在家里沙发上看东西，我爸突然开门走了进来，要知道他从来不在这个点回家的。 他很快地跑到了楼上的房间，拿了一个黑皮的公文包，下楼把我拉进了车里，那时候菲姐也坐在里面。 他当时也没说是怎么回事儿，司机就一路加速赶到了他的厂子里，把车停到厂子的员工宿舍旁边。 我一眼就看到一楼一间宿舍里已经挤满了乌泱泱的一大片人，还有些挤不进去的就站在了走廊上。

“菲姐劝我爸，别让我看这些东西，我爸转过头来对我说，你将来要做和我一样的工作，这样的事情也有可能会发生，现在我让你知道这种事情全程是怎么处理的。

“然后我们走进了那个宿舍，所有人都说‘老板来了’然后纷纷让路。我看见宿舍地板上躺着一个死人，看样子应该是从床上滚下去的。旁边的人都说，他是吃药毒死自己的。紧接着他们把起因、经过一五一十地讲了出来。

“说这个男人是他们的同事，在表盘打磨和装带的流水线上工作，这个厂刚建立的时候就在这儿工作了。去年他的儿子得了重病，这病并非必死无疑，只是治疗费用上不封顶。花光了自家的积蓄后，夫妻俩开始找所有的亲戚朋友借。说是借，大家都心知肚明，这钱几乎不可能还上的。这男人下班后还要去外面打小工挣外快。几天前他还干劲十足地拼命工作要给儿子治病，可就在昨天，他一闭眼就走了。

“我爸走到他的遗孀面前，说，国梁和我在一起工作了那么多年，他这样走了我很悲痛，但我也理解他，人总会有承受不了的负担。他还在的时候没有让我一起跟他分担，我也很愧疚。你看看后面，这么多同事都赶过来看他了，请你相信他是个好人，不然不会有这么多人过来看他。

“遗孀还在低声啜泣，旁边的人群沉默不语。我爸转过身问一个人：‘车子来了没有？’

“那个人说：‘已经往这边开了。您说要厂里最大的那台拖挂红岩，那车还开在外面，我让人开小车追上去把它叫回来了，现在还在回来的路上。’

“我爸继续对遗孀说：‘不管法律条例是怎么规定的，这件事我按工伤给你们赔偿。你们家现在的情况也不容乐观，

我做主，赔偿金额按2倍来支付。这些文件已经盖了我的私章了，你把它填一填就可以去财务领钱了。’

“我爸和几个工人一起把男人的遗体抬上大卡车，他让遗孀坐进我们的私家车，让司机离开，亲自驾驶。一路上他开得很慢很慢，卡车也跟得很慢很慢。

“傍晚，我爸回来了，他去洗手间洗脸梳头，让我去帮他拿烟。我把烟递给他的时候，他说：‘你知道吗，现在国外有很多慈善机构，专门针对一部分需要帮助的人，可以筹集社会上各方面人士捐助的善款来帮助那些人。’

“他拿着烟没有点，把它放回到桌面上，说：‘我在不少地方见过很多得了重病的人，这些的人大部分是付不起医药费的。这个医药费是一个没有定额的数目，花光所有的钱都永远付不完，最后人只能躺在床上无能为力，看着生命一点点耗完。家人如果没有毅力看下去，就会像今天这个工人一样，自己走在前面，这是唯一不会让自己被愧疚折磨的办法。其实我很早就知道，在欧美的国家，有种叫慈善机构的组织。当我第一次接触到它的时候就动了心思，但当时我的厂子运营不顺，各方面都遭遇困难，我没有心力再去管其他的事情。慈善机构可以是专门针对某一类人的，社会各界人士都可以给它捐钱。如果能有一个这样的组织，筹集善款给那些得了绝症的人，兴许就可以多救几条命了。像人被活活逼死这样的事情就不会发生了。’

“我爸讲这些话，好像每个字都是用力地说出来的，讲完后他长吁了一口气，点起烟一口接一口地抽了起来。

“过了会儿我问他，成立个这样的组织难吗，他说，主要是比较复杂，很多方面我都不是很懂。我觉得我的知识面还是太窄了，我以前只是一个器材保障员，也没受过高等教育，只知道在这块泥地上打滚，滚到这个区域之外了，我就什么都不知道了。

“我爸说完这句话，脸上隐隐有种忧虑的神色。但在这之后，在这件事之后，所有人都在议论纷纷，说黄老板有着天空一样宽广的胸怀，他是一位真正的成功人士。”

“我喜欢安安静静地坐在这里，往远方看的感觉。”袁若菲说。

“可惜这里不久之后就会变得闹哄哄的了。”黄文丰说。

回学校的时候已经是下午了，到了班里在座位坐下以后，乔都转过头来问我：“你上午怎么又没来啊？”

“你知道我的，我这也不是第一次没有按时来了。不会是出了什么事儿了吧？”

“今天上午不知道为什么，级长突然要求每个班主任陪他随机检查授课情况，来我们班的时候你的位子空着，班主任没说话，他进来问为什么空着。我就跟他说，我们班有一批教辅资料刚送到校门口，让你去取了，然后他点点头就走了。”

“乔都，你这么乐于帮助别人，还这么机灵，找到了这么合适的理由，你真是个好女孩儿，也是个聪明的女孩儿。”我脱口而出。

她有点儿不好意思地笑笑，然后对我说：“程循，上次那件事我一直有点儿抱歉，我没跟你说实话。”

“哪件事儿？”我问。

“就是上次嘛，咱们不是在栏杆那儿遇到了么，你问我站在那儿干嘛，我没说，其实我是在等你。”

“哦。”我轻松地笑了笑说，“你不说我早忘了这事儿了，你是不是在等我都没关系了，反正我们后来还是一起走出校门了嘛。”

“其实……其实我那次等你是……为了……是……”我看她一下子似乎难以说出来，便问：“你等我是想告诉我什么吗，还是想跟我去做什么事情？”

“我是想跟你去一个地方。”

“地方？”

“我们家附近有一条小河，是最近这两年才挖掘的，可以一直通向临市，河上建了一座乳白色的石桥，矮矮短短的，差不多三五步就可以跨过去。我想带你到那儿去，并排坐在栏杆上，唱首我最近听到的歌给你听。我也不知道这个念头、这个画面是什么时候突然出现在我脑海里的，后来不知过了多久，这个念头成为了我的愿望，一个极其强烈伴随着我日夜生活的愿望。”

原来这么简单，我还以为是她闯了大祸，让我帮她去善后呢。我说：“可以啊，那我们约个时间去吧。”

“那就这周六上午？”

“好啊。把你家地址写给我吧，到时候我去找你。”

她转过身去，一会儿，转过身来递给我一张小纸条，上面是干净工整的蓝色墨迹。我把纸条塞进了我的文具盒里。

07
一个真实的你，却又似乎遥不可及

周五放学的时候，高阳光开着一台小卡车来接我了。卡车斗里装着一群羊，一片此起彼伏的咩咩的叫声，校门口所有人都往这边望过来，看着我爬进驾驶室。开到马路上，他对我说：“待会儿我要去把羊送给客人，晚上还约了几个人，咱们一起吃顿饭。”

事情是这样的：前几天高阳光在某地闲逛，逛到一家报废汽车解体中心，看到一个大叔正把一台卡车开进去。这是一台长鼻子的小型卡车，由国内著名厂商东风制造。在这台车即将被“残杀”之前，高阳光不顾一切地冲过去解救了它的生命。它的造型太让他着迷了。他跟那位大叔协商，把身上所有钱财给了他，把这台车倒出来了。回去以后，他给车子清洗了化油器，换掉了火花塞，找人矫正了后轮轴，它又可以重新行驶在路面上了。他告诉我，这些方法都是治标不治本，这台老发动机坚持不了多久。他在二手车市物色到了一台五十铃发动机，是日本原装进口的，底子很好。真是天意，这台发动机正好可以无缝安装到东风的车架上。他四处奔波找到了一家经营羊制品的店，得到了这份帮人运羊的活儿，攒够了钱以后就可以买下那台发动机了。

送完货后他把车停在了一个饭馆门前。我们走进去，看到一桌人已经坐齐了，新认识的罗建军也位列其中。高阳光坐到罗建军身边，勾搭着他的肩膀，晃了晃钥匙，说："你看外面那台，哥们儿刚到手的新车，试两圈儿去？"

罗建军接过钥匙说："想当年我在队里也负责过一阵子运输，说不定真能帮你试出个一二来。"

十几分钟后他俩回来了，高阳光问："怎么样？"

罗建军说："实不相瞒，100 公里以后发动机就会开锅。"

高阳光拿起刚上来的啤酒给罗建军满上，说："我也意识到这个问题了，现在在用它拉货赚钱，赚够了就给他换新的发动机。"

罗建军问："你有办理营运证件吗？"

"什么意思？"

"你这么搞有风险啊，一没驾照，二没行驶证，三没营运证，将来被有关部门查到了，车子没收不说人还要关起来。"

"有关部门自己的破事儿都顾不过来呢，谁还有心思管我。"高阳光说，"别想这么多了，喝酒喝酒。"

第二天醒来，我按照那张纸上的地址找到了乔都家，其实乔都家和我家隔得不远，都在镇上的同一个朝向，距离也就两个街区左右。她站在街口接我。

到了她家所在的院子以后，我们顺便进去看看。她家所在的楼比我们家的楼更矮一些、更宽一些，楼与楼之间的距离也较大，有人在这里自如地打着羽毛球。每栋楼只有三层三户人家，楼前的院子十分宽敞，栽满了盆栽花果还放置了几条红色长木凳。和我家不一样，她家在二楼，所以无法直接享受到这个小院子。

我们沿着楼梯爬上去，到了楼梯转折的狭小空间里，乔都抬起指尖指着窗外问我："你看到那座粗粗的烟囱了么？"

"我看到了。"我说，"我还知道它底下有几座整整齐齐堆在一起的大厂房，忘了是白色还是浅灰色了，厂房旁边有两栋连在一起的宿舍。"

"你怎么知道那里？"她有些意外。

"我以前跟朋友去过。"以前我和白浩在街上闲逛的时候，他带我去了那里，他新婚不久的堂哥和堂嫂都在那个工厂里打工。我们去了他堂哥的宿舍玩了会儿，他堂嫂还做了点儿炸香蕉给我们吃。他堂哥从床底拿了一个他们的产品给我们看，是一个连接不均匀的条形金属，他告诉我们这个叫曲轴，是用在摩托车的发动机里的。"如果没记错的话，它应该叫银奇机械部件厂对吧？"我说。

"对啊。"她说，"我爸爸就在那里上班。"

"那你们家为什么住在这儿，不是住在那个宿舍啊？"

"我爸爸是那里的副经理，他分的房子不在那个宿舍。

在离那个厂挺远的一个住宅区。 而且，这个家是我妈妈单位分的。”

到了乔都家门口，她掏出钥匙正准备开门，我拦住了她说：“算了，还是别进去了吧。 事先都没说好就进去，这样不太好。”

“没事儿，我爸爸妈妈都不在家。”

“这跟他们在不在家没关系。”我说，“你看我之前都没有做任何准备，就跑到你们家里面去了，这样总觉得有点儿不太好。”

“那好吧。”她收起了钥匙，说：“走，我们下去吧。”

我们绕过她家后面来到了她说的那个小河边，河道确实窄窄的，浅浅的一条水潺潺流过，里面生长着墨绿色的水草却看不到鱼儿的踪迹。 她在石桥一边低矮的石墩上坐下了，我坐到了她的旁边。

“你唱吧。”我说。

她却一下子唱不出口了。 我能理解，在这样的环境下谁都没办法突然唱歌的，我说：“没事儿，你觉得可以唱了再唱吧。”

我们就这样坐了二十几分钟，或半个小时，什么话都没说。 我想这也没什么问题，因为以前小朱哥哥跟我说过，两个人待在一起，如果必须要靠费力地找话来驱逐沉默的话，那么这两个人是不适合待在一起的，或者说在这个情境下还是应该尽快分开去做自己的事。也许我和乔都这样才是自然而然的吧。但我观察了下乔都的神色，她好像并不自然，似乎被什么心事揪住了心房。以前我在学校里也没见过她呈现出这样的状态，这让我稍有担忧，毕竟她是那种比较外向开朗、喜欢跟朋友相处的女生。终于，她很小声地对我说话了："程循，可以把你的手给我吗？"

"嗯。"

她的指尖有些轻微的战栗，想牵着我的手却只是把指头和我的指头放在了一起。她说："你不知道，我虽然学习不差，但我并不是特别喜欢学校这个地方。但我现在喜欢它了，正因为有这个小地方把一些人都聚拢起来，我才可以每天见到你。我每天来上学最大的感觉，就是让你回到我的生活。"

我大概能理解她的意思，是某个小地方把我们一部分的生活轨迹并到了一起。

"我经常在想，我跟你隔得有多远呢？你就坐在我后面，无非就是一个桌子的长度而已。只是你在干你的事，我在干我的事罢了。我时常对自己说，我想的人每天都能见到，就已经很好了，我还能再要求什么呢，还有什么让我不快乐的理由呢？每天我还能回头跟你说几句话，这难道还不够吗？

"虽是这样想，但只要想到后面坐着你，我就无法安心。

我不知道自己的心因你发生了什么改变，但知道这种改变已无法挽回。我好想永远躲在你身后，这样就可以告诉自己我不再孤单。”

听到这里的时候我突然觉得无比伤感。她接着说：“但是我又觉得我和你隔得好远好远，就像现在这样你坐在我身边，我也觉得你对我来说遥不可及，有什么东西堵在我胸口似的。你是一个对人多亲切多和蔼的男孩子啊，但你越是这样，我就觉得自己越触碰不到你，触碰不到真实的你。”说到这儿，她把自己的手收了回去。

这天她说想自己回去，是我坚持送她回家的。她上楼以后，我走到院子里的木椅子那儿坐下，听她说完那些话后我感觉有些压抑，我从不知道她会以这样的方式来对待我，我也不知道我们感受事物的态度有这么大的差别。但我并没有改变我对她的态度，她就是那个善良体贴，时而机灵聪慧的姑娘。

几天后的上午有节体育课，做完规定项目后就是自由活动的时间。我朝着操场边缘走去，这里有两个又长又宽的花坛，据说以前种着一些小灌木，但我来到这所学校后花坛里就只是铺了一层厚厚的细土。两个花坛一个大一个小，女生坐大的，男生坐小的。自由活动的时间，男生多数会踊跃地搞运动，而比较多的女生会来这边坐着聊天儿。今天情况有点儿反常，班里几个热衷于运动的男生都聚拢在这里，围住了小雪。小雪是个男生，名字里有个雪字，看起来比其他同龄男生略显娇嫩，因此得到了这个称呼。

男生们接连不断地压低声音起哄，小雪一直逃避着回应，缩手缩脚的动作分外拘谨。男生们脸上的表情阴晴不定，时不时露出一片诡谲的笑容。我不明就里，向其中一个男生老彭请教。老彭这个人并没有什么突出的人格魅力，我们愿意跟他做朋友，主要是因为他善于探索消息且乐于传播。他指着对面花坛对我说："你看，那谁的旁边空出了一个位。"

"谁啊？"

"就她旁边正好有一个地方没人坐的那个。"

"哦，你说周宁加啊。"

"可不是吗。"

"你们想让小雪坐到那儿去么，这有什么意义吗，莫非他喜欢上周宁加了？"

"抱歉，我通知你晚了。"老彭一脸得意地看着我。

周宁加坐在那里侧着头玩自己的手链，长长的马尾斜斜地从左臂边垂下来。她右边那个女生热切地和右边的女生说话，偶尔扭过头来和她交谈两句。老彭说："这种机会可遇不可求，可是他怂了，你帮我劝劝他让他赶紧坐过去。"

我挤到小雪身边，调整语气对他说："你懂什么叫机缘巧合么？我不管你是不是真的喜欢她，现在是个绝佳的机会，快点儿把握吧。"

“可我就这样坐过去，不会显得很别扭吗。”小雪还是扭扭捏捏的。

我从裤兜里拿出了一个漂亮的中国结，这是姐姐织了之后送我的。我把它给了小雪，说：“我们没让你干坐着啊。你坐过去先和她聊天，聊不下去了，就把这个送给她。”

为了减轻他的压力，我们男生集体退下了。这时，一个环卫老爷爷走了过来，他就地坐下来把我招呼了过去，用挂在脖子上的毛巾擦着满脸大汗对我说：“小伙子，你没啥事儿来帮我浇浇花。”

他的清洁小推车上放着两个水桶，我拎起了其中一个，他又对那边招招手把刘力杰也叫了过来，说：“你也一起来帮我干活儿吧。”

我和刘力杰拎着两个水桶到了不远处的花草旁边，浇了几拨水后，刘力杰突然放下了水桶看着我。

“怎么了？”我问他。

“你周末的时候跟乔都去干什么了？”

“你怎么知道的？”我也放下了水桶。

“反正我就是知道了，你说嘛去干什么了？”

“你要是敢偷听我们说话，我会打断你的腿。”

“没有，我没有偷听你们说话。”他说，“我是听别人说的。”

“你知道这些没意义的，刘力杰。”我没有告诉他是因为我觉得乔都可能不愿意把我们之间的事告诉别人。

“你不想告诉我对吧。”刘力杰失落地低下了头。

“不是我不想告诉你，这些东西你知道了也是没用的。”我走到刘力杰身边把手臂搭在他的肩膀上，“不如我告诉你一点儿有用的。”

“什么？”他抬头问。

“不要让她觉得你和他隔得很远。”

“我从来都是尽量靠近她啊。”

“也许你这么做了吧。”我说，“但是她有她的感觉，这跟你以为的怎么怎么样一点关系都没有。”

“嗯。”

“你要让她觉得你在她身边的时候是很真实的。”

“什么意思？”

“就是说你在那里的时候就会一直陪着她，不会出现一下又离开她。 当然这只是我自己推测的，不一定对。 至于你要怎么给她这种感觉，我也没这方面的经验，你自己回去好好考虑吧。”

刘力杰考虑的结果是要找张纸给乔都写点东西，那天下午教室里只有我和他 2 个人，我们坐在最角落的两个同桌座位上，他拿出一张精美的紫色信纸，问我某些地方要怎么写。

纸上的内容就像一篇作文，基本上都是不着边际的遣词造句。 我建议他改短一点，然后指着其中一处对他说：“这个地方怎么突然讲到这些东西了，感觉很不自然。”

“那你帮我想点儿别的代替吧。”

于是我根据上下文帮他插入了一点儿东西：你坐在你的座位上学习，我坐在我的座位上学习，你学习那么好我也帮不了你什么，你难过了我也没办法让你开心。但毕竟我们生活在一个教室里，我们还是可以偶遇的，也许偶遇的时光很短，但美好的时光总是很短的。

刘力杰基本上认同了我的东西，但我们一致认为作为一封信这段着实少了点儿文采。于是我带着他去找了小朱哥哥。

那天我本来想去小朱哥哥家里找他，但在他家附近的那个菜市场我就见到他了，他正拎着几个塑料袋在那儿买菜。

“嘿，程循，你怎么来了？”我跟他打招呼后他走到了我旁边。

“你买好菜了吗？”

“还没有。”他对我说，“我们一起去买吧。”

我跟他穿行在菜市场里狭隘的走道，他走到几个档口，买了马铃薯、番茄、墨鱼丸和莴笋，他说他等会儿要跟他妈妈一起做一道新疆大盆菜。出了菜市场后他问我：“什么事儿啊，要不要到家里去说？”

“不用了，就一点儿小事。”我说，“在这里说就可以了。”

菜市场后面通向一个小公园，那里有几级石阶，我和小朱哥哥走向了那里。

中途，小朱哥哥从菜市场的一个档口买回了两罐冰凉的生啤，和我一起坐在了石阶上。我拿出了那张纸递给他，他喝了几口冰酒，接过来扫了两眼。

我向他介绍了刘力杰和乔都的大致情况，他对我说：“我觉得你这个朋友送信不是个好办法，还不如约这个女孩子出来吃个饭比较好。实在要送就送个正正经经的情书，送这个东西她看了也没什么感觉的。”

冰啤涮得我整个食道都是清凉的，我说：“我估计在他眼里这就是最好的办法了，他爱这样就随他去吧。”

小朱哥哥笑着说：“也行。但他想表达什么意思我猜不到，也没法儿帮他决定，我只管把这段话改得文艺一点儿。”

“这样就行了。”我说道。

小朱哥哥一口一口喝着啤酒研读着我写的那段话，对我说道：“不用改了，我想起徐志摩有首诗，里面的一段正好可以概括你这段话。”他把那首诗的那一段以散文的格式写在了纸上：

你我相逢在黑夜的海上，你有你的，我有我的，方向；你记得也好，最好你忘掉，在这交会时互放的光亮。

写完以后他又咯咯笑了起来，说：“我不知道那个姑娘是个什么样的人，我不能保证她看到这个会不会笑啊。”

“没事儿，笑就笑吧，反正意思到了就行了。”我说。

几天后我和几个兄弟跟着高阳光的车去接人，一个中年男人上了车，高阳光之前告诉过我，这个人叫宋叔叔，现在只有他能帮他了。

几天前，高阳光载着一车羊刚进入城区的时候，一台拖拉机拦住了他的去路。上面下来几个人，对他说：“给我们几只羊。”

高阳光说：“为什么？”

那个人说：“麻烦你注意一下我的语气，我不是乞求，是要求。”

高阳光说：“你有什么资格要求我？”

那个人说：“我姐夫就在有关部门工作，我打一个电话他就可以依法处罚你。你的车那么与众不同，我想他应该不难认出你。”

于是，他们从高阳光车上抱下 3 只羊，放上拖拉机带走了。

宋叔叔知道这件事后，跟他说，这就是现实版的狐假虎威。他知道那群人，是一伙儿在县汽车站附近转悠的流氓，老大曾经是个司机，因为摸乘客的行李和勒索外地乘客被开除。改天你来找我，我带你去把羊要回来。

车子开到了县汽车站门口，宋叔叔跟门卫打了个招呼，他立马就让高阳光把车开进去了。我们在候车室门口下车，宋叔叔说：“阳光你跟我进去，其他人就在这儿等吧。”

10 分钟后，宋叔叔和高阳光牵着 3 只羊走了出来。他对他说：“快去把羊还给你们老板吧，你以后也别开这车出来赚钱了，你换发动机还差多少钱，我给你补上。”

与他们告别后，我在街上匆匆步行，来到一个公交车站，看到停站的一台车可以到我们家附近，就随便踏了上去。

车子开动后我晕头晕脑地往车厢后面走，却无意间看见了林老师也坐在这趟车上，坐在车厢靠后的位置。

那一刻我的脑子里其实是很平静的，三种以上可能发生的情况在我脑海里分别演绎了一遍后，我做出了装作没看见她的选择。那时候我认为这个选择是英明的，此后我的心灵可能要承受或经历的一切将会完全赦免。但实施这个计划的过程又是痛苦的，因为我为自己并没有做什么伤害她的事而不敢面对她的懦弱而羞愧，而无法理解自己，也对她本身抱有歉意，因为她本该得到我一次诚挚的问候。

我缩在车上最后一个座位，她的背影就在我眼前，让我感觉到无比安全。但我并没有看她太久就转移开了视线，我看到她低着头，腿上放着一个包裹好的盒子。我在想她可能是要去邮递东西吧。很快，我的思维又不由自主地被记忆覆盖，我也不知这个记忆为什么会在这个时候突然涌来。那是不久前父亲骑摩托车载我出去了一趟，车轮碾压过石板路、土路、新修的沥青路，排气管沉着的轰鸣划过飞速流动的空气。父亲拧开油门，好让发动机更快一点。车子经过了县里的重工业区，一所学机床的技校，还有那条通向乳白色小楼的碎石小路。

回学校以后我和刘力杰碰面了，我问了他一句："那封信送了没有啊？"

"送了。"

"她看完之后有跟你说什么吗？"

"她给我了一张纸。"他说道。

"写什么了？"

"就是小小的一张作业本上的纸，写了几句谢谢我的话，还写了中间那首诗写得不错。"

"这个结果你还算满意吧？"

"当然满意啦。只是她回给我信的那一下，我突然忘了我做这些的初衷是为了什么。然后我又顺势再跟她说了两句话。"

"说了什么？"

"我请她出去玩了。一般来说在这个时候约她出去玩一玩可以有效地推进关系。"

"去哪儿了？"我问道。

他环顾了下四周，声音轻柔而惬意地向我描述了过程。

他对乔都说：“你知道 79 路有一家光刀电玩吗，我们放学后一起去那儿玩一下吧？”

“我不玩那些电子机器的。”乔都笑着说。

“我知道，我也从来对那些打打杀杀的小游戏不感兴趣的，我是说我们可以去那附近走一下，坐一下。”

“就今天下午吗？”

“对。如果你不行的话明天下午，后天下午也可以，或者你觉得什么时候可以去就什么时候咱俩一起去。”

“那就今天吧。”乔都说。

放学后，刘力杰迅速冲到了乔都的座位旁边，他们出校门后等不到公交车，就一直沿着马路走。乔都对刘力杰说：“我妈妈在家里做好晚饭了，我爸爸今天也从他们单位的总部回来了，他们要等我一起吃晚饭，我不能太晚回去的。”

“我知道了，我会帮你看好时间的。”

他们到达光刀电玩后在附近转了转，这家店在小镇有最棒的机器，曾经有一阵子颇受高阳光他们的青睐，只要来够了人就第一时间往那儿跑。他们在附近的一个小平台边上坐了下来，这块平台上放着 3 张水泥乒乓球台。那时候标准球台还没普及，但随着国家队连夺奥运冠军，人民对乒乓球运动的热爱已经全国普及。这三张水泥球台是全镇人民展露身手的唯一器材，除了吃饭时间它们永远是被包围抢占的，刘力杰带乔都来时正巧是它空闲下来的时候。

小平台边上有几株被锯得只剩下根的树，上面悠悠发着新芽，这些芽如果自然生长也许有朝一日会变成苍天大树，可惜人们的鞋底和屁股永远忽略了它们的存在。

“你有时会不会想到，希望有个人一直陪着你？”刘力杰问乔都。

乔都不知道他为什么问出这样的问题，说：“这世界上除了自己，是没有人可以一直陪着你的。”

刘力杰停顿了一会儿，然后说：“但至少在一段时光里，他是会在你身边，和你一起度过的。”

乔都想了想：“这么说还是挺美好的，如果有这样一个人我会愿意的。”

“其实我愿意做那个人。”刘力杰说。

乔都笑了：“你在说什么？”

“我的意思已经很明确了，我没法儿再解释什么了。”刘力杰说道。

乔都说：“你也算是个学习好的学生，你别老往这个方面想问题。你说我们俩待在一起能干啥，能让祖国的明天更美好吗？”

“我没想干啥，只要能和你在一起就好了。”

“可是我们现在已经在一起了啊，你要是真喜欢和我在一起，就不要三心二意的，好好珍惜现在的时光吧。”

刘力杰说道：“我没有不珍惜现在的时光，但我知道现在的时光是短暂的。你一个女孩子老一个人总是会孤单寂寞的嘛，而且你碰到困难或者危险都没有人能帮你。”

“我不知道你说的孤单寂寞是什么意思。”乔都说，“我没有这方面的困扰，你这是不必要的担忧，但我还是谢谢你关心我。我生活在一个安全稳定的环境，我暂时也想不出我会遇到什么特别危险的事儿，我也有个很美好的家庭，不管遇到什么样的困难家里都是我的避风港。但我并不是说我什么事儿都要依靠爸妈，我知道你是因为关心我才想为我解决困难，但人在生活中总是会遇到各种各样的困难和苦难的，这是我小学毕业前就明白的道理。你遇到困难了会第一时间跑来找我吗？那我遇到困难了也不会第一时间跑去找你，我觉得这是每个独立的个体个人的担当。就像你有你的朋友，我也有我的朋友，我也一直把你当成我的一个朋友，我也希望你把我当成一个最好的朋友来对待就好了。我的朋友会一直陪着我，虽然她们不会永远在我身边，但我们曾经有过在一起的时光就够了。”

听完以后，我与他一起靠在教室的后墙上，反复设想着他们当时对话时双方的神情。刘力杰说：“我现在很后悔，我觉得我当时说的那些话太没水平了。我当时主要是急了，已经没办法想到什么说什么，把从其他地方看到听到的话生搬硬套给带出来了。如果时光能重来，我一定换上更合适的台词。”

“算了，说都说了，只是一次见面而已，别想得太隆重了。”我对他说，“你觉得她很在乎你吗？”

他摇摇头。

“那不就是咯，她都不在乎你，你说的话她也不会放在心上的。”

当天放学的时候刘力杰再来找我，依然认为他那些因为并非发自内心而表意不明的话对他在乔都心中的形象有严重损毁，于是我决定帮他再回一张纸条——写点话给乔都。

这次是他要求我带他去见小朱哥哥。我带着他依然是在那个菜市场找到了他。小朱哥哥笑着拍了拍他的肩膀，问他上次送的那个东西效果怎么样，他说还挺不错的，很谢谢他。他把这次事件详尽地描述给了小朱哥哥听，小朱哥哥听完没有说话，思忖良久，问他：“你这次写信给她的主要目的，就是挽回那几句话的损失吗？”

“是啊。”

“但说实话，我觉得那几句话立意上是没有太大问题的，只是表达技巧上欠妥。”

“真的没有太大问题吗？”刘力杰犹犹豫豫的。

“你喜欢她，你说你想跟她相处，关心她保护她，这有什么错吗？”小朱哥哥说道。

刘力杰开始嗫嗫嚅嚅了，小朱哥哥进一步开导：“我还是保留上次的观点，不管她之前对你说了多么绝情的话，你最好还是约她出来吃个饭好好谈谈。就算实在要写，就重新写个正儿八经的情书。”

刘力杰依然在这个逻辑转换的问题上云山雾罩，小朱哥哥只好按照他最初的思路帮他想办法。最后小朱哥哥说：“这样吧，意思还是那几个意思，咱们换个角度来表达就可以了。只要把气氛渲染悲壮了，你干什么都是英雄。这种脑子还没发育完的小姑娘就是向往成熟，你就说人生无常世事难料，今天得过且过明天就不知道要发生什么，在她安全稳定的生活里你只想默默地想着她，但如果哪天有些突如其来的事情发生在她身上，她迫不及待地需要有人陪在她身边，你一定会第一个赶过去。程循不是说她其实没有太多朋友么，你说虽然你有朋友，但我知道你并没有很多朋友，况且朋友也不是万能的，总有些时候她们和你是有距离的，这个时候我愿意做那个和你亲密无间的人。而且你的朋友和我是并不矛盾的，如果你不介意，我也可以尝试着和她们成为朋友。”

刘力杰眼巴巴地看着小朱哥哥，问：“你能不能再重复一遍啊？”

小朱哥哥说道：“不用完全按照这个写，大致有这个意思就可以了。”

这次送信给乔都后，她接受了，但再没回信。

08
目送不如相遇

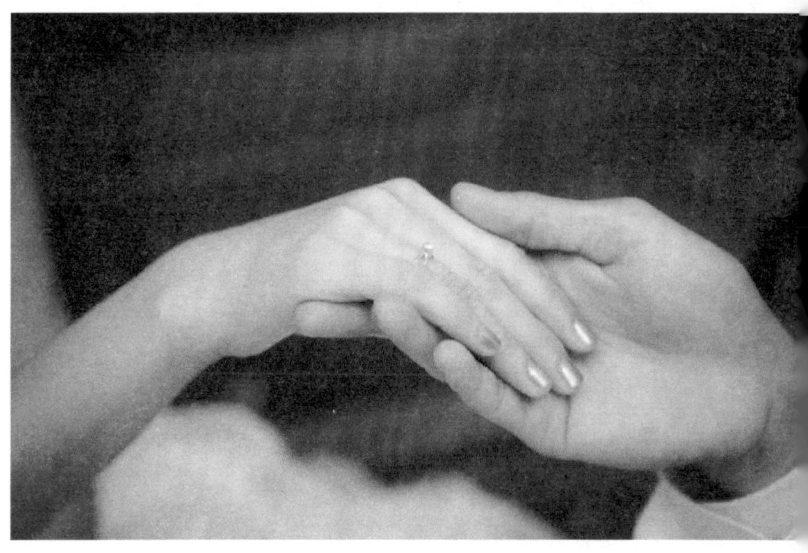

姐姐他们学校期中考结束后，父亲去开家长会领回了成绩单，加上母亲 3 人一起在沙发上研究讨论了一阵。父母对姐姐的期盼是将来能上到本市前三的外语外贸大学、农业大学或新华学院其中之一，而姐姐自己希望能考上省城排名第一的师范大学。姐姐现在的成绩完成父母的目标是绰绰有余了，但因为数学成绩的原因离自己的目标还差一截分数。她的数学成绩并不差，只是比起其他科成绩的出类拔萃显得平庸了一些。

回到房间以后，我对姐姐说："还有挺久才高考的，你使劲儿学一阵，不懂找老师解答，提上十几分还不容易。"

"现在这个分数，我已经尽力了。"姐姐说道，"我每天花比别人多 2 倍的时间来做数学卷子，但成绩总是在那个层次徘徊，感觉花出去的工夫都没有取得实际的效果。"

"不会永远是这样吧？"我对此没有任何体验，实在给不了她什么帮助。

"这应该是一个思维的问题。"姐姐说，"我想去找一下朱翰杉。"

"你成绩单上数学多少分来着？"我问。

姐姐拿起成绩单，说：“128。”

“据我所知小朱哥哥的数学好像常年都是140分左右。”

姐姐把成绩单摊到桌面上，坐到床上，说：“我也不知道为什么，每次感觉束手无策的时候，脑子里第一个想到的人就是他，只要他坐在我对面，听到他说任何话，我就觉得任何事情都没什么大不了的。”

第二天我们一起去小朱哥哥的学校门口等他。在路上，听了她的问题之后，他说：“你知道么，题目做太多了会把脑子做麻痹的。现在唯一的办法就是把参考书和练习册都扔了。”

两天后，小朱哥哥来敲我们家的门了。他给了姐姐一本书，说：“我想了两天，我觉得这本书可能会对你有帮助。”

姐姐接过书，他接着说：“这本书是我姨丈写的，他是个数学家。里面我画了一段话，不长，大概200字左右吧，你可以重新认识一下数学的概念是什么，也许有助于你打开思维。”

这天，我下午睡醒后，跟几个朋友在教学楼后墙那儿聊了会儿天。这时乔都朝我走了过来，挤在几个男生的中间，站在了我的旁边，我还没来得及跟她打招呼，那几个男生就心有灵犀，立即走了。我看着她笑了笑，她却低着头看着地上墨绿色的苔藓。那时正是接近黄昏的时候，光线已失去了锋芒，风儿在我的侧面一阵阵地吹过。

乔都晃了晃我的衣袖，说：“转过来点儿。”

“衣领上有灰。”她用手指轻轻掸去我衣领上的白色污点，露出了一个甜甜的微笑。这个微笑让我想到了一年只能吃到两次的水晶饼。

“我最近突然有种感觉。”

“觉得什么？”我问道。

“以前我倚在栏杆上的时候，我总觉得目送是一件很美好的事情。但是现在我觉得目送这两个字还不如相遇。很多时候，相遇了，在一起了，才能了解和亲近一个人。”

“每种方式都有它的特点吧。”我说道。

那一刻，乔都突然哼唱出了一首歌，我听出来了，是我和小朱哥哥都很喜欢的一首《真的好想你》。她上次在白色市桥上没唱出来的应该就是这首吧。当乔都的声音吐出一个个歌词的时候，我心里突然有了种压抑的感伤。我在想，也许我总归是要离开这个我生长的地方的，摇晃到一个暂不知晓的遥远的去处。我很想把我的感受告诉她，但我最终还是没有说出来。我知道交流能抚慰人的心灵，但这样的一些情绪是不适合让她这样一个女孩子承担的。而且这种想法也许只是我大脑中一个意象而已，脑中的意象如果以语言文字或其他形式呈现出来，它便完全失去了意义。总之她把她想唱的唱出来了，而我没有说什么，我觉得这样挺好的。

这段时间黄文丰可能又闲了下来，有天坐着车跑过来找我。这次是袁若菲载着他来的，他父亲那台雅阁轿车现在给袁若菲在开。那天我难得地在房间里写作业，他跑进我们家院子绕到我的房间外，使劲敲我的玻璃把我叫了出去。

袁若菲开着车子在街道上行驶，比高阳光那台货车平稳而快速。我问黄文丰道："这车给了你们两个，你爸自己开什么？"

黄文丰说道："最近他不需要用车，就把这个车子给菲姐了。他最近正找人在帮他挑新车，新车买来给菲姐开，他自己再开回这台。"

"是这样的。"袁若菲笑着加了一脚油，车子呼呼地往前窜。

"不过我还更喜欢这台车。"黄文丰说道："后座软软的，很舒服。"

一会儿我们开到了隔壁县的卫华公园。那是我们这一带最大的公园，是为了纪念本地的抗日英雄阎卫华而建造的。我们从小门把车开进了公园里头，停在了一片铺满了枯叶的平地旁边。

我们踩在了这块地上，双脚深深陷入了厚厚的落叶，往前走找了一根横倒下来的树木坐下来。

"东西带齐了吗？"

"都在这里面了。"袁若菲把一个女性的背包从肩膀上卸下来，把里面的食物分到了我们手里，"我昨天买的，有啤酒，一点儿小零食，还有烤熟的鸭腿。”

我拧开一瓶喜力啤酒小口喝了起来，袁若菲不顾精致的妆容和精美的服饰，像个粗野的汉子一样一脚踩在了一块大石头上，左手一口酒右手一口肉，我在她身上看到了一种难得惬意的畅快。她边吃边说：“你们知道吗，我最近看了几部港片，彻底喜欢上了里面那种放荡不羁的男性装扮，耍酷的紧身皮裤，棕色的长靴。我一直特想买一套穿上，穿到街上去慢慢悠悠地逛几圈。我还想剪个短发，很短很短的，不要超过脖子的那种。”

我不太知道这个比我们大10岁的女人是以什么样的心态跟我们讲出她的想法的。我说道：“那你怎么不去剪？”

“大地让我先不要剪。”她把骨头吐到地上说道。

“我爸不让你剪？”黄文丰问道。他这人一开喝就猛灌，我们都还没进入状态，他就已经醉醺醺的了。

“也不是不让。”袁若菲说，“我那天跟他说了这个想法，他跟我说他最近有一些社交活动，现在还不适合剪。到时候等我们两儿都清闲下来了再剪。”

“你最近有没有发生什么有意思的事儿啊？”黄文丰随口问了我一个无的放矢的问题。

“我还不就是老样子么。”我笑了下说，“昨天我和我姐一起，搬了桌子锅碗在院子里露天煮火锅，我们聊了很久，从开吃一直聊到汤都煮干了。”

“挺有意思的，下次咱俩也试试。”袁若菲对黄文丰说道。

“当时，我越聊就越觉得，我和她真的太不一样了。她的一切都是规划好的，什么时候做什么事，而做这些事都是为了完成哪些目标，再从小目标聚集成大理想，而她其中的一个理想就是要考上师范大学。她是个能够督促自己的人，所以她的目标基本上都达成了，她给自己制定的计划也往往能够顺利地进行。偶尔有几次没有顺利进行也是因为我去干扰了她的缘故。她善于分析自己的问题，发现了什么问题也会第一时间去解决。

“但我就不一样，我脑袋里也会有一些想法，但这些想法飘飘荡荡就过去了。她的那几条里面，我没有一条做得到，所以我的生活就成了现在的样子，有快乐的时候也有不快乐的时候。”

“没有人能永远按照规划好的道路走的，也没有人一件不该做的事都不做吧。”黄文丰又扳开了新的一瓶啤酒。

“但我总觉得我现在做的事不是我应该做的。”我说道。

“我基本上能理解你的心情。”黄文丰把玻璃瓶举到阳光下摇晃着里面橙黄色的液体，说道，“这些都是环境造成的。你已经溺在这个环境里太久了，你已经失去你自己了。你已经没有动力去追求你真正想要的了。”

“我感觉我一点走出来的办法都没有。”我低下头笑着说道。

黄文丰放下瓶子，对我说：“也许你应该像我一样，换个地方生活一段时间。”

几天后我走出校门时已经渐入黄昏，街边陆续有一些摆摊的小贩到来。学校周边的小贩朴实憨厚，为了不影响孩子们做功课从来不大声叫卖，只是默默观望着行色匆匆的路人，祈祷他们能在自己的摊子前放慢脚步。

我站在小贩旁边，余光望向校门口，看到林老师从里面走了出来。她来到了我的身边，问我：“你干嘛站在这儿啊？”

“没事儿，没有原因。”

“哦。”她说，“那你早点儿回家吧。”

几天后我心里烦闷难言。恰好杨斌、白浩他们几个约着出去玩儿，我也就跟上一同前往了。

由于此行我们不想被长辈们知道，只好选择了一个反常的时间出发，我们乘坐了好几个小时的长途大巴，在路上还抛锚数次，来到了一片荒野之地。

穿越一片碎石滩，走进杂草丛的时候已经是凌晨两三点了，我的脚踝酸疼得失去了知觉。好在现在秋高气爽，午夜寒冷的空气很快掩盖并治愈了疼痛。我和何兆雄对夜行乐此不疲，但白菜和杨斌似乎难以享受到其中的乐趣，只想尽快停下来。杂草丛中的杂草有三分之二条腿那么长，坚硬且干枯。

“工具带齐了吧？”

“这些当然要准备好的，来，给你们。”

白菜把包里的各种小型农具分发给我们，我们斩除杂草，获得了一块整好够四个人躺下的平地，把刚才砍下的杂草铺在地上坐了上去。

此时的天空中只有星光，这是如今再也不会重现的美好。在星光下我们每个人的脸庞都洋溢着青春骄纵的气息。躺在地上的时候我感觉我的身体覆盖了整个大地，天空也就不过那么高而已，海洋也就不过那么宽而已。

何兆雄说，他爹现在已经给他预约了一份工作，他爹预料到他读书这条路走不通，毕业以后如果没有考到大学就可以直接去做，是在临市的一家事业单位当勤杂工。他曾经有一次悄悄地告诉我，他真正的梦想是当一名水手。只恨秋港有名无实，我们整个省里唯一一座靠近海港的城市离我们有600公里。本来勤杂工也是个轻松快乐的职业，只是有一次，一个人找到他，说他们需要他的声音。这些人是搞电话推销保险的，何兆雄的声音又粗又哑，说话急了还会破音，但他说正因为此他的声音容易让人产生信任感。可他这种性格实在没有吹嘘一样东西的能力，于是那些人给他安排了个女搭档，她把要讲的东西写下来，他直接念出来。

数年后，我带着我的女朋友在一座高楼大厦的负一层逛街，听到一首新出的歌叫《水手》。我当即买下碟寄给了他，后来想想，他那时的生活正如歌中所唱，如今的我生活就像在演戏，说着言不由衷的话戴着伪善的面具。

“程循，你呢？”何兆雄转向了我。

我一时想不出要说些什么，便对白菜说：“你和羽琪现在怎么样了？”

白菜说：“分了，就前一阵子的事儿。”

“出了什么事儿啊？”杨斌问道。

“也没出什么事儿，就那天我陪她在看衣服，我说走吧，她说她那件衣服还没试完，我说咱要走了我真的有事儿，咱下次再来试吧。她一下子就生气了，说你走吧我以后都不想见到你了。我以为她赌气呢，她说我没赌气，我不想跟你在一起了。”

“那你把她试的那件衣服买下来不就没事儿了么？”何兆雄建议道。

白菜摇摇头道：“不是这个问题。这件事只是个导火索，她真正对我不满的还是上次我和罗建军那件事儿。她觉得我小肚鸡肠斤斤计较，惹了事儿不敢承担还要朋友帮我来收拾残局。”

“后来的事儿她都知道了？”我问。

“肯定啦。”杨斌说，“他浑身的伤口，羽琪看见了肯定要问怎么啦。”

白菜伸了伸腰，长长叹了口气，“羽琪真的是有个特别聪明的女孩子。她的眼睛里面水灵灵的，看起来永远是透彻得不行。她对古诗文都是倒背如流的，欸，后一个可不是开玩笑的，她上次真的把《春江花月夜》倒过来背了一遍给我听，整整一分多钟没磕巴一个字。”

我拍了拍白菜那单薄瘦削的肩膀，找了句书里看到的话对他说道：“如果你们最后没有在一起，是缘分还不够。”

“这也不见得是坏事，跟她相处太累了，时不时就感觉到自己哪里有毛病。”

“算了，别想太多了。”

没过多久白菜和何兆雄直接睡着了，我和杨斌接着聊天，聊着聊着也不知不觉地睡着了。我们的脑袋与杂草零距离接触，睡着了也能感受到了它散发出来的一种野性的气味儿。

在草地上睡觉太踏实了，我们都没能按照预想好的时间起床，而是日上三竿了才睁眼醒来。于是我们将错就错，走出荒野后走向了通向县里的小路，在县城找了家小馆子吃早餐，花光了我们所有人身上的钱。回到学校时我们集体被班主任抓了起来，趴在教导处的茶几上写了800字的检讨并记小过一次。

时间依旧是这么平淡地流过了，我甚至找不出一件值得我铭记下来的事情。在一个父母都不用上班的周末上午，黄文丰家新买的轿车停在了我们家门口，黄大地带着他和袁若菲一起走进了我们家。袁若菲很礼貌地叫了我父亲一声叔叔，父亲也很客气地招呼他们坐下。

“今天怎么想着来看我了？”父亲浅笑了下坐到他们身边，掏出一根烟递给黄大地。

黄大地摆摆手，指着自己的喉咙道：“现在这里头还难受得厉害。这两天先是感冒，然后是发高烧，给自己休了 2 天病假，才有时间来看看你。上次程循去我们家玩儿，我就想着要和你见一面了，但最近一直在忙着厂子扩建车间的事儿，实在是抽不出时间。刚才若菲才陪我从医院输了液回来，现在体温才降到正常。”

父亲看了下母亲：“你去给大地找点儿茶叶来，喝点儿热茶嗓子会舒服一点儿。”

“麻烦你了啊，嫂子。”

父亲点着了刚才想给黄大地的那根烟，边跟他寒暄着，边深吸了几口。母亲把茶端上来后就独自离开了，父亲为黄大地倒上了一杯，看了袁若菲一眼，低声问：“你打算什么时候把她娶回家啊？”

黄大地和袁若菲相互对视笑了下，良久没有说话。黄大地喝了几口茶，“现在这个时间点，有点儿为难。”

父亲表示理解地笑了下。

“现在外面，还是有很多流言蜚语在说若菲。我俩现在名正言顺地办事儿的话，她的压力太大了。而且，我也在担心文丰在别人面前会不会尴尬。”

“你们爱怎么样怎么样，你们的事儿跟我没关系。”黄文丰说道。

袁若菲笑着低下了头，轻声道：“没事儿，这事儿我也不着急，就听大地的吧，反正现在我俩已经住在一起了。”

父亲把烟掐灭，说道：“小袁，大地跟我说过你好多次，我和他都知道你是个多好的女孩子，现在外面没有修养的人太多了，不过咱们拿他们也没什么办法。你不要太放在心上了，我都替大地和文丰感到庆幸能遇到你。”

“谢谢你，程叔叔。”袁若菲抬起头看着父亲说道。

黄大地轻轻搂了搂袁若菲的后腰，温柔地抚摸着她的手背。而黄文丰依旧低垂着脑袋，一副事不关己的表情。

09
恭喜你毕业了

此后很长一段时间，我再也没有离开过秋港，直至有一次高阳光带我们坐上了开往另一个地方的面包车。

高阳光以前在技校的时候因为一次动手事件结识了一个男生熊向前，两人后来成了很好的朋友，并先后从技校退学。熊向前生活条件比较拮据一点，换过几次工作后找了个给人开面包车运货的活儿，再后来他的老板要换车了，他开了那么久车也攒了点儿钱，就把他自己正在开的车买了下来，单独在外面接散活儿挣钱。高阳光找到他，说希望他开车载我们几个去某某地方一趟，他说可以。

车子只坐了5个人，熊向光，我，高阳光，还有另外两个在他的帮派里跟他玩得比较密的朋友。它开出了小镇，从国道上穿出了县城，然后沿着一条马路一直往前不停歇地行驶着。

天幕渐渐低垂，车厢里的光线也渐渐变得昏暗，小面包车行驶的噪音也因为时间太长而变得轻飘。我问高阳光：“我们要去干什么啊？”

“见一个人。”

“谁啊，男人还是女人？”

“女人。她的名字叫赵新璐。”

“她和你什么关系啊？”

“她以前是我女朋友。”高阳光说道，“她是个住在我心里的姑娘。后来我们分手了。”

“谁提出的分手啊？”

“她。”

“哦。”我点点头，“那你这次去找她是为了什么啊？”

“她被一个男人打了。”高阳光说道，“那个男的就是她最近交的那个男朋友。他们因为一点什么事产生了口角，那个男的就对她动粗了。虽然没造成什么重伤，但毕竟还是让一个男人给打了。赵新璐是个很大大咧咧又开朗的女人，但这件事发生以后，她哭了几天彻底没辙了。她给我写了一封信，把大致情况说了一下，给我加急送过来了。她说她想立马见到我，要来我们镇找我。我给她回了一封过去，说算了，还是我去你那儿吧。”

“当时是她把你甩了，你现在还要去帮她？”我问道。

他叹了口气，停顿了会儿，“她没有把我甩了，我们是和平分开的，谁也没怨恨谁。”

然后，在我们无声的等待中，他向我们讲起了自己和她的故事。

“那个时候吧，我还在那个技校读书。那时我在做一件事情，我在外面认识一些人，他们可以花钱搞到一些市场上私底下流通的二手收音机，有国产的，也有一些进口的索尼、松下这些牌子的，价格就贵一点。收音机是什么你知道吧，就是有根天线的，你扭上面的一个旋钮，就可以听到不同的电台播放出来的声音，有说话也有歌曲。还可以把磁带放进去播歌。那时候他们就把一大堆收音机给我，我把它们以 2 倍以上的价格卖给技校里的学生。那时候，每次送过来的收音机款式各种各样，那些学生都特别喜欢，几天内就可以卖完。我们技校角落里有一片小树林，里面基本上是不会有人了，小树林旁边是土砖垒起来的墙，我们约定好时间以后，它们就在墙外把一个装满了收音机的纸箱子从墙上递过来，我这边就可以接住。有一次他们可能是想一次赚多一点，递给我的箱子比原来大了 2 倍，我把那个箱子放在地上一时还没想好一个人要怎么抬呢。

“这时候，我听到了几声笑声，我转过头，看到一个女的捂着嘴在那儿笑。我朝她走过去，她也朝我这儿走过来，我问她：‘你看出来我在干什么了不？’她还是在那儿笑着点了点头，没有说话。

“然后她对我说：‘你一个人搬不动吧，我帮帮你吧。’

“然后我们一人抬着箱子的一边走了起来。我问她道：‘你为什么在这儿啊？’

“她说道：‘我们宿舍来了人，不是很方便。’

“‘来了什么人不方便啊？’我问道。

“她说，她一个舍友全家人都来看望她了，爸爸妈妈奶奶阿姨还有几个表弟表妹，在宿舍里搭了一张圆桌子吃饭，就在走廊的公用炉灶那儿炒的菜。她和其他几个舍友干脆就出来了。

“我们一起把箱子抬到了技校里一个安全的地方，我从箱子里拿了一个收音机送给她。她挺高兴，但不怎么会用。我告诉了她开关在哪里，然后跟她说：‘你先拿回去琢磨吧，晚上我来你们宿舍教你。你宿舍在哪栋楼哪个门牌号啊？’

“然后她就把宿舍在哪儿告诉我了。回去之后，我跟几个朋友去喝了点儿酒，然后去打了挺久的乒乓球，又打了挺久的篮球，回宿舍以后洗了个澡就睡着了。一直睡到晚上差不多 10 点了，我出校门到一家糕点店里买了一盒千层酥带去了她的宿舍。

“她们宿舍里除了她还有两三个女的，见到我来找她以后都在那儿窃笑着交头接耳，我把千层酥打开分给她们，然后她们就回到自己的床上假装继续干自己的事儿了，当然我也没理这些女的。我和她一起坐到她的桌子边，我摸了摸那个收音机，问她叫什么名字，她就告诉我她叫赵新璐，我告诉他我叫高阳光。

“我们俩几乎没讲几句关于这个收音机的话，然后我们就一起走出了宿舍。到了宿舍楼底下的一面墙旁边，我让她背靠着墙，然后直接吻了她的脸。我是第一次对女孩子做这个事儿，所以根本不顾做完之后会有什么后果。她当时整个脸唰的一下就红彤彤的，但她没有羞涩，也没有不高兴。然后她就勾起我的脖子吻了我一下。

“当时我看清了她，她是个眼睛特别大的女孩子，笑起来却又成了一条细长的弯弯的缝。我拉着她的手在校园里走了一圈，回到我们男生宿舍楼下的时候，我他妈当时就想搂着她躺进宿舍底下的草丛睡一夜了。但是她说不行，她不是怕我对她做什么不该做的，而是草丛太冷了早上又有露珠，睡了容易感冒发烧。然后我就送她回了宿舍。

“临走的时候我跟她说明天来宿舍接你，她说明天他父亲要带她到校外去办点事儿。第二天，我从中午就开始在校门口蹲着等她了，一直等到太阳快要下山，这时候我看到一台黑色的轿车缓缓地停在了路边。那车不怎么亮丽，车身上灰蒙蒙的，就是比一般的轿车要长一些。驾驶室里的男的下车拉开后门，我看到赵新璐背着女孩子的小挎包走了下来。那男的一袭黑衣黑裤，身材精壮，面容年轻，我当时还在想赵新璐他爹是不是未成年就生下他了。

“她看到我在路边等她很开心，笑盈盈地朝我走了过来，然后在我面前停步，直至看着那台车开出那条街道拐了弯，才猛地扑到我的怀里，我一个趔趄差点儿翻到。

“那天晚上我陪她在校园里打羽毛球，刚开始她连发球都不会，结束的时候已经可以和我对拉了。她发自内心地高兴，也许也有佩服我教学功力的成分吧，强烈要求请我吃饭，还要下馆子。刚认识就让对方破费总是不合适的，我说下馆子太麻烦了，主要是太远，你实在要请就请我去饭堂吧。可是等我们到饭堂已经没菜了，我们在空荡荡的饭堂里找了张角落的桌子坐下，她跟我讲起了她的成长故事。不知为什么，在她讲的话里面，总会时不时蹦出一两句让我受到惊吓，亦或是无法理解。出饭堂以后天已经黑了，我们到校园外散步，我带她去了一个地方，我记得那地方程循很小的时候我就带他去过。那里原是一个政治部歌舞团，我带程循去的时候尚还热闹风光，一年到头总是张灯结彩锣鼓喧天的，曾经还邀请过著名歌唱家胡宝善来演唱。‘文革’时期整个歌舞团变成了空城，团里的大礼堂彻底废弃了。这个城市里有很多热爱艺术的民众，他们没有施展才华的舞台。后来，这个大礼堂成了他们的舞台，他们互为观众和表演者。赵新璐进去以后很快进入了状态，她和大众平民有一种现成的默契。我退到了角落里，隔着昏黄稀疏的光线，远远地注视着她，那是我第一次看到一个女孩子如此可爱地释放自我。如果时光可以停止，我真希望她能永远这样快乐下去。

“回宿舍以后，我把那台黑色的车子的车标画了下来。虽说我是学汽修专业的，但我怎么也认不出那个牌子。后来我把纸拿给同年级的一位号称万事通的同学看，他看了一眼，说道，你这只井底之蛙，这么有名的车牌都认不出来，这是奥迪。”

听到这里，我们车厢里三个人都微微笑了笑，但没有发出很大的声音。高阳光接着说道：“再后来我们俩就总是待在一起了。那时候我就是个呆瓜，我已经粗略地知道了我和她的关系是个什么概念，但我又不懂真正的爱情是什么。也许她在感情上比我还幼稚，但她在考虑问题上确实比我周到。我们在一起一个多月后，我偶然跟她提起了那天见到他爸爸好年轻，她干干地笑了下，说那个不是她爸爸，是他爸爸的司机。

“那时候我把兜售收音机赚来的所有的钱都给了她，但她从来没要，都是原封不动地还给了我。她偶尔有几次稍微透露了她的资产，我才发现我的跟她比起来简直是九牛一毛。后来我再也不好意思把钱给她了，自己存起来，找机会带她出去花。那段时间我真的走遍了所有能花钱的地方。这并不是说明我们俩是很物质的人，我很珍惜和她待在一起的时光，我总是希望把场面打造得尽善尽美。这并不完全是金钱的关系，但金钱总要在里面发挥一定的作用。也正因为此，我力所能及的会有一个范围，超出这个范围我就无能为力了。可是，她是个很有想法的女孩子，她的想法经常会滑行到这个范围之外，这时候我的反应就是抓耳挠腮四肢无力，而她总是轻轻飘飘地掏出自己的钱包，下一秒就让这个想法变为现实。

“后来我们把长途旅游当成了常规的娱乐项目。我们天南海北都去过，记忆最深刻的是去过一次浙江，那次……哎。”讲到这里他突然颔首长叹暂停了讲述。对此我非常理解他，人有时候钻进某些回忆就像钻进泥沙俱下的河床底部，沉重而压抑。我们都不约而同地没有催促他，一会儿他接着讲道：“那次我们去看了海，直到现在，只要我站在比平面高一些的地方，我的脑中就会出现海浪翻飞的景象。我们本来还计划要去一次首都的。她说她很小的时候就和爸爸妈妈去过一次北京了，爸爸妈妈带她参观故宫，她走着走着路就靠在妈妈的手臂上睡着了。我们说好要去看天安门，要在毛主席像底下拍一张合照，然后要我陪她去王府井给她宿舍的姐妹们买最时髦的衣服。

“后来，你也知道的，我因为一些事情离开技校了。她当时斩钉截铁地说要跟我一起走。我说你别傻了，你在学校里待着不用为钱发愁，日子过得也自由，你在这里待着是最舒服的。她说我不在乎这些，你去哪儿我就要去哪儿陪你，我要陪你一起拼搏一起奋斗。我说我不是要去拼搏奋斗的，我只是要找个地方安身。她说不管你干什么我就是要和你在一起。我说你看哈，我只是换了个地方住而已，我们继续谈恋爱，其实和以前是没有任何区别的。只是我们待在一起的时间可能会少一点儿而已。过了一会儿她就答应了，还帮我收拾了行李。那天她不知道编了什么理由骗她爸，让那个司机把那台奥迪车开过来帮我拉行李。我坐上那台车子的沙发的时候整个屁股都在发麻，一路上我听那个司机称呼他爸‘赵书记’。”

这是我第二次退学了，去外面以后根本找不到工作。后来不慎结识了一些不法分子，被他们带下了水。他们弄一些人造革做成假的皮包，再套上名牌的牌子，到火车站和电影院去推销，价格往往低得异常。我和他们一起做这些事情，还挣了挺多的一笔钱。我看着一个个从我手里买走包的人，我真不知道他们是真的看不出这是假的还是宁愿花低价买个假名牌让自己开心。后来工商局检查得严了，我们就干不下去了，我拿着这笔钱闲了一段时间，大致计算好了花完的期限，我想我在这个期限过后需要找一份稳定的工作。有次在超市购物的时候碰巧见到了以前的一个朋友，他把我介绍到了他们的单位，刚干的时候感觉挺累的，后来就习惯了，关键是提供吃住，生活有保障了。

“我记得有一次，赵新璐和几个女性朋友一起出去聚会，地点是在我们县城最高档的酒店，定海区的小思南公馆。那次她要我陪她一起去，说她那几个女性朋友都带男朋友了。那时候因为工作的原因我满身油乎乎的，我说算了，我这样就别去了吧，她说这些都没关系的，只要我人去了就行了，你那么能说，到时候多跟他们打打趣就可以了。我说还是算了吧，我这样出现在她们面前她们会觉得很奇怪的，她退了一步，说带我到公共浴室洗个澡，我洗澡的时候她帮我去百货公司买一套新衣服。

“我洗澡的时候故意洗了很久，到了那个酒店的时候还迟到了。那天她特别兴奋，跟那些人说话的声音都高了好几个调子，时不时眼睛放光地看着我，我也不知道该说什么，就站在角落里附和着笑。

“她就是这样一个特别开朗外向的人。她总是很热情地和别人交谈，无论谁提出来的话题她都会慢慢地，一个一个细节地把它进行完。她的优点就是从来不抱怨什么，但她也不会掩藏自己的感情。她太直率了，一定会把想说的东西说出来。她也喜欢在人多的地方说话，好像从来没有怯场这回事儿，她是个天生迷恋舞台的人。

“我知道她喜欢这样，所以每次我和我的朋友吃饭或者出去玩，我都会带她去，哪怕那是个没有一个女人的只讲男人之间的话题的聚会。刚开始那些男的都怨我，说他们都没办法聊天儿了，我说没关系，你们就当她是个男的，该讲什么讲什么。她也很活泼很可爱，后来那些朋友都喜欢她了。他们也习惯了她的喧闹，有时候她少说了两句话，那些男的就问新璐是不是不开心，是不是高阳光那混蛋欺负你了。

“但我有时候跟不上她的喧闹，跟不上她的感情。也没有办法像她一样那么热情地对待所有的东西。她真的是对所有东西都抱有爱意的，不管那个东西本身是否友好。她有时候不太能理解我，我也没办法解释什么，因为我一直以来都是这样的，但我看到她开心真的比她还开心。我会跟她说，有时候我话少，是我口才所限，我表面上兴奋不起来，其实我心里是很兴奋的，只是我已经习惯了那样简单的动作。你要知道如果有什么事情是我该为你做的，我是绝对不会逃避的。

“她说：‘对，我知道你是这样的。我只是希望我们的言行举止在外人看来能够和谐一点。’

“后来我又陆续换了几个工作，但基本上还是同样的工资，没什么起色，等你以后出去工作就会知道这个规律了。好在我后来的工作不会再让身上有油乎乎的斑点。现在想想，我和赵新璐在一起真没多久。我们在一起的一个冬天里，她跟我说，我爸爸想见见你。且不说她爸爸是怎么想的，对于她来说，我觉得这更多的不是出于考验而是信任，她内心里已经把我当成了亲人，我怎能甩手走开说我不是。我沉默了会儿，说行，那就去吧。据我的推测，她爸爸是个有权有势的人。我是从不畏惧权贵的，但我跟她有了这种关系，情况就不一样了。我们俩换了几次公交车来到了定海区，里面有一片小型洋房的区域，房与房之间空开的地方都长满了青草，他们家就在其中一栋房子里。

“推门进去后，赵父端坐在沙发上，正用放大镜研究一个瓷壶。他站起来跟我握手，我手心发冷发麻，跟他问好：‘赵书记好。’他的微笑庄重礼貌恰到好处，说：‘叫叔叔就好了，这边坐。’

“他跟旁边服侍的一位老阿姨交代两句，她穿过套廊到储藏室里取出一瓶宽底的洋酒。赵父亲自开瓶，边倒边说：‘按照我国传统习俗，应该用茶待客，既然你是和新璐一起来的，我也就没把你当成客了，希望你也不要客气和拘束。我们不如借着酒兴，聊一些最平实的家常话。’

“我的背后充满了热量，回过头，身后是一扇漫无边际的大窗子，专业的说法叫无边框。正午骄阳从窗口最合适的角度透射进来，纵使现在是冬天，这里一年四季都不会寒冷。赵父梳成侧分的头发银丝斑斓，在光线下显得愈加花白。他一干而净杯中的酒，对女儿说道：‘这样吧，你先跟我介绍一下这个小伙子。’

“来之前我就问过赵新璐了，他爸爸一般是怎么说话的，我好心里有个准备。她想了想，说他爸发言没有规律，说的话是无法预估的。那天我猜测他会问我的几个常规问题他几乎一个没问，只问了我年龄。之后他说的都是一些无关的话题，跨度也特别大，不过每句话都说得认真且深刻，我和赵新璐小心翼翼地理解着他的意思。

“我一直在关注着她爸的表情，还好这天直到走的时候他都没有在面部表现出不满意。后来我就再也没有这样和她爸见过面了，这次见面也丝毫没有改变我们俩的关系和我的生活。

“后来，再后来。”高阳光说到这儿俯下身子，用左手无名指揉搓着眼角，似乎一下子陷入了一片凌乱的情景。我用余光瞄了瞄车窗外，确信我们已经进入了另一座城市了。熊向前放慢了速度，街道上的车子也多了起来。

“后来我们都意识到我们的性格可能真的不适合继续在一起了。她跟我提出来我们还是分开吧，我说可以，也许这也是我们必须做的一件事了。然后我们就这样，一下子回到了原来的生活，各过各的了。”

“那她遇到这种事情为什么不找她爸啊？”对面一个兄弟问。

“这个我也不很清楚，去了再看吧。”高阳光说道。

面包车在郊区一座简单的居民楼前方停了下来，熊向前说他到附近四处走走。我们 4 个一起上到了 2 楼，高阳光敲了敲一扇木门，很快，赵新璐就来给我们开门了。

她看到门口挤了 4 个男人，一下子有点没反应过来。高阳光对我说道：“这是新璐姐。”

“新璐姐好。”我说道。

“哦，你们好你们好，快进来吧。”

我们几个进入了她的小房子，里面简单朴素，日常生活的摆设一应俱全。高阳光在木沙发上坐了下来，拍了拍旁边的空位，对赵新璐说：“你过来。”

赵新璐坐到了他旁边，他轻轻搂住她，掐了下她的后背和腰肢上几个位置，问道：“疼吗？”

“疼。”她似乎是有些难为情地说出了实话。

“你造了什么孽要倒这种霉，怎么就碰上这种百里挑一的人渣了。”他松开她，从包里掏出烟盒，“这些外伤，你知道怎么用药么？”

“我去附近的诊所看了，医生给我开了药。”

高阳光摸索出打火机，点着烟，环顾了下四周道：“你怎么不住家里，住到这个地方来了？”

“我爸要我自己出来谋生了。”

“那也不着急啊，你找着工作了先在家里住着呗，工作到了一定年数单位也会给你分房子的，将来结婚成家了总是要搬出去的嘛。”

“大概就在半年前吧，我爸心情变得很不好，整天沉闷焦虑，有次他把我叫过来，跟我说，你从小到大一直是在我的庇护下成长的，将来如果我照顾不了你了，你需要独自生活，自己赚钱找房子弄吃的怎么办，我说到时候车到山前必有路，他摇摇头，说你一个女孩子家的不能用这种思维想问题，你好好考虑一下，是我给你找个学校去念专升本课程，将来拿到本科学历就可以就业分配了，还是现在就进入社会工作。我说我不想再读书了，他说那你好好准备一下吧，你在技校里不是学环境艺术设计专业的么，我托我的下属在县城的环境监测治理技术部给你找份分析员的工作，下周就去报到上班。单位在另一座城市，剩下的事我就不管了。”

“那你工作还顺利吗？”

“还好吧，我爸反复跟那个下属说了，不能说出我是他女儿。刚开始那几个月就做着和所有新来的一样的事儿，后来那家伙还是说漏嘴了，然后我就感觉整个气氛不一样了。日子还是一样地过，但所有同事对我说的话做的事儿都奇奇怪怪的。”

他们俩又聊了会儿后，赵新璐说：“对了，你看我，你们坐了这么久了一口水都没喝。”她跑到厨房里去支锅烧水，炊烟袅袅升起后，高阳光问：“你过来，你告诉我，这次来是想让我帮你干什么？”

赵新璐走过来，“我只是想让你帮我让这个人受到应有的惩罚。”

“这个事情比较难搞，他有无数个借口可以不认账，让我想想吧。你知道他住哪儿吗？”

赵新璐把人渣的地址写给了高阳光，他看了一眼，把它揣进了裤兜里。傍晚时分，高阳光让熊向前开车带着我和他去找旅馆，我们坐在面包车上沿街搜寻，可这个郊区地带设施不全，走过了好几条街都没见一家。最后还是熊向前眼尖，看到了一家没有打出牌子的旅馆，没想到这地方的人气和宣传力度不成正比。旅馆里双人房占多数，高阳关跟前台说，我们5个人住，只要能有1间单人房和2间双人房就好了。前台说，不好意思先生们，没有单人房了。高阳光说，那就3间双人房吧。前台说，双人房也满了。

熊向前一下子火了：“那你直接跟我们说没得住了不就完了么。”

前台说：“先生别急，听我说完，我们这儿只有一间双人房，有包钟点的客人住在里面，你们先办好手续，2 小时后过来拿钥匙。”

我们第一次遇到这种情况，不知如何是好，前台道：“那边客人的房是订到 8 点的，最早也要 2 小时以后才能入住。不过我们酒店最新推出了中医古方塑颜，2 小时还您容光焕发，要不要……”

高阳光拉过熊向前问道：“你们3 个在双人房挤一晚上不会太为难吧？”

熊向前满脸为难地说：“不为难。”

高阳光看了眼价目表，掏出身份证和钞票递给前台。前台说道：“不好意思先生，不是这个价。”

“这里不是写着双人房 120 元一晚的么？”

“但您要的房间比较特殊，这间房是只用作钟点房的，每小时收费 40 元。晚 8 点入住，算您明早 7 点退房，总共 11 个小时，您需要交纳 440 元。”

“你刚才已经耍了我们一次了，你最好不要再耍我们一次。”熊向前说道。

“先生，我没有要您，这是公司的规定。”

熊向前说：“叫你们经理过来。”

“这个规矩就是经理定的。”

“你刚才说那中医什么，是多少钱？”高阳光问。

“哦，是 80 元。”

高阳光道：“你去跟你们经理请示一下，我们帮你消费一个那个，这间房能不能按普通房算。”

前台跑进隔间，一会儿出来了，“经理说可以。”

高阳光把 200 元付给她。

回到赵新璐的房子以后，高阳光对我说：“程循，你和新璐姐去那个房间铺一下床，我们晚上要睡那儿。”

“你是高阳光的弟弟吗？”进房后她边铺床边问我。

我帮她在另一边拉床单，“我不姓高，我姓程。”

她哈哈笑了起来，“我知道，我没说你是他亲弟弟。他经常带你一起玩儿对吗？”

“嗯，是的。”

“听说你以前跟阳光哥去过一次浙江？”套被单的时候我问。

“他都跟你说了？”

“他只提到了一下，正是因为他没说我才想问你。”

“哦，那次啊。”赵新璐放慢了手速，说，“人们都说去浙江一定要去西湖，但他说，我实在是不乐意去人挤人的地方。他在街边买了张地图，扫了一遍，指着说，这里有几个小岛，挺有意思的，咱们就去这儿吧。那时候我们根本不知道那是些什么地方，光凭着那张地图，换乘各种各样的交通工具到了海岸边。我们在海岸边等，等到一艘渔船驶过，我们把身上所有零食都分给了船上的孩子，船老大让我们上船，带我们到了岛上。那是我第一次看到那样的海，我们踩在松软的草地上，感觉四周的一切都是软绵绵的。岛上特殊的土质孕育出了很多奇怪的植物，我们爬到粗糙的岩石上，看着海浪翻飞拍打着岩壁，拍出一层层白色的泡沫。”

折腾完后时间不早不晚，高阳光叫我跟他一起上街散步。也许是因为城市陌生的缘故，我感觉马路上格外冷清，路灯格外突兀。我最受不了黑夜里纯黄色的灯光，它泛滥地照射在起满了褶子的路面上，营造出一种孤苦无依的氛围，催生出来的净是些负面情绪。我平时在家附近走夜路时也会刻意绕开有这样灯光的路。我会无法自控地回忆起一些伤感往事，要不是高阳光在身边，我真想举起拳头对着地面一顿发泄。

“人刚进入新的地方都会不适应，但久而久之，你就会体会到它带给你的惊喜。人在熟悉的地方待久了，行为会形成一种定式，脑袋里分泌探索欲的地方会麻木。探索欲是一种很奇妙的东西，我不知道能不能称之为化学物质，你看，这种地方晚上多冷清，哪像我们那儿，到了这个点街上都还吵吵嚷囔的。”高阳光环顾了下四周说。

“是啊，走在路上都听不见有人说话的声音。有些铺子倒是还开着的，但都没有人进去逛。”

“你看那些铺子的老板，都一副等着打烊的样子。”高阳光说，“不过话说回来，我们现在看到的只是晚上，到了白天指不定有多热闹呢。你看这样格局的街道，要是人多了从两边涌进来，也是挤得要死。”

接着他又说：“你看在我们省这一块地方，所有城市看起来都没什么大的不同，就是省城稍微有点儿不同，不过也无非就是马路宽一点，路上的汽车多一点，街道比其他地方干净一点儿，也是因为我们省里比较有名的建筑都在那里。”

“也许将来我们要走得更远，才能看到大的不同吧。”我说。

“也不需要走太远，到了完全陌生的地方也会不适应的。你现在还在上学，将来不用上学了，到省城去住一段时间还是可以的。”

路过一家卖报刊的店，我们俩走进去看了看，陈旧的书架上堆放着陈旧的书籍和当日崭新的报纸。高阳光掏出几个硬币买了 3 份报纸，然后我们绕路走回了赵新璐的屋子。

回到我们过夜的房子以后，我坐到床边收拾一些随身带来的东西，他坐到了那个书桌前面，把报纸摊在上面。然后他站起来走到门外问：“有没有台灯？”

赵新璐走过来看了看说：“你要看东西是吧？”

“看几张报纸。”

“那好吧，我把我房间的台灯拿过来给你。”

赵新璐把她房间的台灯拿过来放到了书桌上，弯腰插上插头，书桌一下亮了。

她走到门口，“别看太晚了，早点儿休息吧，明天早上陪我出去走走吧。”

“好，没事儿。”

她走了以后，高阳光关上了房门关掉了灯，我躺到了床上，看着他坐在台灯的一小片灯光下一张张翻阅着报纸。

看完报纸后他关掉灯和我睡到了一起。我们双双在床上躺了会儿后，各自翻了几下身，我在夜色中微微闭上了眼睛，依然听到高阳光轻微的呼吸声。一会儿他开口说：“其实我初中的时候不是个坏学生，后来初三发生了一件事，才让我彻底自暴自弃了。”

“什么事儿？”我转了个身仰躺着问。

“那时候我们班有个学习很好的男的，长得一副成熟女人的宠儿的样子，现在我已经忘记了那个班所有男生的名字，但我还记得那人叫许迪。那天早上我来到教室，几个高中学生抱着一个足球，二话不说冲进教室就要找许迪。后来才知道那小子昨天踢足球，一个大脚过去正好击中了一个路过的高中男生，打中了人家的小腹。许迪当场球都不要了拔腿就跑。一个足球打中小腹也不是什么大事儿，但当时疼得厉害是肯定的。他只要过去好好地赔礼道歉，人家也不会跟他计较。但人家看他那副抱头鼠窜的样子就心里窝火，而且那个人还是高中的。他带走了他的球，不知道通过什么途径知道了他的班级，今天带上了几个同学要找他讨说法。许迪吓傻了，就差没躲到课桌底下了。我走过去跟那几个人说，许迪今天生病了不在。他们说，你跟他是一伙儿的吧，你少跟我们玩花招。我说，他请假了今天没来，你们自己看着办吧。

“他们看了下门边的班牌，说行，初三（6）班是吧，我们这就去找你们的班主任。那时候我们有校规，严禁私自把任何球类带到学校来。他们去找了我们班主任叶老师，足球自然就被叶老师没收了。

“几天后是我们年级例行的一周一测，每周轮流考一个科目，这周是英语。许迪找到我，说谢谢我上次帮他挡灾，能不能好人做到底再帮他一个忙。我问什么，他说，能不能帮他把那个足球拿回来，当然不白帮，作为回报，这次英语考试可以帮我作弊，保证我考全班第一。那时候班里把第一列、第三列、第五列的第一个位子留了出来，一周一测排名前三的下一周坐那三个位子。其实坐那三个位子没有任何实质性好处，靠黑板太前了看得也未必比第三、四排的清楚，但那时候还小嘛，觉得很荣光。我是根本不在乎那个荣光的，主要是我那个时候喜欢坐在第四列第一个位子的那个女孩子，她的名字很特别，叫尹烟。我想我能和她同桌一个星期都好。我跟许迪说，我不要全班第一，我要第二。他说也行，我继续当第一，把第二的位子给你。我这人以前是从来没产生过作弊的想法的，因为我的成绩不算差，也没想要更好。许迪是名副其实的尖子生，据说他有个英语家教是外国人，他可以用英语写很复杂的文章，在区里的英语演讲比赛中还得过奖。基于种种，那次我答应他了。我问他，你想让我怎么去拿？他说他已经打探过了，叶老师放足球的只可能是两个地方，一个是办公桌下的储物格，一个是办公室里公用的保险柜。我说让我从保险柜里拿东西难度系数超出了我的能力，他说，前一个地方的可能性占99%，后一个地方的可能性只有1%或更少，你放心去吧。我大致在脑子里过了遍行程，就问他，将来叶老师发现足球不见了，你是第一个被怀疑的对象，我对你没什么信心，你肯定会把我供出来，到时候我俩就一起完蛋吧。他说，我拿到球以后再也不踢了，直接带回家塞到床底下。我比你懂法律，法律不相信怀疑只相信证据，只要别人拿不到那个球，我矢口否认，再怎么怀疑都是无效的。况且退一万步说如果真有万一的情况，我跟你发誓，我绝对不提你的名字，我会全方位保护你的。

“那天中午所有人都去午休了，我和许迪来到了班主任办公室门口。办公室的门是锁着的，我沿着窗框一直往上爬，爬到了最顶上的那扇小窗，小窗是唯一没有被闩上的。我推开玻璃，大小也就容得下一个身体垂直地进去。我先把脑袋塞了进去，然后身体往里钻，腰进去了以后再用后仰翻的动作慢慢把腿缩进去，沿着那边的窗框滑下去。

“我打开叶老师办公桌下的储物格，里面空空如也，我当时就明白了这小子给我提供了虚假数据。可我已经下到水里了，就不想回到岸上，只好硬着头皮去研究那个保险柜。当时保险柜的锁构造还比较简单，只是用一个可旋转的扣子卡住柜门边缘，我以前开过好几次这种锁，我想这次用指甲抠一下应该也能打开。我试了几下没成功，有点儿着急了，拉的时候用力过度，这时我感觉头上有一股阴影朝我压过来，但柜脚依旧纹丝不动。我心想完了，果不其然，柜子整个朝我倾倒了下来，我想扶已经来不及了，赶紧往旁边躲，柜子的正面狠狠地砸在了地上，发出震天巨响。

“柜子上层的玻璃推拉窗碎了一地，一个用木头做的帆船模型在地上七零八落。代表着这间办公室里的好几位老师的荣誉的几个金灿灿的奖杯，先摔后砸，全都变了形。还有两个搪瓷杯，一袋沙糖桔，一盒白粉笔和一盒蓝粉笔全都在地板上散得老远。

“我的脑子当时一片空白，回过神来的时候，办公室外围观的人群已经叠成了墙壁。然后我听到了年级长姜老师吩咐其他老师的声音，然后其他老师开始驱逐那些学生们：‘快走吧快走吧，你们都不用上课的么？谁再站在这里就让他站到

天黑。’

“姜级长进了办公室，许迪拘谨地紧跟在他身后。本以为他会冲着我劈头盖脸就一顿死骂，但他环视了一片狼藉的办公室以后，只是阴沉着脸看了我一眼，就把脸扭向了其他方向。

“几分钟后，办公室里其他几位老师都进来了，叶老师也夹在他们中间。这时候，许迪开始当着所有人的面讲解现场了：‘高阳光要进来取那个足球，挪了保险柜，挪的时候让保险柜倒在地上了。’

“‘那个足球明明是许迪被叶老师没收了的，是他让我帮他把那个足球弄出来的。’我解释说。

“许迪步步为营，说：‘他让我这次英语的一周一测帮他作弊，让他考全班前三，他就帮我把足球拿出来。’

“我当时没意识到他的诡计，回去以后我才明白，他只不过是把我们相互请求的顺序调换了一下，把我诬陷成了这个点子的创始人。那时候我一下子乱了阵脚，连话都说不圆了，姜级长又及时打断了我：‘够了，我已经明白是怎么回事儿了。’

“姜级长先转向许迪，说道：‘小许啊，不管怎么样，首先我得说你。你的成绩在我们年级也算排得上前几号吧，明年你可是要考到重点高中的啊。你带个足球到学校来，满脑子想着踢球，心思都难以放在学习上。你明年中考要是因为

这种玩物丧志的把戏没有考到理想的分数，你怎么辜负得起我们一个年级，还有你们家人的希望？’

“停顿了大约 5 秒后，在窗外一大片眼神的注视下，他又把脸转向了我。 他伸出 3 根手指对我说道：‘你就是高阳光是吧。 坦白跟你说，我教了 30 年书，不是没见过你这种人，在校门里是污染一间学校，出了校门就是污染一个社会。 一个班里谁不想考前几名，但要靠的是踏踏实实的努力，不是一些个卑鄙无耻的手段，你还让许迪同学帮你作弊，你这就叫拉别人下水，怂恿别人陪你犯错，这个就已经属于品德问题了。对于品德出了问题的人，讲道理讲校纪校规都是对牛弹琴浪费口水，至于你的事情怎么处理，校方自有公道。’

“叶老师是个矮矮小小的男人，平时跟组里其他老师相处都是比较低调内敛的。 他之前一直在旁观，这时候忍不住张口发声了：‘级长，就目前的情况看，高阳光和许迪达成了这种交换条件，他们俩肯定都是有错的。 但至于这个条件最初是谁提出来的，我认为还有必要进一步确认。’

“‘没必要，我觉得你所说的这个一点意义都没有。’姜级长一句话就把他给堵了回去。

“‘但是我还是认为……’

“姜级长打断他，‘您认为是继续这样无止无休地认为下去好，还是到此为止，收拾狼藉，继续工作？’说完后他意识到刚才太过刻薄，便放缓了语气，‘小叶啊，能不能麻烦你现

在去把那个足球拿出来？ 这个叫高阳光的同学为了一个足球把整个办公室都掀翻了，现在就满足他的愿望。’

“几个老师合力把倒下的柜子扶了起来，叶老师用钥匙打开了柜门，把足球抱了出来。 姜级长把球放到许迪手里，‘看来这个球对你还蛮重要的咯。 你跟我说说，班主任当时是怎么没收了你的球的？’

“许迪拿着球说：‘我跟几个朋友踢球的时候，踢到了一个高年级的同学，他们抢了我的球去跟叶老师告了状，然后球被没收了。’

“‘就这点儿小事儿啊，你是我们学校学习成绩处在最上游的那一拨学生，是他们学习的榜样。 你不能给他们树立违反校规的榜样，不然他们个个都学你了。 你是个各方面都很优秀的好孩子，不要整天跟那些差孩子一起踢球了。 他们有的是时间，但你宝贵的学习时间浪费不起，明白么？’

“‘明白，谢谢姜级长教导，我以后就把它放在家里，绝对不带出来踢了。’许迪说道。

“‘好，快回去学习吧。’姜级长让许迪走出了办公室。

“然后办公室里所有老师都看着我一个人，姜级长从地上捡起一个变形扭曲了的奖杯，问我：‘这个你赔得起吗？’

“‘这个买不到第二个了。’我说。

“‘那你还站在这儿干嘛，走吧。’他说。

“这一周专门为我开了次年级大会，会上姜级长把我偷足球的事情报告给了全级同学，整个报告中许迪的名字没有出现过一次，后来我知道了，这个叫人工选择性消除信息，是对外报告中非常常见的一种手段。后来还附加了我歪曲事实试图让其他同学代替自己承担责任的罪名。按学校纪律记大过一次，希望其他同学远离这种会给你们带来严重负面影响的同学。当然这种同学也是极少数，其他大多数同学还是会给予你们积极的帮助的，希望大家团结友爱，共创佳绩。

“回去以后我下了决定，在一次一周一测里考入全班前三，从此之后再也不读书了。过了半个学期后，在一次语文一周一测里，我考了全班第一。我依然比不上许迪，无法将分数准确地控制在第二，我依然没能跟尹烟同桌。

“在那以后我彻底堕落了，上课睡觉下课发呆再也没看过课本写过作业，我发现我待的地方是一个没有正义没有规则的地方，有一部分人是连说话的权利都没有的，更没人跟你聊公平。我白天睡足了，晚上精力充足，就去电玩厅里玩通宵。再后来我在校门外游荡的时候认识了当地一伙帮派，老大叫华哥，咱们和他以前还在一起吃过饭的，你还记得吗？他让我加入了他们的帮派。那时秋港人民对港片已经不像以前那样狂热了，引进放映的量增大了，其大致分为两类，打架的和谈恋爱的。华哥是打架那一类的忠实追随者，逢片必看，片片不能自拔。看完《方世玉》后，他给自己的帮派起名为天地会，让我们改口叫他总舵主，还四处跟人说他的女朋友是李嘉欣。天地会不是那种好勇斗狠的帮派，他们属于游手好闲的类型，总之就是今朝有酒今朝醉，有机会欺负别人就上去欺负一下，见到小便宜就往上冲，遇到杀人放火的事华哥打头跑得比谁都快。

“后来中考落榜以后，华哥说恭喜你毕业了，老师教你的东西正式过期了，我来教你在社会上出人头地的知识。”

说到这里我和高阳光都忍俊不禁，很快进入了梦乡。

第二天早上醒来的时候天才刚刚亮起来，我看到高阳光坐在床头，已经穿着打扮洗漱完毕在等我了。他拍拍我的小腿，说：“走吧，我们去会会那个人。”

半个小时的车程后，我们按照地址找到了那栋楼。我们顺着楼梯上到了5楼，这里一户一户的都是只住一个人的单身宿舍。来到了一户门前，高阳光敲了敲门，里面传来一个声音：“大早上的找谁啊？”

“找你。”高阳光说。

“你是谁啊？”

高阳光没回答，更加猛烈地敲了一阵门。

这时一个男的打开了门，他还没有看清门外是谁的时候高阳光伸脚顶住了门，“你出来。”

“你谁啊你，我又不认识你，出来干什么。”他说着想关上门，但没能完成。

“你现在给我出来。”高阳光又说了一遍。

这男的走了出来，高阳光顶着他一直退到了走廊的尽头，对他说：“你为什么要对赵新璐动手？”

“你找我就为了这事儿啊？”这男的眼角里全是不屑，“我和她产生了一些不可调和的矛盾，跟她吵架她听不懂道理，就只能用拳脚教训一下她了。”

“你到底想让她接受什么道理？ 你知道她是个女孩子，你跟她动手她是没有还手之力的。”

“这又是另外一回事儿了。”这男的扫视了下我和高阳光，“我们是因为什么道理才吵起来，这个就没必要跟你慢慢说清楚了。 她这个女人吧听话的时候挺好玩儿的，犯贱的时候就真他妈欠揍。”

“她是什么样的人是她的事情，没有人逼你要喜欢她，也轮不到你出手来打她。”高阳光说。

“我没觉得我打她有什么不对啊，你想告诉我我做错了什么吗？”这男的说道，“我一早就知道，赵新璐归根到底就是个婊子，我揍了一个婊子一顿有什么不合适的么？”

高阳光深吸了一口气，然后说：“如果我是她，我也想不到有朝一日你会用这个词语形容她。 事实上，我昨天就知道了你们相遇认识的过程。”

“她全跟你讲了？”

“你不要觉得这很奇怪，她跟我讲总比跟其他人讲好。”

“好。”这男的下颌微微上扬，“那你说给我听听，看看她的版本和我的是否一致。”

“那天你好像是去一个面店买主食吧，她正好也在那家店里坐着等店家把东西蒸好。你看到她之后我不知道你心里想了什么，总之过了会儿你就去跟她说话了。你问她是干什么的，她告诉你她在跟一个师傅学做糕点，你又继续问她家住哪里，她问你为什么要问这个，你说你想认识她。她笑了，她告诉我她当时只是把你当成了一个好奇的小男孩儿。她跟你说，我明白你的意图了，但认识是一个慢慢的过程，你说你知道，你只是想问一下她愿不愿意开始这个过程。她笑了，说，还是你先开始吧。这时候她的东西好了，你很快地买了你的东西，然后跟她说，我送你回家吧。”

说到这里，高阳光笑了一下，说：“我明白她为什么愿意跟你走了，在某些待人处事方面你和我有共同之处，虽然我真为自己感到羞耻。你们走出面店的时候已经入夜了，你们知道到她家不是一段普通的路途，所以你们走得很慢，一路上你把你那些年经历的事情事无巨细地一一描绘给她听，她听着听着就哽咽了，然后是啜泣，然后是号啕大哭。她就是个这样的人，她对感情没有曲折迂回，直截了当地走就可以看到顶点。她在你面前哭了好久，然后才抹抹眼泪，说她要上楼了。你跟她挥手告别，她转身之后发现你还没走，她问你为什么，你说你要再待一会儿记住这个地方。她说要你答应她以后要经常来找她。”

这男的扬了下嘴角，“有个地方我还是得跟你说明一下，我跟她说那些事情只是因为一路上我们不知道该说些什么，我并不是刻意要用这些经历感动她，哪知道她是个那么容易就掉眼泪的人。”

“她会因为什么感动是你永远体会不到的。”高阳光针锋相对。

“你听着，一个人，你只有跟他相处久了，你才能对她有更全面的认识，而这并不妨碍我第一眼就喜欢上她。你不要跟我谈道德，也不要跟我讲道理，我其实根本没有义务跟你说这些。我甚至都不知道你跟她到底是什么关系。只是你无法接受这个事实，我就告诉你一些关于这个事实的事实，如果你听明白了，现在可以走开了不？”

高阳光低垂下脑袋，我站在他的身边，看着他的鼻翼微微耸动，眉头一点一点地挤压成了一道粗浓的线条。我的心里慌张恐惧，就像被一只大手攥在拳心里反复揉搓。然后他把脸渐渐转向了窗外，旭日朝阳的强光刺得他的眼皮上下颤抖，平行光在他苍白紧绷的脸庞上清晰无比地切割开了明暗分界。我直觉自己紧张得快要休克，而周围的空气自始至终都是平静如水，那个男的没有得到高阳光的同意似乎也不敢走开。这时候，这男的的声音又适时响起：“有些事情发生了就是发生了，你不要想着找我来做什么事说什么话就可以对她好一点。她已经被我打了，你做什么都是没用的，我觉得你根本就不需要去管她那个女人。”

高阳光抬起头，说：“行，这事儿从此之后就不关我的事了，刚才那些话就当我没有说过。”然后他拉着我靠边让出了一条道。

我们沿着刚才上来的楼梯很慢很慢地走了下去，我脑中有一种强烈的感觉，这个男的和我见过的某一个人在长相上颇为神似，尽管在言行举止上毫不相似。 我看了看高阳光的表情，我基本上确信他和我有同样的感觉。

我们慢慢踱步来到了昨天那家旅馆，在沙发上坐了半个小时，3 个兄弟们下楼来看到了我们。 我们上街找了家早餐铺坐下，他们得知我们已经完事儿了，都纷纷惊愕不已，然后埋怨高阳光，为什么不让他们参与进来，是不是没把他们当兄弟。 高阳光一脸抱歉地解释，他想赶在那个人上班前见到他，不然不好找，而他们那时候还在睡觉，就没去打搅了。

回去以后赵新璐刚睡醒，高阳光递给她一杯豆浆，她送我们下楼。 车子打着后，他对她说：“那个人我已经去找过他了，但我没有如你所愿去惩罚他，我只是跟他讲了讲道理。那种人的确是坏人，但口口声声说能帮你去教训那些人的也不是好人。 以恶制恶是一个永远没有结果的旋涡，你这样单纯正直的姑娘，不要把自己卷进去。 以后遇到这样的事，第一时间去找警察，知道么？”

“知道了，对不起。”

“好了，快上楼吧，该去收拾收拾上班了。”

10
生活就像是演戏，永远猜不到结局

情侣是一种会散发出特殊气场的组合体，每当教室里出现新的情侣，空气中都会弥漫着一股奇怪的腥味。我想告诉那些试图遮掩恋情的同学，你们可以让我们的眼睛看不到你们，但没法儿让我们的鼻子闻不到你们，你们是瞒不住的，趁早公之于众吧。交代态度好的话，兴许还可以获得减免必要折磨。小雪这个人，我们一直对他恨铁不成钢，是因为我们在用定式思维看他，他属于在同性面前害羞，在异性面前放肆的。我们都低估了他身体里蕴含的能量。我们自以为是地指导他，他频频让我们失望，我们疏于管教，他三天就牵到了周宁加的手。从此他归顺于周宁加的怀抱，与我们这些男生们恩断义绝，我们只好蜷缩在教室后面，看着他们用手互相探索对方的身体。

很多时候人成为袖手旁观的看客是因为找不到可以参与其中的事情，文艺委员终于为我们找出了一件可以参与其中的事情。他向我们通报，下周一我们年级要举行一个晚会，每个班要派出一个节目。为了区别于其他班常规而庸俗的唱歌跳舞节目，我们经商讨决定，出演一个话剧。

我们的话剧改编自著名古文《氓》，改编任务自然落于我们班语文最好的乔都之手。这篇文章大概就是讲一个女人从热恋到离婚到死心的过程，这种没有剧情的故事最考验演员的演技，我难辞众命，出演男主角氓，乔都则出演那位悲哀的妇女。乔都真是冰雪聪明，为了尽量让班里更多同学上台，围绕着男女主角又加入了一些其他配角，故事最后竟还圆满结束了。

周末的时候，文艺委员提议大家集体找个地方排练一下，我们曾想过去舞台排练，但刚上去没多久就被后勤老师赶了下来。在班里排练就等于说是给其他同学现场提供笑料，而走廊又太窄无法走位。大家议论良久之后，乔都才开口提议：“如果你们方便的话，不如去我家吧。”老彭对去任何别人家里都很兴奋，不管对方是男是女，当场号叫着替文艺委员答应下来。刘力杰的心情明显产生了极大的波动，我真担心他到时候会难以自控。

上次去乔都家的时候差一步就进家门了，而这次她的妈妈已经打开家门在迎接我们了。客厅里，所有人都端坐在沙发上挨个儿接受乔都妈妈的问候，而乔都像只小猫似的缩到了我的身边，悄悄在我耳边说道：“起来，带你去其他地方看看。”

行过一条长长的走廊，在拐角走入深处，乔都推开门说道：“这是我的房间。”

她拉下拉环开关，昏暗的小房间霎时间明亮了起来。这房间并没有什么特别的，仅是个典型的少女的闺房。书桌收拾得很整齐，练习册高高地堆起。 她脱掉鞋子，伸直腿坐到床上，对我说：“你知道吗，我很喜欢这个房间，它里面的温度总是让我很舒服。 它并不算安静，但它能接收进来的声音都是悦耳的，早起有布谷鸟鸣叫，深夜有柳枝的沙沙声，有时候还能听到楼上的钢琴声。 楼上那个弹钢琴的过了 10 级，自称是半个专业的钢琴家，他每次练琴到最后都要弹一首轻快的短歌，无数次下来已经把那首歌弹得炉火纯青。 有次我忍不住了，跑上去问那首歌是什么，他说那首歌叫很久很久以前，我哼给你听，呜呜呜，呜呜呜，呜，呜呜呜……”

我坐在她书桌前的椅子上，试图回忆起她哼唱的旋律，这时乔都的妈妈来到了门口，停顿了一下，对我们说：“你们同学在找你们了。”

乔都家的房子设计非常超前，预设了一个储物间，里面正好没有储物，是个绝佳的临时舞台。 几个小时的排练过后，大家提出要放松一下，都跑到楼下那个小院子里去玩儿了，他们也许从来没见过这些精心栽培过的花花草草。 趁着客厅里没人，小雪和周宁加四肢交叉在了一起，陶醉在二人世界里全然忘我，一阵阵迷蒙而模糊的呢哝细语。 我走到小雪的身边，严肃地叫了他两声，他没有理我，叫到第三声的时候，他仍旧没有理我，周宁加不顾在班里知书达理的形象，毫不客气地叫我走开。 我第一次遭到这样的对待，那感觉就像吞了一桶浆糊，好在我的注意力很快被乔都家宽阔的阳台吸引了。

我一个人朝它走过去，阳台宽敞得就像我们学校的礼堂的飘窗。我的头碰到了一块布，抬起头，看到它顶上挂着一张窗帘。这是一张海蓝色的窗帘，阳光穿越它再透射出来后变得散漫柔和，整个阳台都浸在了一种细密温暖的色泽之中。我趴在边缘的扶手上看着楼下的小院子，女生们都在手拉着手观赏着奇花异草，而男生们则聚在一起热切地聊天放声大笑。阳台的左边有两盆大型植物，一盆粗壮高耸的佛肚竹和一盆快要碰到屋顶的纤细的竹子，这两盆旁边还零零落落地放着一些其他的小盆栽，有紫罗兰、野菊花、百合和郁金香。靠近边缘的地方还放着一个瓷质花盆，里面被洗干净了堵上了排水眼，变成了一个圆鼓鼓的瓷缸，里面灌上了清水，有几条金鱼在游荡。我又用余光看了看右边，那儿堆积了几个废旧的旅行箱，还有几张小小的似乎是给婴儿吃饭坐的小凳子。

这时候，刘力杰和乔都两人走了进来，表情看起来有些局促。我微微抬起头看了他们一眼后就没有说话，从阳台走了出去，下到楼底下和那群男生一起聊天儿去了。

我们难得这么尽兴，你一言我一语几乎都忘记了时间。不知什么时候刘力杰走了下来，跑到我们这儿简单地打了个招呼，抬腿就要离开。高个子对他说：“你急着走干嘛，跟我们再玩儿会儿呗，待会儿一起走。”刘力杰没有抬头也没有回他的话，摆摆手就直接从院子门口走了出去。

紧接着乔都也下来了，她的神情中有难掩的忧色，样子看上去和先前在她的房间里向我介绍她的学习环境时的欢快判若两人。

我走到了她的身边，问她道：“你怎么了？”

她摇了摇头，说：“我没事儿。”

我指了指那几个欢呼雀跃的女生，对她说：“你看，他们多喜欢这个院子，对所有的东西都充满了好奇心。你从小到大在这里长大，应该再熟悉不过了吧，你陪他们去看看吧。”

“让她们自己看吧，我在这里等她们。”

“去跟他们说说话嘛。”

“我现在不想说话。”她的声音又喑哑了一层。

“好吧，你不想说话我就不在这儿烦你了。”我回过头，那边的男生们已经在挥手叫我过去了。

“程循。”

我刚准备走，她又声音微弱地叫住了我。我看着她，她还是没有说话，气氛又陷入了一种沉默。

我想了会儿，尽量让自己声音低微而清晰：“是不是刚才刘力杰对你做什么不该做的了？”

“没有。”说完后她的嘴唇紧闭着，眼皮疲惫地抬起又随着脑袋一起重重地落下。她闭着眼睛的样子就像有万千思绪在胸口堆积得她喘不过气儿。

“那就好。”

这周五下午，年级统一减少两节课，让大家回家准备，7点回到学校来看演出。我们几个做了最后的彩排，然后我跑去校门口，姐姐如约帮我把演出服送来了，那是一件黑色和棕色相间的格子衬衫和一条手工缝制的藏青色尼龙长裤。虽然与年代脱节，但按照文艺委员的指示，在有限的条件下，以美观为首要目标。意料之外的是，我看到小朱哥哥和姐姐一起来了。

“待会儿我和你小朱哥哥出去有点事儿，就不来当你的观众了，你自己好好发挥吧。”姐姐把衣服递给我说。

在更衣室里，我一心想着，高阳光看到我们的节目会有什么反应。昨天中午，是我和高阳光在上次探望赵新璐后第一次一起在外面吃饭，席上坐了一对年轻男女，他向我介绍那个男人说：“这是华哥。”

华哥手里抱着一个孩子，跟我点头打了招呼，他自己看起来还像个小青年，那个女人头发梳得就要溢出脂来，表情自带厌恶与不屑，懒得跟任何人打招呼，在他们两个身上我看不出任何父亲和母亲的气质。

高阳光接着说：“别看华哥现在当爹了，当年也是雄踞一方的人物。我刚退学的时候，就是华哥罩着我的。”

所有人都对华哥投以关注的目光，华哥说：“那是，当年我就是把阳光当老弟看的，是我一把手将他带进了社会。”

过了一会儿，他又絮絮叨叨地补充：“照理说今天我们见面了，你带你的朋友来了，这顿饭应该我请你的才是。 但我最近忒倒霉了点儿，我在我们那化工厂配比的时候，把硫酸当成盐酸加进硅酸钠了，被生产线的头儿克扣了一个月的工资。 唉，我工作十几年从来没有出过差错的，就是这孩子给我折腾的，他妈半夜睡着了把他丢给我，我通宵伺候他到天亮，睡眠不足才……”

这时候苦相女突然尖声尖气地闹了起来：“你大爷的，是谁每天一下班回家就给他煲粥烧水洗头擦屁股，你在抽烟看电视的时候管过他拉屎拉尿，之后的尿布又是谁一片片搓的？ 你给他洗过超过三次澡吗？ 他怎么哭是饿了渴了你听得出来吗？ 那天出去喝了几杯，回家睡着了让你带一下你就……”

“好了好了，嫂子。”高阳光劝住那个女人，然后对华哥说，“今天咱们出来聚，你就别为钱的事儿操心了。 你能来就是最好的了，饭钱我们这几个人谁出不可以呢。”

上菜后那女人把手插在裤兜里，华哥一手抱孩子一手夹菜，这时候孩子突然高声啼哭了出来，哭了几声后，旁边那桌突然传来男人拍桌子的怒吼：“谁家孩子哭哭啼啼个不停的，吵得老子吃个饭都烦死了！”

我们看向那边桌子，几个肥头大耳浑身鼓胀穿着黑色紧身衣鳄鱼皮鞋的男人在撸串喝啤酒，一堆空瓶子在地上东倒西歪的。 高阳光笑了下解释道：“不好意思，孩子哭也控制不了嘛。”

华哥的孩子被男人的吼声吓到了，哭得更加高昂激越，他赶紧想办法安慰孩子，可孩子的哭声越来越大。那边桌的一个板寸头男人再次吼了起来：“听不懂话是吧，你们立马让这臭小子闭嘴，要么就带着他一起滚出去！”

华哥陪着笑脸点头哈腰地给这个男人赔不是：“大哥对不住，我也不知道这孩子怎么就哭起来了，先前还好好的呢，我这就让他别哭了，不影响您吃饭。”

“少废话，什么叫这就让他？他现在就正在鬼哭狼嚎，你说怎么办吧？”板寸头站起来指着华哥的鼻子吼。

餐厅里所有的人都往我们这边看，那个女人干脆扭头就走了出去。这时候高阳光朝他们走了过去，一把扼住了板寸头的咽喉，拿起一个空酒瓶子砸到了他的头上。所有人都吓傻了，板寸头一下子被砸蒙了，整个人瘫软了下来。高阳光把他的板寸脑袋拍在了桌面上，把他的手掌掌心向上反扣在桌面上。他捡起撸串的钢钎，猛地朝他的掌心里刺去，钢钎直接刺穿手掌扎进了桌面。

血还没有流出来，板寸头已经嘴唇发紫，两眼无神，面无表情，脸色像纸一样惨白。那桌男的全都哆哆嗦嗦的了，几个人合力把刺入桌子的钢钎拔了出来，把意识混沌的板寸头抬出了餐厅。

高阳光回来后，安抚华哥坐下，说：“没事儿，他们已经走了，咱们继续吃。”

华哥抱着孩子许久仍没有恢复过来，高阳光这边的朋友早已在喝酒吃菜谈笑风生了。一会儿我对高阳光说：“我要演一个话剧了。”

“什么时候啊？”他问。

“就明天晚上。”

“不错。”他说，“你们演什么啊？”

“就是好人坏人打来打去，最后好人打赢了坏人。”

“呵呵，现在的剧基本上都是这样的。”高阳光站起身来，从桌子中央一盆被肉酱浇得黏糊糊的肘子上利落地撕下两块自始至终完整的肉条放进自己和我的碗里。他用碗底敲了敲桌子问：“明天晚上程循的学校演节目，你们有人要去看么？”

他们都表示没时间另有安排，高阳光把肉条塞进嘴里，对我说：“没事儿，我去。”

对面那桌拔地而起的喧嚣迅速占领了我们的听觉，他们桌面上杂乱地堆放着吃剩下的碗碟，时不时就会同时进入极端激动的情绪，然后尽力地用肢体动作来宣泄这种激动。我不知是不是因为他们喝了酒的缘故，但我看他们的桌面上好像也没放着多少酒瓶子。而我看不清他们的面部，因为附近几桌的菜肴升腾而起的雾气模糊了他们的轮廓。

这时，那桌的一个女人款款地从烟雾里朝我们这边走了来。她长着一张极平凡的脸，却努力让自己的表情和声音变得奇特而出众：“阿坚，你也在这儿啊？”

高阳光旁边一个男的赶紧站了起来，走到这个女人面前，笑着说：“对不住啊姐，刚才都没看到你。”

“有啥对不住的，我看到你了不就行了么，”女人说，“我这不就来看看你了么。”

阿坚赶紧向坐着吃菜的高阳光介绍：“哥，这是我的一个朋友。”

“你刚才挺威猛的嘛。”女人对高阳光说道，手已经在他胸脯上摸了起来。

“什么什么的。”高阳光扒开了她的手，“主要是他吓着孩子了。”然后他看着阿坚对女人说：“以前我不知道他认识你，要不坐下来一块儿聊聊？”

“不了不了。”阿坚说，“我和姐就说几句话。”

高阳光说：“那你总得请人家喝两杯吧。”说罢他从我手边拿过一个空杯子，给这个杯子和阿坚的杯子里都倒上了啤酒，递给阿坚说：“来，拿着。”

“谢谢哥。”阿坚笑得很开心，把装了啤酒的杯子递给女人，然后和她一起啜着酒走到靠墙的地方去了。

而高阳光继续往碗里添着菜，津津有味地吃喝着。

7点刚过，我们走上了后台，前一个唱歌跳舞的节目正在谢幕。乔都不知是紧张还是期待，一直紧紧地靠在我的旁边，可惜我自己也没有多余的温度来安抚她了。她的小脸蛋儿上第一次有了妆容，是她的朋友帮她画的，她的朋友也是个没摸过胭脂水粉的小姑娘，蘸着成团成块的脂粉就往她脸上堆，活生生地把她的脸变成了调色盘。

我们采取的是当时戏剧界已经过气的形式，集体登台，逐个表演。登台后，乔都正在说开场台词，刘力杰这个不争气的第一个开始笑。而我离他太近，看他笑我也忍不住笑了。这时舞台下的气氛已经有点儿不稳定了。第二段台词是我的，我强忍住笑，尽量还原到排练时的状态，可惜用力过猛，三句话之后忍不住笑了。台下伴随着我的笑声爆发出了更热烈的笑声，我只好在笑声中笑着硬把台词讲完。终于再次轮到乔都，我看到乔都讲起来也有点儿艰难了，但她还是顺利讲完了，台下的同学有所收敛。而下一位同学登场，还未开讲就已经捧腹大笑，观众又回到了刚才大笑的状态，我们整个剧组终于彻底笑场。

本来 20 分钟有余的剧，3 分钟不到就失败告终。下台后，我跑到观众中去寻找高阳光，而乔都也撇下其他人一直紧跟在我的身后。见到高阳光后，我介绍他们俩认识，高阳光握住乔都的手对她发出了长期邀请："以后我带程循出去玩儿，一定要他叫上你。"

这句话让乔都很开心。过了会儿，她推了下我的手臂，眨巴着眼睛给我使眼色。我还没明白怎么回事儿，高阳光倒是立即意会，说：“你一定是有话要单独跟程循说吧，你们说你们说，我马上走。”

“怎么了？”我笑着问她。

“去了就知道了。”她第一次牵起了我的手，拉着我往教学楼的方向跑去。

她带我来到了我们教学楼，然后绕到了背面的墙壁下面。她松开我的手，这是我第一次在天黑的时候站在这个地方。

色调不匀的妆还黏在她的脸上，已经有些花掉了。她抬头看着我，对我说：“程循，我要告诉你一件事。”

“什么事儿？”我看着她认真的样子笑了出来。

“你在我心里，一直和其他的人不一样。”

“什么不一样啊？”

“我喜欢你。我对你的喜欢，和对别人的喜欢是不一样的。”

“哦。”我的笑容依旧遗留在脸上。

她说：“每天你坐在我后面，但我眼前看见的，都是你在桌上认真写字的样子。每当你真的走到我眼前的时候，我的眼睛里，就再也看不到别人了。”

“我有这么与众不同吗？”我问。

“你就是这么与众不同。”乔都说，“所以，我总是想，能一直待在你身边多好。你走到哪里，我就跟着你到哪里，你做什么，我就陪着你一起做。”

她说完这些，我就一下子想不起来要说什么了。

“我的意思是，我想跟你在一起。”乔都说。

“你挺聪明的，而且什么事儿也想着照顾我。”我说，“我也很喜欢跟你在一起。但是，现在我们已经天天在一起了啊。”

“这不一样。”她有些急了。她似乎想解释出不一样在哪里，但一下子却组织不了语言。

我说：“我觉得我们现在这样，已经是最好的了。我也不想去改变我们的关系。我怕如果按照你说的那样往其他的方面发展，结果不一定如你所愿，我也有我的担忧。”

“你担忧什么？”她问。

“我一直把你当成一个坐在我前面的好朋友，你哪里不好了我也会关心你。但是你对我的那种感觉，我没有在你身上找到，你对我所付出的感情，我是没办法平等地回报给你的。这是我的真心话。”

“我知道你的意思了，程循。既然你都没有对我动过心，还那么照顾我，对我那么仗义，你真是个好人。你以后可以继续对我那样好吗？”

“当然可以，你是我的好朋友嘛，我对朋友永远都是这样的。”

说完这句话后，她好久没有动静，我说：“你不相信吗？来，拥抱一下就可以相信了吧。”

说完后，她轻轻朝我靠过来，温热的身体贴在了我的胸口上，我伸出手环绕住她的后背，把她紧紧搂在了怀里。

晚上回家后，姐姐问我：“今天演得还顺利吗？”

“失败了。”我说，“不过没关系，我们还是逗乐他们了，也算是为晚会做了点儿贡献吧。”

“扣子开了。”姐姐指了指我最漂亮的棕色格子衬衫说道。

“你今天晚上跟小朱哥哥干什么去了？”我问。

“他带我去他家了。”

“去他家干什么了？”

“他只用鸡蛋和平底锅就做出了一个蛋糕。”

“然后呢？”

“没有然后了，我看他没什么其他要跟我说的，就自己回家了。”

夜幕降临以后，我和高阳光从一栋老式民居走下来，行走过它 2 楼平台上长长的走廊后就来到了街道上。 刚才陪他一起拜访完一个长辈后，他对我说：“我有个朋友叫唐波，他让我待会儿去一个地方找他。”

“去干什么啊？”

“他肯定是找了一堆人聚在一起玩。”说着小朱哥哥拉着我走进了一家小商店，“咱们要买点儿饮料过去。”

“他组织你们去玩，不应该他买好喝的吗？”我问。

小朱哥哥说：“他也不是什么主人。我们去的人都带点儿东西，到时候吃喝起来就不会不够量了。”

我们扛着半箱啤酒和半箱蜜桃汽水，来到了唐波所在的那栋楼。那是我们县里比较高档的一栋楼房，每层都很宽敞通透。上楼后我们走进了一套公寓，这里面的装潢精美典雅，每个房间都面积充盈，房间装饰的用料也十分考究。虽然黄文丰家的别墅里物件也不一定比这里便宜，但这里的设计更有一种不属于这个时代的质感。偌大的房间和客厅容纳了许多女孩子，她们装扮各异，但看起来都是刚进入社会的年纪。

“阳光你可算来了，还带了朋友是吧，来来来，东西放这儿吧。”唐波出来热烈地迎接我们，把我们带来的东西随意搁置在地板上。

“你从哪儿搞来这么名贵的一个地方啊？”高阳光问他。

唐波搭上了高阳光的肩膀，脸上露出一丝狡黠的笑容，说：“这个嘛我到里面讲给你听。”然后带着他穿过走廊进入了里面一间没人的小书房。

“你知道这房子是谁的吗？”唐波一屁股坐到了一张光洁的白色书桌上。

“谁的？”

“胡冬远的。”

高阳光挤压了下眉眼，一副不可置信的样子。

“胡冬远死了，几天前，就在这个房子里。”

“不会吧，他死了，怎么死的？”

唐波深呼吸了一下，说：“酗酒。11月16日，警察在一大堆各色酒瓶中翻出了他的尸体。他皮肤湿润冰冷，瞳孔放大，身体已经出现了轻微水肿。他走得潇洒，没有留下一句话和一个字，用酒精了结也是最简单明快的方式。我以前跟你说过吧，胡冬远的妻子跟我很熟的，有什么不能跟别人说的话都会来跟我说。她看到胡冬远的尸体就遮起了眼睛，以后再也不愿意来这里，电话通知我帮她处理一切。警察把尸体带走后，我简单地搞了下卫生，你看，今天，他们玩得多开心。”

我一阵干呕，直觉得后背发麻，脊椎一阵寒意。高阳光的表情也别扭至极，干笑着问：“他们知道自己现在踩在一个什么地方吗？”

“放心吧，他们不会知道的。他们只会看到一个漂亮的大公寓，然后在这里尽情地享乐。”唐波说。

高阳光点了点头，然后问：“胡冬远为什么要做这个决定啊？”

“好久之前的传言，说他违规操作，敛收黑钱，你听说了吧？”

“听说了啊。但我只当它是一个传言了，难道是真的吗？”

“是不是真的现在还不知道，不过这跟定海区的一个官员肯定有关系。那个官员被抓进去了，胡冬远估计是看到了自己的下场，在这之后不久就传出了他的死讯。现在两个人一个身陷囹圄一个身没坟地，那些是非黑白善恶的糊涂账估计永远也不会有定论了。”唐波说，“前阵子她妻子跟我说，胡冬远现在跟个羊癫疯弱智似的，她实在不想跟他待在一起了，拿着他的钱出国旅游散心去了。这个女人和胡冬远在一起的时候给人惯坏了，这次她不知道又躺在哪个国家的阳光沙滩上，一个越洋电话打过来，让我一个外人帮他处理家里的事情，还没轮到我说愿不愿意就挂了。我来他家的时候，胡冬远正把自己关在卧室里，我费了好大劲推开门，进去后，看到他一个人双手抱着脑袋蹲在墙角，整个人颤抖不止。我走上前去，他头发脏乱，脸上已经被一层泪水浸润了，嘴唇发紫，眼睛极度红肿布满血丝。我也不知道他发生了什么，想办法跟他说了说话，总算劝他走出房间了。后来我又偶然见了他一次，他整个人精神状态非常不好，被浓烈的阴郁笼罩着，面容看起来苍老了一个辈分。那次，他跟我提到了那个官员，那些事情他只告诉了我一个人，也只有我一个人是可以告诉的。由于这个官员牵涉的部门比较多，他的案件被保密了，没有向外界曝光，所以直到现在也还只有我一个人知道。

那个官员姓赵，是定海区管委会的书记。管委会听起来只是诸多惯常部门中的一个，但其实他的实权非常大，可以算是定海区的一把手。喏，他家的房子就在离这儿不远的地方，那片洋房中的一套，不过现在肯定被没收了。”

听到这里时，我的喉管猛地收紧了一下，不大敢直视他。高阳光也扭过脖子瞥向他。可他只是面无表情，迎合着对方的话语微微颔首。

“这次谈话以后，我就再也没有去看过胡冬远了，也一直没有听到他妻子回国的消息。直到几天前我们看到他死了的样子，那个女的还是一直以来的那副德行，自己皱皱眉头就走，把一切事情都推给了我。”

“当年也是个翻云覆雨的人物啊，就这样草草地了结了自己。”高阳光不禁长出一口气。

“没办法，这就是命。大祸临头了，躲也躲不过。”

“这个胡冬远，就是人们说的那个‘定海区之父’吗？”我终于忍不住问。

“没错，就是他。”唐波说道。

“我还一直不知道，为什么要这么叫他呢？”我问。

“定海区是我们这个县城里最先进、最现代化的地方，刚才你和高阳光走进来的时候也感受到了吧？可它在你还穿开裆裤的时候，是一片破败不堪的荒地，百步不见一户人家，见了也是那种刮阵风就能吹倒的泥屋子，半夜在山头上总听得见断断续续的狼嚎。农田找不到一块可以播种的地方，泥土都被翻出来结成了碎块，高高低低得四处乱堆。

“胡冬远跟这些普普通通的县民可不一样，他念完小学就被送去了大洋彼岸，回来的时候已经是个意气风发的年青人了。他看了那块荒地之后，转身就去了县政府，政府里所有人都对他恭敬仰慕溢于言表，他直接说要见县长。他跟县长说那块地你们不能永远丢在那里不管，虽然那里人少，但毕竟还是有人要靠那块土地生活的。它是一个潜在的资源，未来可以给县里创造价值。

“三天之后，胡冬远给县长送去了一张他自己画的图纸，过了一段时间，那块地方就破土动工了。之后的几年里，那片地方建筑的大体轮廓都出自胡冬远的纸笔，县政府把那片地方圈了起来，赐予它一个名字‘定海区’。县里的人们总是喜欢时不时地跑去定海区看看那些从未见过的新奇楼房。在以后，一直到现在，慢慢地定海区就发展成了现在的样子。”

“再后来呢？”我问。

“你先去拿瓶喝的给我，回来再接着讲。”唐波说。

我看了高阳光一眼，然后走出小房间，穿过高声谈笑的人群，拿了瓶汽水进去给唐波。他咬开瓶盖从窗口扔下去，喝了一口，说：“再后来，不知怎地就有人说胡冬远在建设定海区的时候拿了不该拿的钱，之后的十几年一直在和区里某高官联手搜刮老百姓的钱财。 这消息越传越热。 而有关部门始终没有给出答案，没有宣判他贪污，也没有宣判他清白。 然后就像我刚才说的，他死在了这里。”

我和高阳光都沉默在原地不知该如何感慨。 唐波喝光了汽水，说：“算了，这事儿也就是随便一提，今天主要是来玩的。 咱们出去玩吧，外面一大群妞儿呢，别待在这儿了。”他拍了拍高阳光的肩膀把我们带出了房间。

还未穿过走廊的时候高阳光就被两个女人牵住了手臂，一个比一个妖娆风骚，对他说：“小哥哥，过来，我们跟你说两句话。”

高阳光被她们拉到了角落里，一个女的开了一瓶果酒，喝了一口，递给高阳光，说：“把剩下的喝完了，然后送我们回家。”

高阳光仰起脖子一口气喝光，把瓶子还给她们，说：“你们自己走回家有困难吗？”

“讨厌，你这人呆得就像一块钢板。 送到以后我们会邀请你上楼，今天晚上我想要你陪我一块儿过。”

高阳光指了指我：“看到么，今晚我要陪我弟弟。 他还在上学，我答应我父母了要监督他做作业。”

“怕什么，到时候把房门一关，他在客厅里写作业，我们在里面玩我们的。”

“抱歉，姑娘们，我怕我会让你们失望。”

“你听好，今宵我会让你跟我一起度过，我保证这次会让你永生难忘。从明天早上太阳升起来开始，不管你有没有让我失望，你都是我的人了，到时候你就会自觉自愿地把我当公主和小姐服侍。”

“你也听好，此次谈话结束，本人使用时间已经 over，去那边拿好新的果酒，你们该去找下一个目标了。”

我们来到客厅，找了张空闲的双人沙发坐下。高阳光看着客厅里来来回回的一大群年轻女人，说：“你看这群人里面，我想勾搭上一两个是信手拈来的事儿，如果我想，我也可以让她们对我欲罢不能。但我并不想去做这样的事。我已经过了那个哪个女人对我笑一下我就觉得自己这辈子就是她的人了的年龄。我需要认真地去和一个人相处，记下和她在一起的每一分钟，而不是把轻浮的感情和放荡的欲望随意挥洒在每一个过客身上。你别看她们现在如鱼得水，人一天中总有安静下来的时候，那个时候她们就痛苦得不知道自己姓甚名谁了。如果我跟她们有更深的关系，我也许会把她们带回家里，告诉她们这样不好。但遗憾的是我找不出一个理由说服我自己有义务或有责任去指导她们的生活，甚至我连资格都没有。但是我有决定自己的自由，我的选择就是离她们越远越好。”

很多时候我觉得我比别人多看透高阳光一点点。他经历过各种境况，对所有类型的感情感同身受，他有细腻的一面，但他本质上是个粗人，缺乏高等教育，拳头是矛盾的最终解决办法，这也就决定了平凡和低微的地方才是他的归宿。 但他和周围的人不一样的地方在于，当所有人都在某条小路上越走越远的时候，他总是能及时地停下来调转方向，别人只知道有什么就要什么，他却懂得接受之前要先判别和选择。 无论现实多么残酷无望，他始终是张开双臂主动面对这个世界的，而我有时连头都不愿意抬起来，恨不得见到一个屋檐就蹲在下面。 这让我和他走在一起的时候，虽然他的个头还不及我，但总觉得他就像我生命里一座无法逾越的山脉。

曾经有一次，我站在走廊边，看到林老师转身消失在楼梯的拐角。 我驻足在原地，百思不得其解，为什么每次我们相遇时，都是在我对一切已经失去把握的局面，而当我调整好自己开始重新等待了，她从来没有出现过。 我在心里告诉自己，在我和她的问题上，我应该把空间的概念看得更宽广一些，不要用距离去定义相聚和分离，也不要纠结于偶然的好与坏。 她不该被挤压得太紧，我也无需沉溺在不可控的懊悔和惋惜之中。 如果我已在她的心里，我何惧在她心目中的形象遭到了怎样的摧残，我做到了表面上的善意和友好，对她已是足够的温暖和安慰。 只是有时候我尽可能不去想她远去的声音和消失的背影，这会令我伤神。 我知道一切远远没有结束，我知道我心里根本放不下她。

11 只是自己陪自己玩的游戏

我眺望着漆黑的远方，小镇里稀疏的灯火连成一条细线匍匐在黑夜底端。入夜后天气转冷，农民房里的灯光已熄灭了一大片。我和郭君生从学校慢慢走到了这里，穿越镇上的街道，踏上乡村的泥巴路，来到了这个他们家屋子所在的村庄。

到了他家门口后，他从家里拿了两瓶啤酒出来，我们走到他们家前方的天地，走到了田埂边，在一片黑暗中摸索着坐了下来。开启了酒瓶后，我问他：“你找我来想跟我说什么啊？”

他说：“我可能不会再去上学了。”

“谁不准你去上学了？”我问。

“是我爹不想让我去上学了。”他说，“我爹前几天当着全家人的面跟我分析了一下，说我这成绩能考上大学的可能性几乎没有，哪怕考上了，大学的学费生活费对家里也是一个很大的负担。既然这样，再这样读下去把高中读完也没什么实际作用，不如让我早点儿进入社会，过几年学会了一门技术就可以找份工作干了，就可以给家里补贴家用了。”

郭家几代务农，到了郭君生父亲这一代，他总盼着后代能出一个读书人给祖上长脸。他们一家辛勤耕作，把来之不易的进城求学的机会留给了郭君生一人，可他偏偏还是辜负了家族的期待。郭父给儿子起了这个秀气又别扭的名字，就是希望他能成为一个温文尔雅、满腹经纶的谦谦君子。郭君生懂事以后数次提议要改名，只求一个简单明了的名字。郭父一巴掌抡过去，道：“当年老子给你起这个名字想了三天三夜，你崽子有可能想得出更好的吗？”父亲看着儿子的形象与自己设想的背道而驰，自然恼火，想来祖上愿望已经破灭，干脆逐他出去打工挣钱还划算些。

郭君生说完“给家里减轻点儿负担”后，我难忍心酸，长大后我多年再没有他的音讯，每每想起这句话更加心酸。因为那时我接触到了更广大的世界，意识到了教育对人是何等重要，可为什么有些人要把教育的投入和回报计算得那样狭隘。那是我第一次认真地和郭君生有身体接触，我伸出右手，轻轻地覆盖在他左手的手背上，问：“这已经不会改变了吗？”

“不会变了。”

尽管我心里想了很多让他不要走的理由，但我深知此时我说任何挽留的话都只会让气氛更加难堪。我无言地低着头，喝了几口啤酒，问：“什么时候退学啊？”

“我爸到时候会去跟学校商量，应该就是这个学期末吧。”

第二天回到了学校以后我整天都开心不起来，尽管我知道郭君生退学之后还是会生活在这个小镇，我们还可以一起玩，尽管 我知道我们镇附近的无数农民家庭面对孩子学业不良的情况普遍会做出让他们放弃学业的决定。 这天下午快放学的时候，乔都转过头来对我说：“程循，等会儿放学后能不能陪我去走走？”

“行啊。”我说。 反正一整天郁郁寡欢的，她能陪我去散散心自然是好事。 出校门后我们沿着马路一直走到了一个居民区，在一个转弯的路口，我用手臂抱住她的肩膀转向该走的方向，她斜过头来看了我一眼，目光就像寒冬的一缕热水浇在裸露的皮肤上。 穿过一条青石板路的小巷，我们来到了 2 栋楼层不高的小房子后面，它们在这个地段显得格外孤立。

然后我和乔都在走走停停中消磨了一个日落中的傍晚。 绕到小房子前面的时候，我们看到它的前面是朱红色的，一楼还缩着一家小店。 我们买了两杯热红茶，靠在精致的瓷砖壁上，手心被茶烘得热乎乎的，乔都在我耳边轻柔地说：“你知道吗，前几天我妈妈跟我讲了一些话。”

“什么话？”

“她把左手的无名指伸出来，对我说道：‘没有两个人看到的这根手指是一样的。 你只会以你的情感来对待一件事情，但别人也会以他的感情来对待这件事。 所以，当你太过执着于一件事的时候，可以让自己稍微停下来，再回过头去看看，可能它和你想象的完全不一样。’”乔都说。

“她还说了什么？”我问。

“她说：‘有些事情看起来很美好，我们都知道它很美好，但它其实是要在很多条件巧合地拼凑在一起的情况下才能实现的。所以当它没有如你所愿的时候，并不是你做的不够，而是有些因素缺席了而已。’”

“挺有道理的。”我点点头说。

“其实，”乔都低下了头，声音变得更加微弱，“其实听她说完这些，我确实难过了一阵，一种突如其来的距离感让我觉得天旋地转。我曾经在书上看过一个说法，说如果两个人心灵之间有感应，千军万马阻挠都终会相聚，但如果他们自己之间有跨不去的鸿沟，别人什么都不做他们也会自动越走越远。也许有一些属于我自己的爱慕吧，它并没有达到爱情的程度，只是我自己想一想罢了。呵呵，我妈还说了，我这个年龄阶段的女孩子很容易动情，而男孩子更容易动情。等再过了三四年，你就会发觉你现在所做的只是自己陪自己在玩游戏。”

“你妈的意思应该是不要被一些只是感觉的东西给吓着了吧。”其实听完他妈这句话，我心里也有些小小的难过，指甲轻轻刮蹭着红茶杯子的边缘。

乔都低下头看着自己的杯子，热气扑到她的脸上，润湿了她的脸，然后她拨开挡在眼前的长发，抬头看着我。平静的脸庞，清澈的瞳仁里却奔腾着一条浩浩荡荡的大江。 我的心里被这种波涛拍打出了细微的疼痛。 她转过头看着远方，慢慢地说：“不管怎么说，我的一些想法是不那么容易改变的。我始终觉得我对你的喜欢，是一种很纯粹的爱，哪怕它吹弹可破，我也愿意把它留下来当作日后的回忆。”

说到这里我突然想起了高阳光不久前跟我说过的那句话，“成天打打闹闹的，将来分开了以后也没有什么值得回忆并重新思考的东西。”

一段时间以后，我参加了小雪的感情危机紧急公关会议，会址选在袁若菲她们去过的小祥湘菜馆 。 小雪负责买单，班里多数跟此事并无关联的男生们都产生了极大的兴趣，纷纷积极到场。 我们原以为是周宁加要跟他掰了，没想到是小雪单方面的诉苦。 他一脸悲哀，说周宁加对他的态度跟以前不一样了。 以前他怎么样她都觉得他是最好的，但现在她开始经常纠着一点数落他。 其实我心里明白这很正常，这是关于恋爱人尽皆知的一个道理，两方刚开始爱得昏天黑地海誓山盟的时候都觉得对方哪儿哪儿都好，一段时间之后冷静下来了，才发现他原来有个这么大的缺陷自己怎么就没发现呢。周宁加认为小雪生活态度消极，干什么事儿都散漫随意下不了决心。 听了以后，我们所有人都认为周宁加简直概括出了小雪的特点。 看看眼前的小雪，愁眉苦脸，东倒西歪，一口白酒一声叹，筷子尖拣着菜里的作料吃，说话的时候比窦娥还冤。 高个子说：“你一个大男人干嘛总被女人的看法困住，你不要被别人的看法左右，你要坚持做你自己。”

“对，她爱咋说咋说，咱还不稀罕她的喜欢呢，她实在不喜欢就随她去。”我借着酒劲也跟着附和道。

“可惜她是周宁加，你们说得轻松，小雪一天到晚跟她待在一起，能不受她的影响吗？”

12
一段静静凝望的距离

那是一个午夜，高阳光带着我和其他 5 个最要好的朋友从一个溜冰场里出来。 他不是很会溜冰，刚才我们六个人一直兴奋地穿越全场，而他穿着冰鞋走了几圈后就退下了，坐在旁边喝了点儿酒。 从场馆出来的时候手脚发软，整个人都晕头晕脑的，快要倒下去了似的。 午夜的街道上鸦雀无声，只听得到我们自己凌乱的脚步声，老远才有一座昏黄的路灯把地面的青砖照得泛黄而模糊。

走到一个街口的时候，我们觉得里面不可能有人，想都没想就转弯进去了，谁知道我刚转进去，整个人就猛地扑倒在了地上，额头直接磕在了地砖上，脑袋几乎失去意识。 我大概明白了，之前有人暗藏在了屋檐上。 他们扑到了我们身上，用凌厉而迅捷的动作把我们所有人都摁到了地上。 我企图逃脱，可腿还没抬起来就被他们一脚踢到了肋骨上，他们有着深厚的脚力，动作不大但我的身体几乎要断裂成两截。 我无法期望其他人来救我了，因为对方人数比我们多出一倍。 我看不清是两个还是三个人，他们的双腿在黑夜中已经模糊了踪影，一脚一脚地落在了我身上的各个部位。 我的身体先是疼得难以忍受，此后丧失了痛觉，只觉得筋肉和骨骼在不断地相互挤压。明知道自己已经没有了反抗的余地，我还是拼尽全力用手臂支撑起上身，抱住其中一个人的腿试图把他放倒。那一下我不知哪儿来的力气真的把他放倒了，但他倒在地上后旋即翻滚到我的上身，一个接着一个的大冲拳打在了我的胸脯上、我的锁骨上、我的下巴上。我的头被一阵又一阵剧烈的冲击撼动，很快就昏厥了过去。醒着的最后一刻我想看看高阳光被他们打成什么样了，但最终还是没能让眼皮抬起来。

我在一双手的拼命摇动下微微睁开了眼睛，我听见小朱哥哥的声音在一遍一遍地呼唤着我的名字，他的声音已经失真了一大半，变得凌乱而颤抖。我第一眼就看到了天边的鱼肚白，我知道黎明时分已经来临了。我很快又昏睡了过去，小朱哥哥再一次拍打着我的脸颊让我苏醒了过来。他架起我的身体，对我说：“程循你别睡，你看看我的单车，这是我新买的单车，它的牌子叫崔克，是美国进口的。”

恍惚中我看到旁边摆放着一台纯白色的公路单车，笔直刚毅的车架从左到右伸展得特别开。“用点儿力起来，我带你去骑这台单车。”小朱哥哥用高大的身躯把我整个人托举起来，一颗滚烫的眼泪落在我的脸颊上，顺着皮肤渗入肌肉、血管、骨骼。他把我放到了白色单车的横梁上，我的位置高了，终于看到高阳光和其他几个朋友都不省人事地躺在地上。我用尽胸腔的力气对小朱哥哥说：“他……他们……”小朱哥哥说："我没办法把他们都带走，我先送你去医院。"说罢他跨上了单车，在黎明无人的街道上飞快地疾驰。

他把我裹在了自己宽大的外套里面，左手扶住车把右手把我搂在怀里。我的脸紧贴着他胸口的衬衫。他把单车骑得太快了，我都可以感觉到带着晨露味的风儿在飞速向后滑动。他的胸口快速地起起伏伏，一股股的热气温暖了我的脸颊和脖颈，在他的体温中我再一次昏睡了过去。

这天中午，我在镇人民医院的急诊科醒来了。我看到一家人都围在我的身边。过了一会儿，医护人员把我抬到另一张床上，缓缓地推去了病房。在病房住着的这几天里，父亲和母亲轮番照顾我，我最想知道的是高阳光他们现在怎么样了，可我自己浑身动弹不得。

后来小朱哥哥来看我了，他告诉我，那天晚上，我们全家人找我找遍了整个小镇。姐姐一个人四处乱窜，不知不觉地就跑到了他家门口。那时候已经凌晨 3 点多了，他推着单车出来，说分头去找。他像无头苍蝇一样飞驰在小镇所有的街道，终于找到了躺在地上半死不活的我，把我带到医院后医生迅速展开了抢救。他通知了我的家人，他们来了以后，他才默不作声地独自离开。他看我已经神志清醒就放心了，他说他不能长时间在这儿陪我，叮嘱我听医生的话好好吃药。

修养了一段时间后，我可以坐起来了，那时候黄文丰来看我了，袁若菲也跟着他来了。他对我说："本来我爸也是要来看你的，但他的厂子最近在谈一笔大业务，实在是走不开身，已经几天几夜没合眼了。他给了我500块钱让我给你买东西。我也不知道你需要什么，就把钱给你带来了。”

袁若菲给我带来了很多吃的。

他们走了以后，我开始构思着这500块钱要怎么花。这实在是个太大的数目，我有一百种使用它的方法，可惜我现在被困在病床上，只能想一想罢了。

有天中午，父母不在的时候，乔都走进了我的病房。她一声不响地坐到了我的床边，手上还提了一个文件包。她一眼就看到了我锁骨之间那道月牙形的伤痕，伸出手轻轻地摸了摸那里，伤痕已经结痂了，她的指尖在上面游走的时候我没有丝毫知觉。我看到了她眉梢低垂，痛苦的样子显而易见。我捧起她的手放回原来的位置，说：“没事的，过几天这个痂会慢慢地脱掉，新皮肤就会长出来了。”

她闭上眼睛想了会儿，问：“你什么时候可以回学校啊？”

“不知道，等能走路了再说吧。”

“我也想不到，那天周五放学以后你还好好的，怎么夜里就受到这么严重的暴力袭击。”乔都说。

我说：“你看我平常经常在外面走，跟那么多人接触过，得罪了哪个我也不知道。受点伤也是在所难免的嘛。”

乔都低下头，看着自己的脚尖好一会儿，然后抬起头对我说：“程循，那天下午在那个红色的墙壁下面，我跟你说的那些话，我希望你不要想太多了。其实后来我回去想想，我不知道我跟你说了那些合不合适，我也不知道那会不会让你困扰，但你知道我是真心的。”

我看着她笑了下，说：“我当然知道，就算其他所有女人都是跟我开玩笑的，我也相信你是真心的。但正因为你是真心的，我也要告诉你一些真心的东西。我不知道你听了之后会怎么想，但这的的确确就是真话。”

“你说吧。”乔都说。

“对于你来说，答应刘力杰的追求是最好的选择。”

乔都一副你在说什么的表情看着我，我说：“他真的很喜欢你，把整颗心都给了你了，我估计在他的生活里没有什么比你重要的了。这么长时间他一直在等你，让他再等一年他也是无怨无悔的。也许他没有什么让你特别喜欢的地方，但最最起码的一点，他不是个坏人，这个我们全班都知道。”

“但这又能说明什么呢？”乔都问。

我说：“这说明他会对你很好，你做什么事情他都不会生气，把最好的都给你。我跟你讲，你现在可能觉得这些东西是无所谓的，但以后你就会知道，对于一个女孩子来说这个有多重要。”

“嗯。”乔都微微点了点头，没有再质疑什么了。然后她对我说：“你还记得那次在我们家排练那个剧吗，排练完之后你们都下楼去了，刘力杰把我拉住了。 他把我带到阳台去了，跟我说了一些话。 他说了……他说……”

“嗯，我知道他大概说了些什么。 然后你怎么回应的？”

乔都说：“我跟他说，谢谢你为我做了那么多事，但我没办法做你的女朋友。 不是你不好，你学习那么优秀，只是我们俩真的不适合发展成那种关系。 你以后也别为我付出那么多了，就把我当成一个普通同学就好了。”

“然后呢？”我问。

“说完后我就站在那里，都不敢看他的脸，我怕看到他伤心难过的样子。 然后他就什么都没说一个人跑下楼了，我在原地怔了一会儿，然后也走到楼下去了，然后你就来问我怎么了。”

“是。”我说。 我摁住腰部的伤口让自己坐直一点儿，说：“那时候我看你愁容满面的，好像很不开心的样子。”

乔都说：“其实我心里也不好受。 我总觉得自己这样伤害了他，我觉得我说的话太狠了。 后来很长一段时间我的压力都特别大。”

“你倒不必这么想。”我说，“我分析了一下你的话，你说的还是比较中肯的，自始至终都没有打击他和伤他自尊的话。 这种事情也是一个男人必须经历的，你给他上了堂必修课而已。”

“我只是觉得那一下子内心缺少了一些安全感和平衡感。”

乔都说。

我说：“只要你肯给他次机会，你之前拒绝了他一百次，他还是会像原来那样对你。”

她没再说什么。过了一会儿后，她从带来的那个文件包里取出一个文件夹，递给我，对我说：“这是我以前写的，本来想一直留在我自己的柜子里的，但还是给你吧。”

“嗯。”我收下它，放进了我床头柜的抽屉里。

3 个月后我出院了，也就是在那时我见到了高阳光。我是在黎明时被小朱哥哥带走的，而他是在太阳升起后才被朋友们救走的。高阳光的伤势在我们几个人里面是最重的，被送去了一家私人医院抢救，那时他身边也没剩多少钱了，救醒后转去了一家乡村私人诊所治疗，那地方别说吊针了，连像样的药丸都拿不出来，天天给病号灌中药。高阳光住了一个月不到就自己跑出来了。

高阳光终于跟我说起了一件没有跟任何人说过的事情。当时我们从那栋居民楼上下来的时候，我就知道以高阳光的性格，他不会就这么饶了那个打了赵新璐的男的。我们回到自己所在的城市的一个星期后，高阳光又孤身一人扒着短途货车来到了那个城市。他清晨时分来到了那个男的住的地方，沿着上次的路径爬到了那栋楼的 5 楼，藏身在楼梯的拐角处。

那个男的吃完早餐准备去上班，走到拐角处的时候，高阳光一拳击打在了他的脸中央，他当场就被打蒙了，往后退了两步，背撞到了墙壁上。当他刚看清是谁的时候，高阳光又一阵乱拳打在了他的身上，他抬腿踢了高阳光一脚，高阳光也重心不稳往后倾倒，然后他们两个就滚到地上扭打在了一起。高阳光挣脱出来，把他往墙角拖，然后用腿使劲地踢了他几下。那家伙捂着肚子嗷嗷大哭的时候高阳光才抬起腿走人，说："别以为天下女人都是你应该打的。"

"其实那天走的时候，我就觉得他长得很像罗建军，你有没有这种感觉？"我问。

"我也看出来了。"高阳光说，"毕竟是两兄弟，那种神似一眼就能看出来。我知道罗建军不是好惹的，但我也管不了了，管他是罗建军的弟弟呢，那一次我肯定是要揍他的。"

"所以罗建军为了给他弟弟出气，那天晚上就对我们动手了。"我说。

"他不只是要教训我一个人。他们肯定早早就观察好了，要把我和我的朋友，全部一起痛打一顿。"

"听你说的感觉那帮江湖医生都没有好好帮你治啊，你身体现在怎么样啦？"我问道。

"没事儿。"高阳光说，"就是走起路来感觉浑身都被卡住了，伤这种东西总是会慢慢好的。"

重回学校的时候，全班男同学都亲切地迎接了我。他们早早在走廊上等候，并一路护送我回到座位上，一遍遍地询问我的伤势，并强烈要求我给他们讲述那天晚上遭遇袭击的事情。我在讲述我被痛揍的经历的时候，他们不仅没有嘲笑，反而满脸写满了好奇和神往。在座位上坐下来以后，我发现我前面的女生不是乔都了，心里顿生失落。

人群疏散开以后，我拉来高个子询问情况，他对我说，你是在外头待太久了，班里的情况都隔绝了，你不知道乔都和刘力杰已经开始交往了。刘力杰利用老师对他的特别宠爱，给乔都调了座位，调去跟他同桌了。你没看他现在，一分钟都离不开她。

我抬头看了看教室的左前方，刘力杰坐在前三排的位置，而乔都坐在她的旁边。刘力杰转过头看到我后朝我挥挥手打了个招呼，可乔都却坐在原地，背对着我纹丝不动。

下课后我从教室后门走了出去，乔都正好从教室前门走出来朝我这边走来，她一直低着头走路，快速地迈着步子，她来到我身边的时候我叫了声她的名字：“嘿，乔都。”

她停下来，抬起头看着我，嘴角露出一个艰涩的笑容，说：“有什么事吗？”

“我回来了。”我一下子不知道说什么，脱口而出了这几个字。

“哦，你回来了就抓紧时间把功课补上吧。”她的声音低微平静，没有一丝顿挫和起伏。

“你那次不是问我什么时候可以回学校吗？”我问。

“我也忘了我那次问过你什么了。”乔都说着，还是站在原地，“你还有什么要跟我说的吗？”

我一下子想不到要说什么了，腰部细微的疼痛又涌了上来。我说：“没有了。”

“那我先走了，再见。”她说。

“再见。”

这个时候，刘力杰也从前门走了出来，他叫了我一声：“程循。”然后问我见到他女朋友没有。我说她往那边走了，他“哦”了一声，然后我们俩一起站到了走廊栏杆边。

“程循，我知道你最近在医院里住着肯定不好受，但我最近过得很快乐，你伤好得怎么样了？”

“已经能正常生活了，就是偶尔还会有点儿疼，谢谢。”

“那你还是要注意身体，好好休养。你也知道的，我喜欢了乔都这么久，她终于还是答应了，真是苦心人天不负。”

“只是因为她答应了你那一下你才开心的吗？”

“不是不是。”刘力杰笑着说，“我还是喜欢跟她在一起的，我真的很愿意一直陪着她，我随时可以为她做一切的。”

“希望你 5 年之后还能这么想。”我说，“那天在她家排练的时候，你逃得那么快干什么？”

他的五官霎时挤成了尴尬的形状，支支吾吾了半天，终于转移开了问句的重点，说：“我那次真的绝望了，以为我们以后彻底没戏了。真没想到，我完全不抱希望的情况下，我们就像是偶然接通了一样，然后下一秒就在一起了。”

“嗯嗯，真好。”我陪他一起傻笑着。这时乔都走了过来，刘力杰立马靠到了她的身边，边走边对我说：“我们先走了，你好好养伤啊，不要做剧烈运动……”

第二天放学以后，我和朋友们约好一起走出校门。走到铁栏杆旁边那条主干道的时候，高个子突然跳出来伸手挡了挡我们，大家都心领神会地放慢了速度。我看到乔都和刘力杰走在了我们前面，刘力杰的左手牵着乔都的右手，两人一起往校门口的方向走去。

男生们在后面边观赏边点评，乔都却停了下来，倚在铁栏杆上看着斜上方。刘力杰也赶紧停了下来，靠着铁栏杆紧紧挨着乔都站着，自己的手依然没有松开她的手。我循着乔都的目光望去，靠近校门的主教学楼上面不知什么时候挂上了两条鲜红色的硕大横幅，“稳定心态 不馁不弃 静下来 提升实力”“讲究方法 日学日进 拼上去 夺取胜利”。看见它们，我就知道，今年的暑假不远了。

而今年，姐姐和小朱哥哥，即将走进高考的考场。

回家后姐姐给我看了她三模的成绩单，她数学考到了142分。她手里捧着小朱哥哥送给他的那本书，让我陪他一起去还给他。

我说：“小朱哥哥不会那么挂念一本书的，你高考之后再还也不迟啊。”

我也不知道为什么姐姐执意要去找他，我站在他家大门前往里瞅了瞅，里头是似有若无的微弱灯光，看不出有没有人在家。

姐姐瘪着嘴唇，长发披肩，右手握着左手的手腕在我身后笔直地站着。

“小朱哥哥，在吗，我是程循。”我敲了会儿他家的大门，无人应答。

我回过头对姐姐说：“要不等一会儿吧，他说不定会回来。”

可这次我和姐姐等了半个小时他也没有回来。

回家之后，我把乔都送给我的那个文件夹找了出来。我把里面的纸张翻出来摊到桌面上，纸张大小不一，纸上的花纹不尽相同，墨水的颜色也不一样，唯独那些字迹无一例外带着乔都的笔锋。我试图在这些纸张上找到日期来辨别前后，但无果，我不知道乔都是否在给我前排过序，所以我从中间抽出一张开始看起。

“……写着写着英语单词，我渐渐感觉到困意越来越重，我用下巴撑着桌面继续写，睡眼迷离中，我听见了水珠连续滴落在地板上的声音。我咬了咬下嘴唇强迫自己醒来，回过头瞅着门外发现原来是妈妈在洗澡。这时我的思路又像一只没有方向的小白鹿一样跳跃到那一次见他的时候。从那天下午那一次见到他到现在，每天晚上这个时候我的思绪从未安宁。

每每此刻，我的视线便隔着一层白雾望见他身着沾了泥巴的校服侧对着我，望见灰色试卷夹带着字符纷飞在我眼前。真可笑，他这种从来不学习的学生竟然被安排了发卷子这样的任务，灰色卷子被他笨手笨脚地翻转叠加，如蝴蝶翅膀般在我的视线中纷飞，卷子上的数学符号也跟着上下雀跃。他虽然并不熟练，但做起来也毫不马虎。我看着他认真看着卷子的样子，我怕我未来多少年都忘不了这个表情。在座位上拿到那份卷子时，我目睹它上面错综复杂的公式字符，思绪纷乱。”

接下来的一张：

“这几天心情闷闷不乐，总是想起跟他说话的样子。虽然他好像没什么话主动找我说，但我可以找出一些理由去跟他说话。有时候我找不出好的理由了，跟他说的话荒诞或者奇怪，好在他总是认真地听我说完，然后认真地跟我对话。我发现这也是他魅力极大的一点。我多想有一天他可以和我坐同桌，这样我不用去想那么多理由就可以跟他说很多话了。很多时候我知道刘力杰就在旁边看着，我知道他在吃醋，心里肯定很不是滋味儿，但我也没什么办法。我想跟他说你看着难受就走开吧，但我没办法跟他开口。希望他不要因为这个就心里对他有怨恨，就不跟他做朋友了。不过好像他没有，他们俩还是偶尔会一起说话一起玩。最近我打探到了，主教学楼前面那条道路的旁边是一排铁栏杆，他每天放学都会从那条路经过。我想我可以假装在干其他的事儿然后倚在栏杆那儿等他。原先我和几个朋友们下午放学后都会去操场边的花坛旁聊天，但我现在每天上最后一节课都无法专心，下课后拒绝了朋友们的盛情邀请，依旧坐在凳子上发呆出神，脑子里止不住地弹跳出各种奇异的画面。我算好了他收拾好书包出教室的时间，然后在那个时间的前5分钟我就出去，走到栏杆那儿等他。”

下一张是一张从我们的练习册《全程学练考》上撕下来的一张空白页，应该是她上课的时候偷偷写的。

“真没想到，刚才换位的时候我真的跟他换到一起了。虽然没有同桌，但能够坐在他前面也是极好的。我感觉后背隐隐发麻，我感觉我的高中生活又重新开始了一遍。只是不知道他能在我后面坐多久。”写到这里就突然停住了，估计是老师过来巡查了，她就立马停笔把纸藏起来了。

我放下纸张，沉沉地靠在了椅背上，轻轻地翻起眼皮看着墙壁，白炽灯匀和的光圈重重叠叠地映在了发白的壁面上。房间里只有我一个人，屋外的脚步声和窗外风拂绿叶的沙沙声显得轻巧和隐秘。

我从文件夹里抽出最大的一张纸，它洁白而工整，上面印刷着细密平行的标线，在它们之间，是浅蓝色的墨水写下的一笔一划的字迹。

“也许是因为太爱他的缘故吧，他这样一个简单率直的男孩子在我眼里变得神秘难测，尽管他一直做着普通男生都做的事，说着普通男生都说的话。这层色彩并不附着于他身上，而是涂在我眼中。我在脑中一砖一瓦地建筑出一个以他命名的世界，为其填充3000度的烈焰，坚不可摧的寒冰和五光十色的花火。但事实是，他可能只是一个盛着清水的玻璃杯，或是一块静静躺在桌面上的橡皮擦。可是我发现我走到他身边都越来越困难，我害怕继续再这样下去。

“就在刚才的那个时刻，视觉掠过我内心的平原，我对他深如海洋的爱还是一如既往地浮现了出来，干净清澈。只是我觉得我爱他的方式应该有所成长。我不能还和以前一样，就像个没长大的小姑娘，像一株稚嫩的幼苗一般呼唤着他萦绕在我身边，像甘美的空气一样给予我幸福的养分。现在我已经在学着做一个坚强有力量的女生，像一棵挺拔的大树一样解读和诠释对他的爱：安心凝望着树下的他，在静好的时光里徜徉浸润着甜美的甘露。我坚信他无需我的动容亦能经受得起自然界的雷雨，但若有人敢于动手玷污他的纯净，我会义无反顾地砸下自己与他同归于尽。刚开始的我总希望能竭尽全力地找到心中挂念的他，在他身边度过一段没有界限的时光，无谓长短，只知在这些时间里他一定不会从我眼睛里走丢。但是，现在的我只希望他能过得快乐，他能在自己生活的节奏里感受到美好，这便是我最愿意得到的消息。也许偶遇，也许不再相见，这都是该放在身后的事情了。既然我没有能力也没有权力拥有他的翅膀，就竭尽最后一丝力气抬起头，看他飞向更加自由和遥远的苍穹。”

13

每个人都会去一个远方

6 月的某一天，全县城陷入了戒备和严肃的状态。 这天下午回到家时，看到父亲靠在家里大门的门框上，忧心忡忡地用左手撑着脑袋，手指之间夹着一根正在燃烧的烟。 我走上去问：“爸，姐考试的时候不会是出事了吧？”

父亲用烟头指了指屋里，说：“我和你妈她都不让进房间，你去看看她吧。”

我和姐姐的房间房门紧闭着，我敲了几下门，里面没有回应。 我说：“姐姐你开下门吧，我是程循。”

好久以后，我才听到门栓拉动的“咔哒”一下声音。 我推开门进去，看到姐姐瘫坐在地板上，穿去考试的那身衣服都还没换，头发凌乱地散布在眼前，眼珠子里面一下一下地掉出珍珠大的泪珠，整张脸都被眼泪鼻涕涂花了，抽泣的声音就像一根细而未断的丝线缠绵不已。 我叫了她一声程萱，她尝试着回答我，可嗓子完全发不出声音了，在抽泣之前她肯定已经猛烈地哭过很长一段时间了。

我知道对于她这样的学生来说考砸了肯定难以接受，但我实在难以对她的悲伤感同身受。 我蹲到她的身边，抱起她的上身，试图把她扶起来坐到床上，说：“姐，我知道你心里难过，但你要哭也坐到床上哭得舒服一点儿。”

可她双腿无力，上身软得像棉花，我根本无法支撑起她的身体。我只好抱了我的被子放在床边，让她有个可以靠背的软的地方。她靠在床边后终于舒了口气，眼泪不再那样狂飙，呼吸声也平和顺畅了一些。我说：“既然考完了就让它过去算了，明天还有两科呢，现在把明天那两科考好才是关键，为了今天的事情影响了明天的发挥就不值得了。”

姐姐带着哭腔含含糊糊地说：“可是今天，我错得实在是太离谱了……原来做了那么多卷子，从来没出现过这种情况，怎么偏偏今天就……彻底完了，就算明天那两科考得再好也没用了……”

“你别往最坏的方面想。”我说，“也许你考得没有你想象的那么差，但你不要破罐子破摔啊。”

这时候，母亲走了进来，坐到姐姐的旁边，说：“我跟你说啊，我以前有个同事的孩子，她也是几年前参加高考的，她跟我说他儿子刚考完化学还是生物吧，走出考场就哇哇哭了起来，还是个大男孩儿呢，当着那么多考生的面。他说是粗心了，做最后一道大题的时候算错数字了，肯定整道题都没分了。他还是个重点班的尖子生呢，他正好碰见他老师了，他老师就跟他说你不要管那么多，你化学考完以后呢，就全部放下放开它，别人跟你讨论题目你也不要理他们，据说你前两科考得还是不错的是吧。后来考的那几科就一路上去，后来就考上中国人民大学了。他那道题算错答案其实没有整道题没分，过程还是给了分的，而且他语文和英语发挥正常了，其他科也考得不错。他本来是想上复旦大学的，也算是差不多了嘛。那就是3年前的事情来的。当然这个事情呢如果事先仔细一点没做错就是最好的咯，但是就算是做错了，人家最后还不是考上那么好的大学了是吧。”

本来姐姐还没怎么哭了，听到母亲说的“考上那么好的大学了”，她又一下子泪如泉涌呜呜地哭了出来，我怕她哭得太用力过去拍了拍她的肩膀，母亲满脸失望地走出了房间。

她把头埋到自己的臂弯里哭声变得异常沉闷，我静静地坐在她的旁边。我知道现在能解救她唯一的办法是什么了。等她这一阵哭完之后，我说，走，咱们去找小朱哥哥吧。

她停止了哭声，泪眼朦胧地从臂弯里抬起了头。

小朱哥哥一家三口整好都在。在沙发上坐下后，他的父亲放下手中的报纸，冲姐姐说：“小姑娘，你是朱翰杉的同学吗？”

“不是不是。”姐姐摆摆手，“不过准确地说，我们小学的时候是同学。”

“原来你们的关系持续了10多年了。”他父亲的面部纹丝不动，以严肃的陈述语气说出这句话，我们的表情很快僵在了脸上。紧接着他又同样生硬地冲姐姐问：“既然这样，你可以告诉我你的名字吗？”

“我叫程萱。”姐姐道。

“哦，我想起来了。翰杉小时候就是为了你跟别人打架的吧。”

小朱哥哥的父亲就是这样一个完全不苟言笑的人，似乎人情因素在他的言行里已经彻底不起作用。我想，这与他是名操手术刀的主任医师有关。好在小朱哥哥的母亲温柔而和蔼，她胖胖的体型，说普通话带有新疆人甩不掉的粘滞。她的眼睛深深凹陷，眉骨突兀耸立，黑如墨染的细眉一路划入鬓角边缘。小朱哥哥的眼睛跟她的母亲一模一样，如同刚从他母亲的脸上照搬下来。

与他的母亲再聊了几句后，小朱哥哥说：“爸妈，你们去忙你们的吧。程萱，程循，咱们到外面去说。”

我们在院子里一条长凳上坐了下来。小朱哥哥出门的时候带出了一条手帕，他轻声唤姐姐转过脸，用手帕把她脸上浓重的泪痕擦得清淡一些。

姐姐没等他询问就自己诉说起来：“今天那道现代文阅读的必考题，我为了把它做得完美，花了好长时间去组织答案，但是全部做完后我才发现，中心意思我根本就理解偏了。可是那时候我已经没有时间再去改了，我必须要开始写作文了。那道题可是有 16 分呢。”

小朱哥哥听完后笑了笑，用手搓了搓膝盖，说：“其实今天考物理的时候，我也发生了一点儿小事情。”

“什么？”姐姐问。

“我涂答题卡的时候，第三题涂到第四题的空格去了，后面的所有选择题都往后偏了一个空格。发现了这件事以后，我看了眼手表，刚拿起橡皮擦，铃就响了。”

“啊。”姐姐微启双唇直勾勾地看着小朱哥哥，他笑了一下又低下头看着自己的膝盖。她的神情似乎是听闻了一个诡异的事件，而她又没有理由否认这件事是真的。她轻轻地发出了点儿声音，想说什么，但没说出来。

“我的生活都是严格按照计划来走的。但是，发生意外情况，也是写着计划的那张表格中的其中一条。”小朱哥哥说，“我也不知道这样会损失多少分，但这件事我基本上就是这样对待的。”

姐姐努了努嘴，点点头又把头低了下来。暖和的夜风在我们周围旋转徘徊，黑夜里沾了路灯的光的树叶上下左右自如摇曳。小朱哥哥还是那样微微笑着，安静地和我们坐在一起。

同样地，姐姐也不知道那道题让她损失多少分，但是高考结束半个月后，她被省城排名第一的师范大学录取了，完美地实现了她高中三年的愿望。

那个暑假我们过得轻飘飘的。好在姐姐考上那所大学的消息没有宣扬出去，她没有像那位姐姐一样要接待那么多慕名而来的访客。我们姐弟俩都过得很轻松，虽然我们还是做着同以前暑假基本相同的事情。她也考虑过要去远途旅游一趟，但是她和她的朋友们没有意见统一，最终放弃了这个计划。但毕竟是过了人生的一大坎，怎么说也要外出意思一下。父亲把三人的行李绑在了咱家那台罕见的大摩托车上，骑车载着我和姐姐行驶在平整的国道上，前往了邻市的一个景点“小东北沟”。那是一座矮矮的石头山，夏季冰凉的泉水顺着石头一直流下来，汇聚到山脚那条潺潺流动的小溪里。我们三人脱了鞋袜卷起裤子，踩进了泉水齐膝深的石滩里。我们搅动着水流缓缓地走着，找到一个有许多大块石头的地方坐了下来。

姐姐和父亲坐在同一块石头上，我察觉到，姐姐成年以后长得越来越像父亲，她脸上父亲的影子越来越浓重。而父亲很久没打理自己的形象了，灰白的头发没过了脖颈，额前的长发刚才被头盔压得更加散乱。因为操劳脸颊愈发瘦削，下颌骨凸显出了形状，眼角的皱纹与额头的抬头纹在笑着的时候形成一道道深深的印子，这是所有老男人的标识。

姐姐靠在了爸爸的怀里，脸颊贴在他坚硬的肩膀上。父亲像疼小女儿一样搂住了姐姐，喃喃自语：“我都有个这么大的女儿了。”

姐姐说：“以前读中学的时候，我总是嫌生活枯燥学习太累想快点儿毕业，现在就要离开你们去上大学了，我真挺舍不得你和妈妈，还有弟弟的。”

父亲低下头看着姐姐的额头，眼光里的严肃与柔情从眉骨下溢出，说：“我和你妈在有程循之前，我也曾经带着还是婴孩的你，在南方漂泊过很长一段时间，不过没有在一个地方待久过，都是刚站住脚又奔向下一个地方。不过那时候你估计还不记事。”父亲在口袋里摸索着烟盒，却发现放在车上没有带过来。他弯下腰捧起一抔清泉，涂在了自己的下半边脸上，说：“那时候我在异乡认识了同乡人，程循的那个朋友黄文丰的父亲黄大地。那时候我们俩比周边大多数人都富有很多，但心里一直不安定，走哪儿都挑最贵的东西买最稀有的东西吃。再后来我回来了，回到北方的故乡了，就是现在这个地方。我让黄大地跟我一起回来算了，但他还不愿意回来，因为那时候他还没有黄文丰，但我已经有你了。你长大了，我想给你一个稳定的环境读书。那时候我就像现在这样抱着你，捏着你肉乎乎的小脸蛋儿跟你妈说，这丫头不能跟着我们四海为家，要让她有个地方好好读书，看她的样子文静聪明，以后肯定会学有所成的。在那以后，我们家又有了程循，同年黄大地有了黄文丰，2 年后他也回来了。在那以后，一直到现在，快 20 年了，我在那个厂里做了 20 年，收入也从来没有超过旁人很多，一直是普普通通的，维持我们一家的生活。但是我当时说的话没有错，你今天，真的就考上省城第一的大学了。”父亲的嘴角情不自禁地透露出了微笑，“你不像我当时跳来跳去的，你可以在一个地方待上 4 年。你还这么小，去大的城市长长见识总是没坏处的。那次我和程循去省城，看到那些整齐的楼房，还有马路上规规矩矩开着的车子。一个女孩子多去看看这些眼界就开阔了。你爹这辈子都没在教室里坐过几天，一想到你将来要站上讲台，我就……我就老想着你当老师时候的样子，呵呵。”父亲说到这里又笑出声来了，声音轻微得几乎是喘息。

已经是个亭亭玉立的大姑娘的姐姐只是闭着眼睛，更紧地贴在父亲的胸口上。

傍晚我们在“小东北沟”附近找了家旅店定了间房，然后在街上找了一家农家菜馆吃晚饭。父亲说我们饿了一天了，点了好几个他们家的特色菜。晚上回到旅店以后我们都睡不着，父亲就骑着摩托车带我们在当地四处找电影院。后来在一个偏僻的地方找到了一家电影院，招牌和大门都特别小，超过三个人就要挤进去似的。进去以后里面也跟一般的电影院不大一样，没有花哨靓丽的装饰和四面八方的宣传，尽是未经改装的老房子内壁。一张木桌子就是柜台，后面只坐了一个染了发的男人，父亲过去询问，他说：“我们这儿的电影不是对外放的，都是些独立文艺片。”

见父亲不解，他说：“就是导演拍片子的目的是艺术表达。”

父亲点了点头问他需要收取多少费用，他从桌子底下拿出一张纸说：“不用给钱，把这个表填一填就可以了。下一场半个小时之后放。”

二十多分钟后一群蓬头垢面的青年走了出来，个个身材精瘦，分不出男女，带着一股皮革膻味儿迅速消失在夜色中。我们走进了小房间改造的放映厅，我至今记得我们看的那部电影叫《尤利西斯的凝视》。黑白片子不知道放了多久，父亲和姐姐一直认真地观赏到结尾，但我在开头不到十分钟就靠着父亲的肩膀睡着了。

姐姐搬去大学以后，我们曾共同拥有的房间自然而然地变得以我为主。原先我的书桌是放在窗台底下的，而姐姐的书桌在我的斜后方挨着墙壁。我们都各有一张单人床。我和她共用的一个五层大书柜，放在我们桌子的夹角所在的墙角。父亲鼓励我们看各种报刊杂志，只要不涉及性，所以这个柜子被零零总总的刊物堆满了，大部分是我用零花钱买的，小部分是姐姐买的，其他的都是父亲给我们买的。现在她走了，这些刊物都是我的了。姐姐自己还有个比较正式的书柜，专门摆她学习用的教科书和教辅资料，这些书被她垒得井井有条，恰好填充满整个柜子。她说你没事儿就拿我以前的课本出来看看，我在上面做了很多笔记，对你的学习有好处的。至于我自己那几本破破烂烂的可怜的教科书，则被我随便搁在了书桌的抽屉里。

姐姐桌上的笔筒水杯和瓶瓶罐罐都习惯性地摆放得十分

整齐。她只是把自己的私人用品打了个小包带去了大学，临行前跟我说，她的桌子我可以随便用。 但是，我还是更愿意保留她桌面的完整性，她走了以后我基本上没动过她桌上的东西，除了她桌面起灰时我用湿毛巾帮她擦一下。

母亲把姐姐的床收拾得只剩下了一块光秃的木板，我偶尔黯然地坐在这块木板上，想起它不久前还是一张完整的床时，小朱哥哥曾经坐在上面，坐在我的身边。 现在我只要动一下屁股，木板就发出木头撕裂的声音似乎是要从中间断成两截。

小朱哥哥出发得比姐姐稍早一些，临别前他来了一趟我们家，他告诉我们，他原本想考上那所医科大学子承父业的，但由于答题卡事故，分数没够线，只好去了东北的一所工科大学。

他把一个破布包放在我身边，打开它，里面是厚厚的一叠书本。 他对我说：“这一走也不知道什么时候再回来，我把我房间里所有带不走的东西都丢掉了，这些书本来也不会留下的，但我想可能对你有用，就给你带来了。”

我把掌心轻覆在最上面的那本书上，总想在他走之前问他很多东西，但一时又怎么也想不起来最该问什么了，只是脱口而出问了一句：“小朱哥哥，如果有一天我也想和你一样走到一个很远的地方去，我可以吗？”

小朱哥哥拍了拍我的肩膀，说：“每个人都有适合自己的地方，不一定走得远的就是英雄。秋港虽然不大，但能在这里活出主人的感觉也不容易。我去很远的地方也不是我的勇气，只是我只有一张录取通知书，通知书上只有一个地点，我没有别的选择而已。”

院子里停着小朱哥哥那台白色的崔克单车，他对我说：“这台单车我就不骑回去了。你以前问我可以骑吗的时候我不是说可以但不是现在吗，现在时候到了。”

我连忙说：“小朱哥哥，我不能接受你这么贵重的礼物。”

听了我的话他就笑了起来，过了会儿，他说：“那你就替我保管吧，在我不在的这段时间里。”

姐姐完全无视了他刚才说的话，认真地问：“你什么时候回来啊？”

小朱哥哥说：“就像我刚才说的，我也不知道什么时候再回来。不过，如果非要预计一个时间的话，”他掰着指头算了算，“应该是后年春节。明年暑假我会制订几项比较重大的计划，如果不出意外地进行的话，回来的时间应该就在那会儿吧。”

“还有2年啊。”我自言自语，突然感到时间的沉重。

小朱哥哥说：“2年很快的，无非就是睡700多个觉。”

将近9月份的时候小朱哥哥的父母送他去火车站，就是我曾在暑假结束时去迎接他的市火车站。因为他的父母在我就没有跟去送他了。这天晚上，我把折叠书摊开来一本本仔细端详，里面还有几本罕见的写着繁体字的。还有一些左边是中文简译，右边是英语原文的外国小说，凭经验我知道这些书都是在当时的书店不可能买到的。我生怕有人觊觎他们，把它们包好后藏进了抽屉里。

我时常在睡前躺在床上，想着姐姐和小朱哥哥沿着轨道渐渐远去的样子。我没有忧愁也没有悲痛，因为我知道这不是真正意义上的离别，当我们迫切需要彼此的时候，再见也不过是一念之间的决定。他们两个的离去对我来说的意义，就是我短暂地失去了两个最亲近的人。只是有时候我在外面奔波一天后回到只有我一人的房间，关上门的那一刻总是被寒冷寂寥包围。

新学期开始后父亲剪短了头发，用厂里的指标订了几份报纸，每天从厂里带着报纸和下班路上购买的黄酒回家。吃完晚饭后母亲坐在木沙发上看报纸，他进厨房收拾碗筷，收拾完后坐到沙发上和母亲一起看报纸，打开黄酒边小口喝着。晚上 10 点准时出门，到院子里的石凳上坐下，把外套披在肩头抽烟。

有天晚上我写了作业本上的几道题后就再也不想写下去了，看了会儿小朱哥哥给我的一本书，然后拿出乔都给我的那个文件夹，从里面抽出了一页在台灯下看了起来。

“这天下午下课的时候，我正在走廊上一个人踱步，没想到他主动来找我了。他的脸第一次这么干净，我记得以前他脸上总是灰蒙蒙的。他笑起来是这么天真可爱，手里捧着一个学生用的双肩包，在我面前露出如此开心的笑容。他问我放学后有没有时间，让我陪他一起走一段路，我说有时间，其实我心里想陪他走完整个小镇的每一条路。在路上，他和我说的每一个字都缓和，清淡，每一句话都像在叙述一件不足挂齿的往事。这让我心里一片安然。这时候我想起了我曾经看过的一篇散文，它其中的段落是这样写的‘它让我知道，这件事降落得很轻盈，不附带任何情绪，也不负载类似命中注定的沉重感。命运从未刻意安排，它只是被生活偶然地放置于此处。走上前，接住它。完成好了这个动作，我发觉自己长大了，挺拔了，懂事了。再无忙乱或踌躇，我的语气也因发自内心而更加稳重’。我忘了它是在讲作者在做一件什么事儿了，但它的确很符合我和他一起走路时的心境。

“他降低速度迎合我的步伐，在寻常巷陌中慢慢悠悠地散步。我已经走在了万物之前，世界在我身后颇有耐心地尾随着，把一切美好投射在了我们目光所能触及的每一个角落。光阴柔软婀娜地融化进了我们的节奏，无声推摇着一个转经筒默默轮回，把一切开始、结束、未知随风淡化于路途之上。共同拥有的路途上从未有需要正式铭刻下的风景，唯有一如往常地走过，它们原本的样子才不会被吓出来走丢。就像太阳，每个黎明要升起于东方；就像雪花，每年腊月要初吻故乡大地。”

读到这里的时候我就在想，我从来没有想过和我一同相处了这么久的乔都，她竟然能以这种方式来行文。我以前只是以为她作文分数高而已，看来我对她的文笔一直没有全面的认识。下面又回到了朴素的叙事。

“沿着屋旁的巷子一路走去。层层叠叠的砖片在脚下慵懒地松动着，身子两边是青灰色的墙壁，午后的日光铺撒在壁上，有种沙沙的朦胧感。转悠到了完全天黑后，我们来到了一个小超市旁边。他问我脚酸不酸，然后我们在一排长木凳子上坐下来了。小镇的超市营业时间短，一天黑就打烊了。它的门口只剩下一盏亮着的小灯，一个老妇人在柜台前整理一天的账目。

“我轻声问了他一些问题，他转过脸回答我的时候，我感觉自己和他如此亲近，以至于一阵风吹过就可以将他脸颊上干净的气息带给我。以前我绞尽脑汁思索如何表达亲切温柔的问题随风而逝，我想很多时候我们应该学会走进现实，也许现实中一个简单得不能再简单的动作和语言，一次默默的注视或一句‘最近忙吗’，就可以代替将我们日夜纠缠不得安宁的思绪。但我总是不愿意，不愿意他与我挥手告别，然后背影消失在街角。

“此时我才认真地思考了关于我和他的关系。我已经无法否认，在我的世界里唯有他一人主宰了爱情的定义。那种情愫无可替代，极致的欢愉总是距离他遥远，但最刻骨铭心的伤痛和无奈都是由她而起。他离开了这么久，说我有一天没想他都是假的。世间事真的都太不容易。正是从此时开始，我真正忘却了一切的顾虑和胆怯，只想快些见到他，见到他后不由分说地牵起他的手，起码在那一刻我会破釜沉舟。从前上天给了我太多次让他走近我的机会，可我都自己放手让它们丢失在了身边。而现在这样的机会对我来说更加弥足珍贵，我要释放自己的双腿不顾一切地去追寻他的身影。不管他在什么地方，我都将握紧他的手，让他与我踏上某一段路，一切不足以成为困难。这次的‘两天事件’告一段落以后，他才是我心头珍贵。”

14
报复的风浪打散了以往的脚步

曾经我们经常去的那个溜冰场停业装修了 3 个月，再开门时已经是完全现代化的格局了，起了个新的名字“沙浪溜冰场”——刻成匾挂在门外，高阳光得到风声后成了最早光顾的一批顾客之一。

虽说他以前来这儿的次数不算是最多的，但这儿的老板崔涛对他热情而客气。他第一次来后老板给他和朋友们安排了一个独属于他的角落，这个地方没有闲杂人等走来走去，距离冰池也只有一步之遥。而且这里有一个宽大柔软的拐角形沙发和一个平整的茶几，有点儿类似于酒吧。我和另外几个朋友来的时候，高阳光正半蹲在地上剥一个柚子，左手倾斜地箍紧柚子的头尾，右手的大拇指把皮的一小头掀开后用食指中指夹住头，用大拇指顶住一抵，事先被笔直切过的柚子皮随着他的右手齐刷刷地落到茶几面上，白绒绒的瓤立即完整地显露出了身形。

几个喜欢溜冰的朋友都上场过瘾去了，我们几个七手八脚地把柚子掰开分食。我一边啃着鲜香的肉，一边从茶几上拎起灌了果酒的酒杯喝了起来。

桌面上横七竖八地摆着各种各样的酒瓶子，我用刚才那个杯子试了几种，都是迥然不同的味道。我坐到了高阳光的身边，他给自己倒了透明色的预调酒一饮而尽，把衣袖撩到肩膀上给我看。 我看到他的腋下那里还有一道弯弯曲曲的血色印子。

“他娘的，老子刚送医院的时候，这个地方裂开像狗张嘴巴那么大，里面绞缠在一起的这么粗的筋肉黏糊糊的，我自己都可以看到。 现在还不是只剩下一道印子了。”高阳光说完又给自己倒上了生啤。 我以为他下一句要询问我的伤好得怎么样了，可他没有再提受伤的情况，把酒杯放下，从裤兜里掏出了烟盒。

一根烟烧尽之后，溜冰的几个朋友们都回来了，我看出他们有几个是那天晚上跟我一起被罗建军的人暴揍了的。 高阳光把烟头拧在柚子皮上，直截了当地切入了主题：“咱们被人暗算了，这事儿总要想个办法解决。”

其他人都点头同意，沉默无言。

经过商讨我们得出了计划。 择个日子，由熊向前开着高阳光的东风卡车，高阳光的所有兄弟们都一起去文济世的中药铺子，他带着几个人进入，其他人攥着木棍在外面放风，必要的时候进去支援。 进去的其中一个人装病找文济世诊断，等文济世安排他上 2 楼接受中医治疗以后，其他人都借故陪他看病和他一起上去，然后随便走走，走到侧面那个木门那里观察里面的情况。 按照高阳光的前期调查，罗建军那个时候应该会坐在里面喝茶休息，而他那两个手无缚鸡之力的同事估计看见我们就跑了，不会妨碍我们的行动。这时候我们几个人冲进去，锁上木门，用藏在裤腿里的长刀捅他。至于捅到什么程度，首先肚子里的血要放出来，然后在保证不会死的情况下尽量让他伤得严重一点儿。

2 个同事跑出去后肯定会给中药铺子带来不小的骚动，这时候屋外的人对好秒表，提着木棍冲进去，如果有任何人试图阻碍我们出来，他们就会用棍子把对方打趴下。我们原路返回，所有人飞奔到停在对面街边的熊向前的车子上，然后熊向前直接带着我们全速开出秋港，离开这个城市，一路开到云南去。熊向前事先已经辞了工作，大家也凑够了从我们省到云南需要的汽油费。到云南后我们先躲过风波最劲的一个星期，之后再看情况行事。

走出溜冰场冰池区域的时候，老板崔涛在外头迎接高阳光，我仔细看才发现，他竟然就是上次那个带着我们去见罗建军的那个穿着黑色衬衫的男子。只是他这次的衬衫比上次更加光鲜笔挺，头发留长后也梳得更加有斯文气。

“阳光老弟，你也真够讲义气的。上次吃饭我以为你随便说说呢，没想到你说的那几个伙伴们真的来给我帮忙了一些装修上的事情，还跑了两三次呢，真是麻烦他们了。要是没有他们，我这个溜冰场也没有那么快开始营业。”

“涛哥你太客气了，他们也不是没领工资嘛。”

“话不能这么说。”崔涛把手搭上高阳光的肩膀，“这个钱要是给了生人还不一定有他们一半的效果呢。”

新潮的溜冰场都时兴有个明亮的大厅，到了大厅里，崔涛强烈要求我们在沙发上坐下聊会天。他对高阳光说：“上次给你介绍的那个罗建军，他已经跟我预约好了，明天要带着同事们来我这里玩呢。”

“是吗，这样啊。”高阳光笑着点了点头。

“上次你们认识之后，后来还有没有在一起玩过啊？”崔涛问。

高阳光深吸了一口气，说：“很多人聚会的时候，在一桌吃过两次饭吧。他这个人的性格，怎么说呢，不是很喜欢跟那些不是特别熟的人出去玩。”

“哦，这样啊。”崔涛点了点头。

执行计划前几天的某一天，我放学很久之后依然没有离开学校，在操场边缘的花坛那儿坐了很久。回到教室以后，我看到乔都一个人在扫教室里的地。本该跟她一起值日的女孩子们知道班主任不会来检查都跑了，他男朋友刘力杰也不知道她今天要值日所以没留下来帮她，只剩下善良负责的乔都一个人做完她们所有的工作。我从教室墙角拿了个扫帚来，对乔都说：“你已经扫了那些组了，我帮你扫其他的吧。”

“不用了，你坐那儿歇着吧。”她没有停下手上的工作，说。

我说：“没事儿，我帮帮你吧，你一个人搞整个教室太累了。”

“我不需要你帮忙。”乔都的脸上已经淌出了汗水，“我一个人可以弄干净整个教室。”

“不是，我坐这儿无聊，你让我找点事儿干嘛。”

“无聊你就回家啊。”她说。

我靠在了讲台边，说：“我知道你讨厌我。但是，我在这里可以让你完成任务轻松点，你为什么要让自己那么累。行吧，你真想自己扫完整间教室，我就不打扰你了。”

回到家里以后，我开始翻找小朱哥哥给我的那叠书。我在里面找到了一本薄薄的书，使用的还是最传统的铅火印刷，因为保护得当封面几乎没有磨损，上面的字迹虽比不上如今新书精致，但也清晰可辨。封面上和书页内清一色的全是西洋字母的组合，可再看一眼，它们又不是英语单词。这让我完全没有了头绪。

第二天我带上这本书，去了县里唯一的一座图书馆。我找到了以前认识的一位图书管理员老康，向他请教这是本什么玩意儿。

老康博览群书，这座图书馆里的所有书他基本上都看过。他把封面和封底分别用目光扫了两遍，说：“这是《茶花女》，法国作家小仲马的作品。”

搞半天那些莫名其妙的字符是法语啊。听到书名的时候，我心里咯噔跳了一下，我记得乔都当年写过《茶花女》的读后感，因为写得特别好，老师让全班同学传阅，传阅完了之后她把那篇文章送给了我。我不知道她为什么要送给我，但我还是收下了。老康把陈旧的图书小心翼翼地捧在手里，一副爱不释手的怜惜模样，感叹道："这本书是最早在法国发行的版本，现如今欧洲市场上都难以寻得着影子，更别提国内了。你爹从哪儿整来的？"

"不是他。"我笑了下说，"是我一个哥哥送给我的。"

他津津有味地翻阅着内文，我问："这本书的中文版这儿有吗？"

"有，我这就给你拿去。"

拿着《茶花女》的中文版回到家后，我翻出了乔都的那篇文章，上面写着：

"虽然不长，但我是每天只翻个几页，翻了差不多一个月才看完。前头的文字倒比较平淡，就是一些权贵们与一个下层女子的故事，他们之间的感情与隔阂似乎因为身份差异而显得顺其自然，找不到特别触动人心的地方。直至最后玛格丽特在信中所述的对阿尔芒倾注心血的真爱，弥留时'每次有人开门，她的眼睛就闪出光来，总以为您要来了'，以及阿尔芒在解开误会后的情绪表现，真正让我被这个故事感动。能有这样的效果，不知是结尾的文字本身独具魅力，还是之前那些平淡的文字都是为了它伏笔所致。当时的我对作品想表达的尊严的意义、救赎的伟大、人格的平等、肮脏与干净、爱情与回报，还未能理解。直至许久后我重新拿起它，才理解了其中的绝大部分，但仍旧不敢自称完全参透。少年时我读后所想到的是，以身份来断定一个人的人格是多么的卑劣和粗鲁，哪怕是一个浑身肮脏的女人，历史也会让她成为圣洁和无私的图腾。”

读完她的读后感，我大概知道了这是个怎样的故事。我把法文原本单独珍藏了起来，并抱着崇敬的心态开始阅读中文版本。

熊向前驾驶着东风卡车停在村里屋子边的泥地上，我和郭君生穿过屋里的厅堂和房间来到了他们家的阳台上。他的家人们都坐在客厅里，阳台上空无一人，我压低声音问他道：“咱们当时不是都计划好了吗，怎么现在又不去了？”

“程循，我发誓我绝对没有耍你和阳光哥，我当时也是认真的，你看今天早上我都做好准备6点多就起来了，用冷水洗了脸，刮了胡子，用肥皂洗干净了手，还把我妈的雪花膏涂在了身上，我们村里的传统就是做大事儿前必须有这些步骤。”郭君生因为急促而额头冒汗，说话时每个字都是断断续续的，声音里满是自责和羞愧，“但是，就在刚才，我突然一下子就觉得我不能去了。我要是重伤不治，再不济成了植物人，我爹妈还不得把家里所有的钱花在我身上？ 弟弟妹妹都还这么小，他们以后没钱吃饭了怎么办？”

我看着他发白的嘴角，双手不知该往哪儿放的样子，顿时心软了。 那个午夜他和我们一起从溜冰场里出来的时候也被罗建军的人揍成重伤，他的父亲拆掉了家里的衣柜门，和几个乡亲一起把他抬回了家。 她母亲以为他要死了，蹲在门口号啕大哭，他的父亲考虑到如果把他送医院去的话对家里的经济是一个重创，便找来了村里几个老郎中，用各种土方法把他给救活了。 他清醒了以后全身化脓，疼得门牙都咬碎了，当地的郎中就给他找来各种草药各种偏方，不由分说地往他身上涂往他嘴里灌。 后来某一天他终于下地走路了，家里人纷纷感叹这些人经验丰富妙手回春。

“说到底你还是认为我们会再次败在他的手下？”我几乎是指着他的鼻子说出这句话的。

郭君生不说话了。

我说：“你看看外面，这次我们已经做了十足的准备了。我们攻其不备出其不意，而且在人数上我们占了压倒性优势。”

发动机的声音穿厅过堂而来，已被剥落得幽微黯淡，此时在我耳边飘荡回旋，听来是极其的孤寂压抑。 郭君生低下了头，声音同样黯然而忧伤：“就算我们真的打赢他了，难道警察就会放过我们吗？ 这些年我爹妈把我拉扯大不容易，现在正是需要我的时候。我现在已经不读书了，要是我躲去了云南，家里的收入又要少一部分，弟弟妹妹到时候又要跟我走同一条路，而且我要怎么跟我父母交代？”

“你跟他无冤无仇，可他当时把你打成了重伤，现在阳光哥来给我们出气了，你难道想放弃吗？”我说。

“这口气我也想出，这个仇我也想报，但是我想想我们这个家，我实在是不敢去冒这个险，我宁可打掉牙往肚里咽。”

“好吧。”许久后，我才说出这两个字。这时候已经有哥们儿下车来催我了，我从衣服兜里掏出乔都送我的那个侧边用线缠的带油画的本子，递给郭君生，说：“好久之前就想送你了，一直放在我家抽屉里，今天才想起来拿给你。”

“你花钱买的？”

“别人送的。”

郭君生捏紧它，闭上眼睛似乎是在努力阻止眼泪流下来。我没等他说话，直接跑出了他家跳上了屋外的东风卡车。

变速箱剧烈地震动了一下，车子开始往后倒。高阳光问我道：“他不肯来了？”

“嗯。”我点了点头。

“还有其他人没接到吗？”

“都接完了。”

“那好，出发吧。”

按照之前的安排，我是要跟随高阳光进入小木门捅罗建军的人之一，坐在车斗最靠里的一个哥们儿拾起了一把手臂长的钢刀，挨个儿传到了我的手里。我把它捏在手心里，沉甸甸的，钢铁冰冷坚硬的质感渗透到了我的每个指尖，我感觉我的手心已经出汗了。我用手腕旋转着它的刀刃，旁边的朋友们都在用一种不易察觉的眼神看着它，而他们的身边，放的是同样结实沉重的木棍。

卡车开起来后，风儿轻轻地吹拂着我，我第一次感到被微风拂遍身体是多么舒适惬意。伤口的疼痛在记忆里已经几近消失了，我对罗建军的恨意也不再那么清晰坚固。曾经我觉得复仇是一种不可推脱的使命，但当我走上了复仇之路，我开始觉得这是一种莫大的任务和负担，我已经不太愿意去完成它，哪怕这种逃避对不起正义，哪怕全世界都责备我是个懦弱的人。我回味起自己现在的生活，日子日复一日冗冗长长地过，倒是没什么值得眷恋的，只是一想到林老师，我觉得事情没那么轻松了。

在男性与女性的关系上，不管别人用多少道理阐释，用多少情感演绎，我通过观察和体验，始终保留自己的一些看法。男女总是以某种相互对立的形态陷入相互交融的一体，其中一方表现出什么程度的行为，另一方需要把握分寸调控自己的行为，以保持平衡。这种平衡不必把握到完美，实际上只要是人就不可能把握得非常好，它有一个松动的空间，但它一旦颠覆，这一体就会破裂，关系也会自然而然地解除了。

这就是为什么我在林老师面前更愿意自动沉默，我多余的字眼和眼神都会对她造成精神上的干扰。她决定如何对待我，如何看待身份上的差异，我再根据她的结果去决定如何对待她。我不认为这是见风使舵或矫揉造作，我认为这是我能付出给她的高尚的矜持。她随心所欲地自由前行，我循着她的芳踪去描下她行走的轨迹，我和她若不能同在屋檐下，至少能同在天地间。

如今我面对着自己定下的标准，自己反悔了。且不论天地，就算秋港到云南的距离，已经让我无法承受。当理智的壁垒无法撑起感情的侵袭，曾经的那些分寸彻底崩溃，我可以原谅所有人，我没心思再去捅任何人，我只想现在就和她在一起，哪怕只是叫一声她的称谓。

换了新的发动机的卡车跑起来声音是那么好听，我愿意继续听一会儿，但我知道现在是我说话的时候了。我用手支撑着疲软的双腿爬到了车斗，拍了拍驾驶室的窗子说："向前哥哥，停一下车。"

"停车干什么？"熊向前把烟从嘴里放下来，还未等我解释就踩下了刹车。

停车后，高阳光从驾驶舱跳出来绕到车厢后面，跳了上来，所有人都看着他。我尝试着对他说："阳光哥，咱们……别去捅他了行么？"

我已经做好了高阳光一巴掌揍翻我，用最恶毒的语言羞辱我的准备，也做好了全车人把我扔下车的准备。但我话音刚落后，车厢里坐着的人没有一个人说话，高阳光也没有任何苛责呵斥，他脸色平静，近乎面无表情，对我说：“你下车，打车回家吧。”

“你知道这是不可能的。如果你们要去，我无论如何都不会自己先走。”我说。

高阳光搓了搓自己的下巴，低下头一会儿，然后抬起头问我：“你是觉得我们打不过他吗？”

“不是。”我说，“就是因为我们一定打得过他，而且我们计划好的效果，一定能达到。但人的五脏六腑都装在肚子里，如果人人捅他一刀，他肯定就半死了，或者这辈子就是个残废了。那样的话，我们就是罪犯了。”

熊向前依然坐在驾驶舱里把玩着手里正燃烧的烟，我不确定他有没有听到我们的对话。我补充道：“我不是怕逃去生地。只是在那边，我们还是背着罪犯的身份，我们几乎不可能像正常人一样过日子。”

另一个兄弟也开了口，说：“我想了一下，我觉得程循这几句话，说得没错。我们去了那么偏远的地方，还要缩着脑袋过活，各方面肯定都不方便。”

又有一个男的犹犹豫豫小心翼翼地开口了：“对啊，而且我们躲了一段时间后，总不能不回来吧。”

高阳光在原地点了点头，说：“这么说，你们大家都不想去了是吧？”他的声音仍旧是如无风的湖面般平静，语气也是极为真诚的询问。

“阳光哥，那天晚上我也和你们一起，被罗建军打得半死。”力量发达的高延金站了起来，说，“我当时也是认为怎么地也要让他血债血偿，但现在看来吧，我们仇是报了，但是自己也搭进去了。”

“是啊，这样有点儿不值得啊。”底下又有细微的声音飘荡了出来。

“既然大家都有这个意愿，那好吧，咱们这次行动取消了。”高阳光语气疲惫而沉重地宣布道。

我听到卡车熄火的声音，所有人都陆陆续续从车厢里跳了出来。高阳光走到驾驶位旁边拉开车门，对熊向前说：“向前，你跟他们一起回去吧，这个车交给我就行了。”

熊向前说：“你看起来不太好，还是我帮你开回去吧。”

“不了。”高阳光说，“我开去兜兜风。”

“那行吧。”熊向前从座位上跳了下来，高阳光一蹬腿坐了上去。他关上门打着火，冲我们摆摆手，微笑里没有一丝杀气只有慈祥，说：“都回去吧，再见。”

“再见。”我们站在原地摆摆手，看着他把车开走了。

我们沿着街道一直往回走，不甚明艳的阳光洒满全身，我被晒得几乎要融化成一滩下一秒就会在地面上蔓延开来的水。我们一行人走过了一个又一个的街口，但只看得到街道，看不到一个公交站，空载的的士在街上飞快闪过。我们终于看到了一个公交车站，朝它走去的时候，陈文安顺口问了一句：“那些刀子、棍子呢？”

“还在阳光哥的车上吧。”一个人说。

这么说就是高阳光开车带走了那些刀枪棍棒？本是随口的一句话，却让我的心一下子被揪到了空中。我难以抑制地想起了上次的那件事，高阳光也是在我们所有人以为事情结束了以后，自己单独再去了一次那栋楼，把那个人渣男殴打得伤痕累累。如果说那是高阳光惯有的行事风格的话，作为那件事的后续事件，这次他会不会采取如出一辙的行为？要知道，他心里到底有没有原谅一个人，他是从来不会用嘴说出来的。

“等一下。”我站住了，所有人都跟着我停了下来。我问熊向前：“向前哥哥，阳光哥那台卡车是跟谁借的啊？”

熊向前不知道我为什么要这样问，说：“听他说好像他有个朋友开印刷厂的，那车子是他朋友厂子里的，他把车子开出来到我宿舍接我，然后我就开着车去接你们了。”

“那个印刷厂在哪里？”

“就在镇里。”

“那他应该往我们这个方向开的啊。”

“是啊。”

“可他刚才是往哪边开的？”我问高延金。

他手都举不利索了，指了指我们后面的方向：“好像是往那边。”

“完了。”我、高延金和陈文安同时反应了过来。我们3个疯狂地冲到了街道上，拦住一台小的士，陈文安说：“到文济世的中药铺子，顶着油门给我开！”

的士司机一路上开得这台小车都快漂移了，终于到达了中药铺子，我环视了下附近，卡车已经不见踪影。我们冲进了大门，里面已经是喧喧嚷嚷一片混乱了。

我们奋力拨开手足无措的人们，爬上二楼，跑到那扇木门旁边，打开木门，我们看到地板上有一大滩殷红的血液，还有沾了血液的物体在地板上被拖曳的痕迹。

“人已经送走了。”高延金说。

后来我才知道，那天高阳光从铺子出来后就直接开车去了警察局。而罗建军则被铺子里的同事送进了医院。

这次事件在我们县也算不上什么重大事故，但因为案件情节太过戏剧化，很快在镇上流传开来，而所有参与的人无一幸免，包括那位把东风卡车借给高阳光的印刷厂厂长。

我因为参与了聚众斗殴，回校3日后被学校名正言顺地开除。我对此没有任何异议和反抗的余地。父亲后来带着从警方那里得到的笔录复印件亲自找去了学校的教导处，试图证明我并没有怂恿或协助高阳光作案，但教导处主任说了，这次事件从计划开始我就参与了，只要上了那台车，就算是与他们合伙行凶。再说这事之前还有其他的事，其他的事我也是参与了的，不管因为哪一件事开除我都是理所应当的。黄文丰的父亲也颇费精力帮忙找到了学校的上层领导，第二次去，教导处主任这样说，让一个这么年轻的小伙子失去了受教育的机会，我也很为他惋惜。但我们不能践踏校规，不然以后学校没法管理。

回教室的路上，林老师叫住了我，她把我拉到了走廊的转角里。

她对我说："我相信那件事不是你做的，我懂你，我知道你的心灵是不会允许你去伤害别人的。"她眉目颦蹙，难抑的热泪从眼眶里奔涌了出来。那是我第一次伸手触碰到她的脸，用指尖拭去她眼角的泪痕。

"那天，我们都坐在车上。"我说，"我试着去阻止他们了，一开始他们也答应了。但是后来，我的一个哥哥，就是报纸上说的那个高某，他背离我们所有人独自行动了。这一切的转变实在太快了，等我想到的时候，根本没有机会追回他了……"

"我还能为你做些什么吗？"林老师问。

"不用了。我只是有些难过，以后不能上您的课了，不能在睡醒的时候听见您的声音了。"

两天后的上午，我带着一只小型皮箱来到了教室。我曾幻想着乔都会来帮我收拾东西，但我知道这是不可能的了。自从上次出院回到学校以后，乔都就再也没搭理过我，刘力杰找我聊天的时候，她站在我身边，低着头不看我也不说一句话。但是，今天乔都真的来帮我收拾东西了。她红着眼圈好几次差点儿哭出来。她把我桌面上的教科书、柜筒里的教辅书和报刊杂志拿出来，分门别类地整好，填到皮箱里，然后把我搭在椅背上的所有衣物拣起来，叠好铺到皮箱里的书上。

乔都和班里所有的男生都来送我了，大家一起在校道上走的时候，我不想气氛那么伤感，就找出了点平日里轻松的话题。我对小雪说："你和周宁加上次的感情危机现在怎么样了？"

小雪说："跟你说，这次事结束以后，我对所有女人都有了全新的认识。那天我带着她到落仙潭水库那边去玩，旁边那里有一个通信塔。她又在念叨我消极散漫没决心，我二话没说，直接往塔上爬。那天天气清冷清冷的，空气里都好像摸得到水似的，她一直在下面叫别爬了、危险、太高了、快下来，但我真就一步一步地爬到了通信塔最上面，然后纵身一跃跳进了湖里。入水那一下我才感觉真的好冷，冷得我骨头都结冰了。好久之后我才浮上来，她把我拉上岸，使劲抱着我取暖，手忙脚乱地给我擦头发上的水。那天我们根本还没开始玩就回家了，但从此之后她再也没跟我提过那个话题了。"

走到校门口的时候，男生们都自动地靠在了一边站着，留下位置给我和乔都。乔都的泪水终于还是顺着笑容流淌了下来。她对我说：“对不起，程循，我那时候不该那么幼稚地跟你赌气，谢谢你那时候教我做的事，你没有看走眼。”

她双手搂住我的脖子，趴在我的耳边，说：“他对我很好，比对他自己还好，从来没有跟我闹过别扭，我有什么愿望他能做到一定会帮我做到。”

“我希望我没有做错什么。”

她摇摇头松开手，含泪微笑着对我说：“从开始跟他在一起到现在，我一直很开心，很快乐。”

我转过头看看刘力杰，他站在一群男生中间一个不显眼的位置，同样面带着灿烂的微笑朝我点了点头。

一个秋雨绵绵的下午，我穿着一件尼龙夹克出门了。尽管打了伞，但进了秋港人民医院的大门以后，身上还是沾上了密密麻麻的雨点。

空旷的病房里只躺了罗建军一个人，他合着眼睛闭目昏睡，从腰到胸全部覆盖着繁杂的医疗器械。我走到他身边以后，他微微撑开了眼睛，说：“你进门的时候我就知道你来了。”

“那你怎么没反应？”我在床边的椅子上坐下。

“你可以看到，我的肚子已经不是我的了，我现在做什么都很吃力，哪怕只是睁开眼皮转转眼珠。”

“那我现在是不是不该跟你说话了。”我问。

我第一次看到这张脸上流露出轻微的抱歉的表情，他说：“如果可以的话，请你给我五分钟，我要闭上眼睛一会儿，调一些中气回来，然后我就可以跟你讲话了。”

他的面部已经完全失去原来的神采，身体僵死，全身就像盘绞在一起的干枯的树。

“我以前听别人说过，你是叫程循吧，你来干什么呢？”他的声音依旧虚弱嘶哑，气若游丝。

“不管怎么说，那天毕竟我也是和高阳光一起去了的，事发以后，我始终觉得，如果他有对不住你的地方，这些地方里面也有我的一份。”

“你没有对不住我，反倒是我对不住你，那天夜里是我安排人把你打伤了，而你并没有任何过错。我已经在这里躺了一个多月了，那件事情我了解的不比你少，我知道你是第一个要放弃计划的。”

那天等我们全走了以后，高阳光开着卡车直奔中药铺子而去。他依然把车停在了我们原先计划的那个位置——对面的街边。他在车厢里捡起一把钢刀，横跨街道走进了中药铺子。门口打杂的见到他这副样子一下子都给懵住了，里面有人想站出来拦他，他举起刀用刀尖指着他们，他们全都不敢再往前一步。他径直上楼，走进罗建军的房间，二话不说就往他身上捅，捅了两三刀后转身离开，回到了自己车里。而上车后，他直接把车开到了警察局。

高阳光毕竟形单影只，他只是捅了罗建军几下子就收手了，并没有达到我们之前设想的肚子放血半残不死的结局。“刀子进来的那一下轻飘飘的，好像自己没有重量了，然后整个人就躺在地板上了。想自己爬起来，但从头到脚使不出一点儿劲，最后的力气都用来睁开眼睛了，看见有几个女人跑进来，她们想抬起我，抬不动，就把我往外拖。”罗建军这样向我描述了自己当时的状况。

我的头低垂了下来，用大拇指撑住了额头，陷入了不知尽头的黑暗。回过神后，他已经被换好了一个新的吊瓶。

“听你口音好像不是咱们这里的人吧。”我换了个话题。

他指了指对面墙上挂着的一幅中国地图，说：“我是湖北荆门的。”

“那你为什么来这儿了？”我问。

随着新液体进入身体，罗建军的精神渐渐有所恢复。他的脸庞依旧对着天花板，但眼神里平静得几乎没有了回忆的质感：“我原来是武警中队的。你知道是啥概念吗？”

我摇摇头。他说：“担负国家赋予的国家内部安全保卫任务的部队。实际上就是城市里哪里出了乱子，不管有多么危险，我们就要第一个冲上去。”

“嗯。”我点了点头。

“那时候我弟弟也想进武警中队，但被刷下来了。后来他就进了城管队。再后来，他犯了错误，很严重的错误。”说到这里的时候，罗建军的眉毛深深地压了下来，眼角收成了一道尖锐的细缝，让我都不敢再继续追问。

“他在故乡待不下去了，我是他哥哥，我也在故乡待不下去了。我想到我有个远方表亲文济世在这里，就带着他跑到这里来了。我本来想让他跟我一起在中药铺子里工作的，但文济世不喜欢他，不肯收留他。

“那段时间，你们这里所有人都欺负他，他找不到工作，就一天到晚四处游荡，哪里需要人手就上去干活儿，赚点儿零碎的小钱。我记得他跟我说过，有天晌午时分，他逛到一家化工厂门外，厂里的一群年轻工人下班了，买了几大件啤酒，全蹲在围墙下面喝开了。我弟弟那时候也是又热又饿，昏了头了，看到门前地上东倒西歪的几个空瓶子，就起了个念头，想捡过来去废品站换点儿钱。他一声不吭地走到那些醉醺醺的工人身边，提起地上的啤酒瓶子，用手指夹住瓶颈。这时那群人的头头突然站起来对他吼叫：‘孙子，谁他妈让你乱动这儿的东西了？’

“他一下子给吓住了，就窝窝囊囊地说：‘我以为你们喝完了酒,这空瓶子就不要了……’

“头目说：‘我喝完了的瓶子也是我的，什么时候轮到你的狗手来拿了？’

“他又把手里的几个瓶子放回到了地上，说：‘那我不要了。’

“有个人问他是哪儿来的，他说是湖北来的。那人就给他训了一顿，说：‘你要是跟咱一块儿长大的，今儿也就算了。可你他妈一个外来土炮还不懂长点儿眼睛，就非给你上一课不可了。’说完以后就打了他一顿，打的程度也不比上次打你的轻。

“后来我就把他送到了文济世那里，文济世在中药铺子里救了他。他想啊，他以后如果还是没工作继续这么晃荡下去，迟早还会再被本地人打。于是他就找了关系，联系他到另一座城市一个小作坊打工。那个工作还不错，有给他一个人住的单身宿舍。”

“至于我吧，”罗建军喉结鼓动了一下，说，“我结识了那么多朋友，其实他们当初也不想理我的，只是因为我有两下子拳脚功夫，他们想要跟我偷师，后来才称兄道弟的。看看我现在的状况，他们以后也不会再理我了吧。”

我没有看罗建军的脸，在他的语气中，我听出了一种由心而发的悲哀。

“那个姑娘，叫赵……什么来着……？”

“赵新璐。”

“对。”罗建军说，“她完全是看我弟弟可怜，才跟她处朋友的。她真是个善良的女孩子。”说到这儿，罗建军的声音再次变得虚弱低微起来了。

我微微点了点头，两只手抱在了一起。

“我知道我弟弟干了什么。我自认不是个没有是非黑白的人，这件事由我来调教他就足够了。以我的性格，我对他的惩罚会比高阳光更严厉，但高阳光赶在我之前惩罚了他，我内心的感受就不一样了。”

窗外传来一阵刺耳的刹车声，紧接着就是一阵巨响。我愣在了凳子上，罗建军对我说：“去看看怎么了。”

我来到窗口，看到底下一台轿车失控从马路上撞到了墙壁上，机舱盖冒出滚滚浓烟。它撞得真长眼，就在医院旁边，可以最快得到救治。

“撞车了。”我告诉罗建军。这时，我听到楼底下一阵女人们的惊声尖叫。

我曾经去看守所想见见高阳光，但工作人员把我当成了闲杂人等，恨不得快点儿赶我出去。我反复向他们说明了我和高阳光的关系以后，他们终于调出了高阳光的卷宗，然后告诉我现在是隔离期还不能见面。

于是我推迟了离家的时间，又在家里多呆了半年，等到高阳光审判结束后终于可以去见他了。他告诉我，他犯的是故意伤害罪，本来要判处 7 年的，但因为事后自首供认不讳，改判成 5 年。我没有告诉他我因为这件事被学校开除了，我只是说，你当时不是说将来不用上学了到省城去住一段时间还是可以的吗，我现在就想去省城体验一下生活。

“去吧去吧，别想我。回来以后再来看我就行了。”

然后他对我讲起：“候审这段时间我安安静静地待在这里，想起了很多以前的事情。我在华哥的天地会里待的最后一段时间里，我们曾经有一次中午聚会，天地会里大多数人都是在镇上那个化工厂里上班的。中午下班后，大家买了一大堆啤酒，找不到一个喝的地方，就直接围在厂子外的围墙下面喝了。我记得那时候天气很热很热，热得整个人都是发晕的。我们就使劲儿给自己灌冰凉的啤酒，喝完之后就把啤酒瓶随便甩地上。一大堆啤酒快干完的时候，所有人都有些飘乎乎的了，但我没有，我一直克制自己不要喝太多。这时候，不知道从哪儿冒出来一个小孩儿，当时可能比你还小一点儿吧，特别紧张哆嗦，开始捡我们的空瓶子。他看起来穷得不行，我知道他是想捡这些瓶子去废品站卖钱。我现在还记得他那个畏手畏脚的样子就像在做什么见不得人的事儿一样。这时候我根本没想到，华哥突然猛地站起来指着他骂，问他为什么要动我们的瓶子。

“那个小男孩儿整个人都吓蒙了，口齿都不清楚了，我听着意思是说他以为我们喝完酒瓶子就不要了。

“然后华哥接着训他，说喝完了酒我们的瓶子还是我们的，你凭什么来拿走。他就赶紧把把手里的几个瓶子放了回去说他不要了。这时候，天地会里另外一个男的问他是哪儿来的，我听他的口音挺重的，不像是我们这儿的人，他说他是湖北的，那个男的就开始说他，侮辱他是个外来土炮，还不识趣，要给他好好上一课。接着所有男的就围上去殴打他一个小男孩儿，我跑到一边去了，看着他们打他像打一条案板上的死鱼一样。后来见他已经没有意识了，所有人才停手走开。那次跟他们一起回去的时候，我就开始想到，这些人就这样欺负一个弱者，这能算是所谓的'侠义'的天地会吗？其实我自始至终都没相信华哥能把我调教成一个出人头地的英雄。后来我就慢慢减少跟他们出去活动的次数了，慢慢地就跟他们不再有联系了，后来我进入技校读书，开始有了自己的一帮朋友，包括你，再后来他们都叫我阳光哥了。”

临走之前，我真正担心的并不是5年失去自由的困苦，而是5年浸淫在暗无天日的铁窗里，他到底会被改变多少，他的人生中最珍贵的东西会不会被夺走，将来我还能认出他吗，他还有力气继续在这个社会上生存吗？我说了些有用没用的话给他听，劝他服从管教争取立功，能早一天出来就早一天出来。

离开家乡的时候我收到了小朱哥哥从东北寄来的明信片。他照了很多照片洗好了寄给我，有大学里的教学楼，白雪皑皑的市区街道，屋顶覆盖着白雪的俄式教堂，人民过夜生活的夜景，他还去了农村，拍了造型粗糙的东北农舍和马拉犁耙。附的纸张里，他简短介绍了他在那边大一的生活，并且告诉我现在他已经开始为他暑期的计划做前期筹备的工作了。

从家到长途客车站的路程是黄文丰送我的。他们家新的车子后备箱特别长，大包小包的行李放进去都绰绰有余。我和他坐在了车子宽敞的后排。一路上车子行驶得十分平稳，黄文丰从他的口袋里掏出一张照片，说："给你看个东西，你别跟任何人说。"

这是一张老旧的彩色照片，边缘已经起褶皱了。照片里是一个圆脸白肤的年轻女人，五官清秀笑不露齿。她与我记忆中的某个人有些吻合，但我一下子想不起到底是谁了。

"这是我妈妈。"黄文丰说。这时我才想起，黄家还住在平房里时那个笑盈盈迎接我进屋的女人。

"你见到她了吗？"我问。

"全县城的人们都见到她了。"黄文丰说，"她在经济上犯了错，被警察抓进去了。"

接着黄文丰告诉了我他所知道的关于他妈妈的事情。

黄大地和我父亲一起在南方漂泊的那段时间里，认识了这个叫杨贤妹的南方女人。他们刚认识的时候经济条件还比较优越，杨贤妹诞下黄文丰后跟黄大地一起回到了故乡，黄大地得到了一个器材保障员的工作。从此之后，杨贤妹就天天在家里哭，黄大地下班回来推开门最先听到的就是她的哭声，上班时也是伴随着她的哭声离开家的。南方女人哭泣很有技巧，她们不会像我们北方女人一样哗啦啦地哭完就完事儿，而是会把力气摊开来小声啜泣着哭，胜在持续的时间长。黄文丰也依稀回忆起，他生命最初的时光里，背景音乐永远是一个女人绵延不绝的哀号，这也导致了他日后只要听到女人的哭声心情就会突然烦闷。有一天黄大地终于忍不住问她，是不是我赚的钱少让你受委屈了，她不说是也不说不是，就是继续从早到晚地哭泣。黄文丰上了小学后，黄大地终于有一天跟她明说了，你要是嫌我让你过得寒碜了，咱俩就离婚吧。杨贤妹说可以，但房子和家具要留给她，拖着个儿子会影响她再婚，儿子让他带走。

结果他俩刚分开不到 1 个月，杨贤妹就改嫁给了一个比她大十岁的某科长，跟随他一起调离了我们市，若干年后又离开了我们省。刚离婚那阵，黄大地带着小黄文丰来找我父亲，在我们家借住了半年，我母亲同时带着我姐姐、我和黄文丰三个孩子。就是在那个时候，黄大地开始意识到继续做本职工作只能窝囊一辈子，开始考虑到了分类整合货物的营生，终于有钱带着儿子重新住进新房。至于辞职开厂成为首富，那就是很多年后的事情了。

“她犯了什么错啊？”我问。

黄文丰面无表情地说：“跟那个男的一起搞官商勾结家族腐败，涉嫌严重违纪违法接受组织调查。”

黄文丰在大客车外与我告别，大客车还是走着与上次一模一样的路线，只是我这一次没有再晕车了。我把小朱哥哥送我的那张教堂的照片带在了身上，我很喜欢那个坐落在一片白色里的巍峨高大的古典建筑，我也很好奇它里面究竟是什么样的。

15
到人间去谋生

出发前几天父亲告诉我，他认识一个战友，以前和他一起短暂地参加过抗美援朝战争，现在在省城一家工厂里管人。来之前我们商量过，先让我去那个战友的工厂，在那儿学着干一段时间，什么时候想走了就辞职。

到达省城以后，我站在一个交通枢纽中央，各种交通工具和关于它们的指示路线让我眼花缭乱。我拿出父亲写给我的地址仔细核对，终于拼凑出了一条到达那个工厂的交通方式。

那是一个木材厂，远离省城繁华的中心，四周都是破破烂烂的小路，连家卖东西的商铺都没有。守门的是个精瘦的大婶，见着我走过去，她警觉地蹦了起来，口气发冲地问我：“小子，找谁？”

“我找季清莲。”

她上下打量了我几眼，放下手中的瓜子，说：“来吧，我带你进去。”

在一间阴暗的仓库里面，几个小哥正在光着膀子锯木头，一个身材魁梧的男子靠在一张太师椅上闭目养神。

“季大哥，找你的。”守门大婶尖声尖气地叫道。

男子站起了身，还未等我自我介绍他就认出我来了，说：

“你就是战华的儿子吧？”

“是我。”

他笑着走到了我的身边，拍了下我的脑袋，说：“赶路累了吧。来，跟我走。”然后又退了几步对里头干活的小哥说，“我出去一会儿，你俩别闲着。”

他带我来到木材厂的一隅，这里停着一台尼桑的皮卡。他开着这台车带我走上了工厂外的破路，七弯八拐后终于上了一条还算有人烟的街道。

他把车停在了一家面馆前面，进去后为我叫了一份牛肉面。上菜之前，他对我说：“你爸有跟你说我们俩在战场上的事儿吗？”

“没有。”我说。

季清莲点燃了一根“七星”，缓缓开口说：“那时候我们俩本来都是步兵，那天出了点特殊情况，要我们俩到敌我边界去干侦察兵的活儿。那时候我们都还是童子军，比你现在还小，胆子倒是大得很，咋咋呼呼就去了。我们正走着，突然一个美国特务从界限冲过来，要杀我们两个。那时候我们俩就互相掩护着拼了命地跑，见到有树有石头的地方就躲起来，躲完了之后又死命跑。边跑就边听到身后有枪声，我们俩也胡乱地往后面放枪，也不知道有没有打中他，反正后来我们跑远了之后他就不见了。我和你爸那时候放了特务进来，都吓得要死，不敢回营地去，在一个鱼塘边刨了块空地哆哆嗦嗦地凑合了一宿。”

他把烟头掐灭在了烟灰缸里，往自己的茶杯里倒了点儿开水，喝了几口，继续说：“后来战争结束了，我们都去走自己的路谋生去了，但我和战华还一直保持联系。”他重新点着了一根烟，说：“听说你姐姐今年高考了啊。”

“是啊。”

“考得咋样啊？”

“考上她理想的大学了。”我说。

“那就好。”他笑了笑，吸了口烟，然后对我说，“如果我没有理解错你爸的意思的话，你现在还没完成高中学业吧？”

“对。”我点点头。

他说：“当工人赚钱糊口，可比在学校读书辛苦多了。我这个厂子只是让你体验一下工人的生活，体验了那么一两个月了，知道是怎么回事儿了，还是要回学校去继续读书，将来像你姐姐一样考上一所大学。”

我低下头不置可否，不敢告诉他我辍学的真正原因，好在这时候牛肉面上来了。

现在请允许我简单地介绍一下我的工作。例如，一块木头要做成一个课桌的桌面板，首先要从一块原始的大木头中分出几块和桌面板差不多大小的小木头，然后由我把这块小木头削平，切割出棱角，做成桌面版的尺寸，再交给下一个工序的工人进行抛光打磨，最后便可以出场安装上铁架，成为一个完整的课桌。

季清莲安排了一个最合适的师傅带我。刚来的第一个月，我对我的工作一无所知。师傅四十来岁，他头发秃了一大半，只剩下后脑勺一圈稀疏的毛发和油光发亮的额头。他矮矮壮壮的，面部黝黑，随时随地都是一副掂量着如何下锯子的表情，说起话来轻声细语的。

最开始是我干站在一旁看着师傅做，然后他会偶尔把几个简单的动作交给我，再然后就是由我负责大部分的工作，他插手几个不怎么重要的步骤，最后我独立完成所有工作他只是在一旁监督直至我出师。

在做学徒的一个多月里厂里没有分给我宿舍，由于师傅和季清莲的关系，他让我寄居在了他的宿舍。他三下五除二用厂里闲置的木板给我做了个简易床，紧挨着他的床摆放，让我睡在上面。当我熟练地掌握了技能以后，车间主任找到我，带着我去了普通工人的宿舍。

宿舍是用铁架搭起的，建立在一座厂房的屋顶上，需要爬上一段锈迹斑斑的生锈铁梯才能到达，房间里每边摆放了10张床。我刚刚进去的时候，看到床上的各种杂物滚落到了地面上，再加上床又很窄，无法想象他们应该把自己的身体放在哪里。

晚上睡觉的时候，我的工友们有躺在床上抽烟的习惯。夏天宿舍里没有供应热水，有时候连冷水都没有，工友们不洗澡，把衣裤一脱塞到床下，翘着二郎腿边抠脚边聊天。我没有心思听他们在聊些什么，他们朝我问话的时候我也只是简单应和，我感到疲乏、燥热、拥挤，不知不觉就进入了梦乡。

起初我睡眠质量很差，夜里辗转反侧，早晨天一亮就起床了。我帮宿舍 20 多人搬回一大锅馒头、油条和一桶热水，这点让他们对我非常感激，尤其是几位年迈的老工人。

有天宿舍里人声鼎沸，一个电工过来修墙上坏了的排气扇，那个排气扇就在我的头顶上，而我正躺在小床上看小朱哥哥送给我的一本书。这时，电工突然扔了个小部件下来砸到了我。

“怎么了？”我问。

他低下头问我：“你在看什么书？”

我仰起头，看着他的脸，说：“是一本诗集。”

他从梯子上一骨碌跳了下来，拿过我的书看了看，念出了封面上的名字：时间尽头的诺言。

“这是周江牧先生的作品。”他自言自语道。

“是啊。”我说。

“你也喜欢看他的诗？”

“反正我从一叠书里面把这本拿出来，看了下觉得还不错。”

这时我才仔细看这个男人，一张年轻标致的脸蛋，长长的头发披到了肩膀上。收敛的微笑，瘦小的身材，站起来后刚到我的耳朵。

“你是这儿的工人吗？平时怎么没见过你啊？”前几天一个年迈的工人给了我一包“中南海”的烟，以前我们那个小镇没人抽这种烟，我便把它收到了口袋里。我掏出一根给了眼前这个长发男人。

“谢谢。”他把长发捋到耳后，将烟夹到耳朵上面，说，“我也是在这儿干活的，负责 A－105 到 C－150 车间的电工。你们这儿有个排气扇坏了，他们也把我给喊来了。”他把电工的箱子码在了自己手边。

他让我等他修完排气扇，然后我拿着简单的几样行李跟他回家了。他吃力地骑着一台三七小单车，带着我出厂，在偏僻的烂路上晃悠了十来分钟，来到了一座简陋的筒子楼前面。他带着我走进楼梯口的时候，一股刺鼻的硫磺味儿让我险些当即呕吐，他拍了拍我的背说：“忍忍吧，刚来时我也不习惯。”

他打开一扇门，这是一个只有一个房间的小房子，小到住两个人都为难，里面的脏乱狼藉程度并不逊色于我们的工人宿舍。

“这是你租来的吗？”我问。

“你想多了，我没有闲钱租房子的。”他脱掉鞋袜一屁股坐到地板上，把我给他的夹在耳朵上的那支中南海拿下来点着了，说：“这是我舅舅的，他有不少房产，这个地方在我住进来之前闲置了好几年。”他叼着烟，跪到床上，把我的行李一股脑倾倒出来，说：“咱俩只能挤一张床了。”

晚上下班后我们双双回到了这里，他从屁股兜里掏出两罐脏兮兮的啤酒。这酒喝起来软绵绵的，就像发酵过的白开水一样。他告诉我他叫关明。

喝完酒后他指了指他的墙角给我看，告诉我那些都是他的书。然后我们一起坐在床上研究小朱哥哥给我的那一叠书。我从一本厚厚的散文集里掏出一张照片给他看，就是小朱哥哥拍摄的那座俄式教堂。他揣着照片看了会儿，说：“这个是圣·索菲亚教堂。”

“你认得出来？”我问。

“是啊，它在哈尔滨。”关明把照片还给我。

夜色渐深后关明开起了一盏昏黄的台灯，我们像山区老人一样早早地把下半身塞进了被子里，尽管天气并不寒冷。他谈起了他最早看的一本周江牧的诗集，1986年刚出版的时候他就买来了。他还说国内的诗人里面他最喜欢戴望舒的文笔，可是当我跟他提起《雨巷》时，他却说他没有看过。

我很疑惑，不料这个无心的问题却勾起了他对整个身世，甚至一段历史的追述。

关明真的没上过学。

他老家在山西，比我大2岁。50年代末的时候，他的父亲还在一家报社做编辑。那时大大小小的报纸都在报道农作物虚假产量的消息，“小麦亩产一千八”“水稻亩产过万”“一颗玉米全村吃半年”等比比皆是。关明的父亲顶着巨大的压力，坚持让自己报道农作物的真实产量。“我们不能再让同志们继续生活在幻想中了，现实是什么我就告诉他什么。小麦大米也是生物，生物就有它的生长原理，目前不可能有过千过万的亩产量，人民的生活现状并不乐观，甚至还有许多在家中活活饿死的。”关明告诉我，这就是他父亲的原话。他父亲做新闻恪守着真实的原则，任何记者在撰稿中出现了不实信息都会遭到他的严厉批评。

不久后，上级部门以“报道虚假新闻打击人民生产积极性”“资本主义反革命”等罪名停了关明父亲的工作，要求他写大字报向全市群众坦白自己的丑恶行径。关明父亲毫不犹豫地拒绝了，被红卫兵关进了牛棚，后来又被扭送上街游行，衣不蔽体，头上戴着高帽子，脸被画得五颜六色的。由于关编辑之前在当地还是小有名气的，他被押送游行更增添了群众围观的热情，从前敬仰他的人们纷纷把奶罩子、拖鞋、烂鸡蛋往他身上砸。

一个不到35岁血气方刚的文人哪里受得了这种屈辱，当天夜里在牛棚里上吊自尽。而那时候，关明的母亲刚刚有身孕了，可想而知她当时的痛楚是多么强烈。可她挺着大肚子的时候，仍被丧心病狂的群众剃了阴阳头，在当地的中央广场罚站。

好在关明的舅舅还算是人脉通达，护送他的母亲来到了现在我们这个省的省城，并平安地诞下了他。他的母亲没有条件让他去上学，他父亲留下的唯一遗产就是重达130多公斤的一叠书。母亲在被“打倒”前是一名历史老师，她带着这些书和肚子里的小关明来到这座城市，出生后亲自教授他文化知识。当他向别人介绍自己是山西人时，别人都不太相信，因为从小在省城长大的他完全脱离了山西口音。

“我妈妈一直跟我说，我父亲是当地数一数二的美男子，可惜他不爱照相，只留了一张照片给我。”关明翻开自己的枕头，从里面抽出一张照片递给我看，照片中，一个男人手提旅行箱头戴棉帽，笔挺而拘谨地站在圣·索菲亚教堂前面。

“你现在知道我为什么知道它的名字了吧？”

“挺像你的。”我说。

他笑了，眼睛里的温柔从额前柔美飘逸的长发中透露出来，如冬季午后的阳光倾洒在草地上。

后来有一天发工资后，我探到了当地二手市场的位置，从那里淘回来一把吉他。那是一把纯黑色的吉他，在一堆平凡的乐器中太抢眼了，我一时冲动没讲价就把它买了回来。带回来后，关明笑着问我：“你会弹吗？”

“不会。”

他说：“那我弹一首给你听吧。”

“什么歌啊？”

“《情定日落桥》。”

他扭了扭琴钮调音，拨了几个和弦之后唱了起来。

陌生的人 陌生的脸孔
陌生的城市陌生的天空
找不到一个熟悉的角落
让我的心停泊
远方的你 灿烂的烟火
何时能燃烧在我的天空
你给的回忆 还温暖着我
如何能摆脱
是你让我无法再爱

回肠荡气的歌词让我再次深深地想起了远方的她。她在我的脑中比烟火更加灿烂，可惜从未将我心中的某片夜空彻夜照亮。当我听到最后一句歌词的时候，我心里想的是，也许不会再有这样一个人，在落叶纷飞的秋季给你一个幽怨的眼眸，于是你缩成一团、焦躁不安、烦闷失落，直至第二年万物生长的春季，在同一个路口她给了你一个灿烂的笑容。那时候你只想不顾一切地紧紧抱着她。她从不会拒绝你的拥抱，然后在你耳边轻声说，四季每年只有一个轮回，别再做这种傻事了。

有天晚上我做了晚饭和关明一起在小屋子里用餐，吃着吃着，他突然撂下筷子，拿了几首他写的诗给我看。

滴　落

当冰冷的人心接触滚热的胸腔
我在你胸前的皮肤上液化
我激励你勇敢奔跑
可田野上的和风
弹指间将我吹干

当清晨的湿气触摸柔美的花蕾
我为花蕾做最美的点缀
然后滑落土壤
皈依大地

我用生命向你诉说爱的永恒
无论你是否侧耳倾听
当遍地都是我的消逝之所
则遍地都是我的诞生之处

我本以为以他的经历来说，他写的诗是很疼痛的，没想到并不是这样，字句之间非常清丽干净，而且承载这些诗句的还是一手漂亮的钢笔行书，和乔都有点儿相似。

“你还给其他人看过吗？”

关明用碗边的几粒米贴住纸张，把它按到了右手边的玻璃上：“我曾经寄给几家杂志，后来就杳无音讯了。”

“你是一个诗人。”我说，“你再继续写，再接着寄，肯定有人会看上你的作品的。”

“我不是个诗人。”他腼腆地笑笑，“我就是个穷接正负极的。”

后来，我又陆陆续续看了关明的几首诗，记得我看过的其中一首是这样的：

静静地

在发黄光的台灯下
静静地伸出我的手指
我能看清皮肤的每一个毛孔
为什么你的生活总是静静的　平淡的
没有力量改变
又没有勇气结束
静静地把旧皮鞋放在楼下的
树根上

小孩子想拿它当玩具
就静静地拿去
我可以将我的附属物赠送
这是我生来人权
静静地看着静静的一切结束
我真的好困了

这首诗的风格更倾向于现代主义，基本上就是内心最直接的独白，而且当时的心理状态还是极度混乱的。相比起他那首《滴落》，我觉得那首还更加工整对仗，辞藻优美，而且结构很清晰，两个分的一个总的，尽管总的和分的似乎没什么关系。这首诗好像是想到哪儿写到哪儿，完全没有格律可言，写到最后就像他诗中的最后一句一样“真的好困了”，然后停笔作罢。

有天，厂里的副主任找来关明和我，说：“上次有个匠人来我们这儿给卷闸门补漆，把电动机下面的两个接脚搞坏了，答应赔偿。他说赔 200 元，我当时对这个数字没什么概念，就没同意也没否定，让他把地址写给我先回去了。小关，你是专业做电器修理的，他给的这个价合理么？”

关明说：“他不懂，他可能以为搞坏哪儿赔哪儿就是了。200 元买零件是够了，但修好肯定不够，还得修理费呢。但我们跟他讲道理他不会明白的，管他要到 500 元的可能性不大，就让他赔个 300 元吧，剩下的我们厂认了。”

副主任说：“好，你们两个，去找他把钱要回来，那人叫刘峰，这是他的地址。”他把一张纸片递给了关明。

关明收下纸片，说：“我一个人去就够了。”

副主任说：“讨债也不是什么你情我愿的喜事，两个人去，到时候说话做事都方便一点。”

关明笑了，说：“几百块钱的事儿至于么，再说他不是已经答应赔钱了么。”

副主任说：“这不刚才咱们讨论要加价了嘛，到时候万一发生矛盾，起了冲突，我们也不能示弱嘛。”

我说：“放心，副主任，有我在，如果他敢跟关明哥动手，我也一定会对他动手。”

副主任说：“欸，小程，我也没这个意思，最好还是和平地拿到钱。”

我和关明根据那个地址找了过去，发现那是一家卖乐器的铺子。我满以为找错了，关明说：“先问问。”他对看守铺子的老人问：“老先生，刘峰在这儿吗？”

老人说：“刘峰是我儿子，您是哪位？”

关明说：“我们是他业务上的伙伴。”

老人说：“好，我这就把他叫出来。”

一会儿，一个男人从帘子里探出了脑袋，关明说：“你还记不记得你该赔给我们厂子钱？”

刘峰说：“记得，200 元是吧？”

关明说：“200 元不够。按理说我们完全修好，加上请工人要600 多元的，我们厂里自己负担一部分，你给一半，也就是300 元，够意思了吧？”

刘峰说：“虽然我不知道你说的600 元是真是假，但你只要300 元的确是够意思了。可是我给不出300 元，我只能给200 元，要不你在我爹这儿拿一件乐器抵？”

老人怒喝：“傻小子，我这里哪件东西只值100 元的。”

刘峰说：“爸爸，人家都上门要钱了，你别让我为难嘛。”

老人哼了一声拂袖而去。

关明说：“我倒是没意见，可是我向我们副主任没法交代。”

刘峰拿出200 元递给关明，说：“这样吧，你们二位在这儿等会儿，我现在想办法卖掉个吉他，就可以给你们100 元了。”

关明问：“方便问一下，你们这儿生意怎么样？”

刘峰说：“生意很差，都靠我在外面做油漆匠补贴这个店铺。但我有办法让生意好一些。”

他抱起吉他，面对街道弹唱了起来。他唱了三首曲子，每首都是从头到尾圆满地唱完，这时候已经有一大片人聚拢到店铺门口。他陶醉在自己的情绪中，接着唱完了第四首，举起吉他，问：“100 元特价，有没有人愿意要？”

拿到 100 元后，他给了我们。

回去的路上，关明问我：“你怎么哭了？”

我已泪水涟涟说不出话了。关明笑了笑，道：“刘峰唱功确实不错，但也不至于把你唱哭成这样吧。”他又紧接着自问自答：“一定是你心有郁结，他的歌声恰巧触碰到了罢了。走，找个环境好的地方，跟哥说说去。”

那天我们什么都没说，徒步了好久，萧瑟的初秋我出了一身大汗，直至深夜。回家后我翻出两天前的冰冻剩饭扒了几大口，倒在床上睡了过去。之后两天低烧不断，我向关明袒露心声，讲述了我和林老师的事情。这就像我把内心的匣子主动开锁，然后邀请他进来参观，尽管我是百分百信任他的，但还是免不了一种震荡般的惶恐，这种惶恐倒是把缠绵不绝的低烧驱走了。关明对我说，你当初离开高中的时候，并非自己情愿，也没有做好准备，只是在那种情势下迫不得已做出的选择罢了。你走得太仓促了，并没有把她割舍干净，你把两段藕拉得再远，丝还是永远缠在一起的。你需要与她有一个正式的告别，这虽然解决不了根本问题，但至少可以让你放下心中的包袱。

我问：“我心中有包袱？”

他说：“有的，只是你自己不知道罢了。”

我问：“你说我应该怎么办？”

他邪魅一笑，说：“我有无数个美妙绝伦的办法，但对你来说不实际。这样吧，你再去见她一次吧。”

我说：“关明，我认为人活着不是为了一次次给自己划下路标，漫无目的地前行，走累了，难过了，又慌忙返回去找上一次的路标，以求重新走一遭。这样和浪费生命没什么两样。”

他说：“你这样越走越偏，越陷越深，才是真正在浪费生命。生活是有韧性的，它允许你去反悔和期望，你为何要对自己的权利嗤之以鼻？你只是去跟她把没来得及好好说的那声‘再见’补上，没要你留守在她的身边，说完就回来了，我还在这里等着你。”

为了鼓励我，第二天他送我去前往秋港的车站。路上，他对我说：“昨天我的建议可能压迫性稍微强了点儿，那是我切身体验所致。我不主导你了，你自己好好想想吧，如果你认为不合适，我们不去了也成。”

这年冬天，父亲寄给我了一笔钱，是一笔不小的数目。也就是在这时，季清莲来找我了，规劝我回家读书，完成高中学业。他把尚未干满的工钱给了我，并且开着那台尼桑皮卡送我到了车站。他与我告别后我又重新打车回到了关明的家里，下午出门开始找新的工作。

我坐了 2 个小时的公交车离开了木材厂那个破落的郊区，

在省城的市区下了车。随意在街上穿行的时候，我走到了一条街里面，看到这里有家四四方方的杂货铺，旁边还贴了一张红纸，上面用毛笔写着：招2人，男女不限。

我走了进去，看到玻璃柜台上站着一个女孩子，头发高高地束在脑后，低头在柜台上认真地书写字符。我走到她面前，说：“你好，你们这儿招人是吗？”

她抬起头看着我，说：“我也是刚招过来的，我帮你去叫老板娘吧。”

她转身跑出了杂货铺，几分钟后，带着一个中年女人走了进来。那女人自称姓范，身材微胖，长着一张与世无争的脸。她招呼我和刚才那个女孩子都在小板凳上坐下，然后问我：“你看着还像个小孩子啊，你有18岁了吗？”

“快了。”我说。

“我这儿也没什么特别的工作，就是最近我大儿子上高中了，我要去他学校附近监督他读书，平日里不常来，你和这个小姑娘一起帮我管着这个小店就行了。工资每个月1200，不管吃住，逢年过节会多给你们一点儿过节费。上午8点开门，晚上我给你们电话的时候你们就可以关门了。进货方面的事儿我都会联系好，到时候你们按照我说的做就行了，可以吗？”

“可以。”我说。

范阿姨到门口把那张红色的纸撕了下来，说：“那我先走了。”说罢扬长而去。

范阿姨走后，女孩儿看了看我，说：“你先在这儿坐一会儿吧。”然后兀自回到了柜台后面，继续在簿子上填写字符。

“现在有什么我可干的吗？”我干巴巴地问。

她放下笔想了想，说：“那你去把地扫了吧。”

我从杂货铺的角落里拿过扫把和簸箕，来到柜台前边扫边问她：“那个，我以后如果要叫你，要怎么叫啊？”

“你是在问我的名字吗？”她笑了下，对我说，“我叫颜苹。颜真卿的颜，苹果的苹。”

“是《论语》里那个颜回么？”我问。

“是啊。我是他的后代。”

“那我还是程咬金的后代呢。”

“我是说真的，我的老家是曲阜的。”

“曲阜？”

“怎么，咱们是老乡？”

“不是。”我说，“我有一个哥哥，他小学的时候因为打架的事情转学到了另一座城市，就是在曲阜。”

“听你刚才的话，你叫程什么？”

“程循。”

范阿姨在店里给我留了一台轻骑木兰的小踏板，当天傍晚我就骑着这台踏板载着颜苹去进货了。她虽然也是刚被范阿姨招来的，但她对这座城市的街道可比我熟悉多了。50CC

的小踏板带动 2 个人并不稳固，我们俩摇摇晃晃地缩在机动车道的最边上挪动，她抱紧我的腰，在我耳边指使我要如何拐弯如何直走。我一拧油门加速，颜苹的声音就跟着车子的轮胎一起发抖，车屁股卷起一股股呛人的蓝烟。

目的地在另一个片区的一座小仓库，签好单后，仓库里的人让我们在门口等一下，他去把货取出来给我们。

“你来这里之前是干嘛的啊？”这是颜苹第一次认真向我问话。

我翘起二郎腿横坐在车子小小的坐垫上，说：“我是在木材厂给人削木块的。”

“再以前呢？”

“在读高中。”

“那你怎么没读下去呢？”

“我啊，我被学校开除了。”

“为什么被开除呢？”

我已经被她的连番追问逼得有点儿张不开口，说：“打架，但未遂。”

她露出了窃笑，说：“果然是被你那个哥哥带大的吧。”

我说：“被他带大的倒是没错，但打架不是他教的。应该说打架是另一个哥哥教的。”

“你到底有几个哥哥啊？”

我把话题转移到她身上，说：“你看起来也不比我大啊，怎么不在学校好好待着呢？”

她说：“我初中就辍学了。”

“家里供不起你读书？”

“那倒不是。”

“那是因为什么呢？”

“我的原因就长了，以后再跟你说吧。你注意范阿姨之前说的么，这工作是不管吃住的。你到时候住哪儿啊？”

“我当时也没考虑这个问题，总之不至于露宿街头就成了。”

这时候仓库里的人把货拉出来了，是 2 大箱方便面。我们俩七手八脚地把它们捆绑到小车子上面。

回到杂货铺把方便面摆放好以后，颜苹对我说：“我知道在这附近有一个房子，里面有一些房间可以出租的。虽然条件不是特别好，但好在实惠，而且离这里近。”

“条件不是特别好是什么意思啊？”我试探性地问。

“你放心，不会脏乱差，就是面积小了点儿。”

“哦，那还好。”

“那要不我们现在去看看？”

“但如果我们都去的话，这个店子……”

“也是哦。”

“要不这样吧。”我跑到杂货铺里面的隔间，从我的行李里把钱拿出来，递给颜苹说：“我在这儿看着店，你去帮我把房间租下来吧，先租个半年看人家同不同意。”

“你哪儿来这么多钱啊？”她问。

“我爸给我的。”

“可是你都没看就让我下决定了啊？”

“你帮我看看吧，你觉得可以就可以了。”

“那好吧，不过钱倒是用不着这么多。”她从那里面拿了一小部分，走出了杂货铺。

晚上将近11点的时候，范阿姨打电话来通知我们可以下班了。颜苹帮我拿了一部分行李，和我一起走到了她说的那个房子。

果然不到10分钟就到了，是一座外形朴素的小楼房。我们爬上3楼，她带我到一个房间门口，插进钥匙打开了门。

面积小还不是瞎说的，这里摆放完一张床和一张桌子以后就没有盈余的位置了。颜苹走到窗边推开了窗户，让清爽的夜风洗刷下房间里的憋闷，然后把钥匙和一叠剩余的钱给了我，说：“按你说的给你租了半年，这是剩下的钱。”

我接过钱和钥匙，在桌子边坐了下来。望着空空如也的桌面，我的心一下子沉静了下来，什么话都说不出口。我把厚实的呢子外套脱了下来，扔在床上，手肘撑在桌面上。

颜苹就这么在我的床边站了一会儿，然后在我的床上坐了下来。我用余光看到她解开了高高束在脑后的头发，扎起了一个松散的辫子。她也低下头沉默不语，慢慢地帮我把外套折叠整齐，放在枕边。

不知多久后，我从指尖上抬起额头，眼皮沉重地看了她一眼，一时又不知道该说什么了。

“我先回去了。”她说，“过几天，我再来这里看你。”

3 天后的晚上，我们一起回到了这间小房子。进来后，我们一起坐在了床上，然后我伸手抱了她。她在我怀里躺了一会儿，然后坐起来说：“我要去洗澡了。”

我从我的一堆衣物里面挑了一套给她，她带着我的衣物还有我的毛巾走出了房间去走廊尽头的公共浴室。我从床上站起来，坐到桌子边等她。

一会儿，她洗好澡穿着我的衣服进来了，我们一起躺到了床上。我伸出手臂，让她湿漉漉的头发枕在我的肩膀上，她拥抱着我的身体，与我一起缩在同一个被窝里。

此后，每当范阿姨给我们长短假期的时候，我都会带着颜苹在省城里游玩。我们也就是坐坐公交车，在大街小巷散散步，去逛逛商场什么的，颜苹给我买过一件衬衫，一件纯棉的条纹毛衣，还有一个精致的西装领结。我也不知道她为什么那么想给我买这个。然后我们就找环境好的馆子吃饭，父亲给我的那笔钱足够我们像小老板似的点菜了。逛到夜里我们就打 5 元的机动三轮车前往省城的夜生活胜地莲湖区，这里遍街都是炒肝儿撸串等各色宵夜，夜夜笙歌灯火通明。当我们攒了足够多的工资后，我跟颜苹说我们要不要买台好点的摩托车，她指了指停在街边的一台“面的”说，我们要买就买这种面包车。我说这种车我们可得等一阵子了，她说没关系，我陪你慢慢等。

有次我们在吃饭的时候，我向她提起，你还没告诉我辍学的原因呢。那次她告诉了我。她说，你看不出来吧，我很喜欢跳舞。初中的时候，我们班有个女生也很喜欢跳舞，我们都不是跟班上其他女生聊得很来的那一种，我们成了好姐妹。我们一点舞蹈基础都没有，每天做完作业就在学校里找地方压腿练功，市内有任何关于舞蹈的演出我们都会赶过去看，哪怕当时正在上课。我们相约着要为舞蹈梦努力奋斗，誓不放弃。后来有一天，她跟我说，咱们别上学了，去做专门跳舞的吧。我答应了。走的时候，我兴奋地向全班同学宣布，将来有一天你们一定可以看到我颜苹站在舞台中央的。我们偷偷逃了学，在外面晃悠了一个多星期。她的父母亲在市里开了一家裁缝店，他的父亲只身带着她去省城学习跳舞。先是跟着舞蹈班学，后来被一个教练看中，把她招进自己的小班亲自指导，再后来进入海政文工团接受专业训练。她父亲在军区里继续靠自己的手艺挣钱，供她学习和表演。我也跟我父亲说我想学跳舞，我不求他带我去省城，只要他能在当地给我找个教人跳舞的地方就可以了。他跟我说，这句话不要再跟我说第二次。要么去上学，要么出去打工。我当时已经在同学面前夸下海口了，要是回去他们一定会笑话我的，所以我就选择了后者。大概一两年前吧，她给我写了信，说她已经可以在成百上千的观众面前跳舞了，是她一个人跳舞，还有好多人给她做陪衬。她已经有不菲的工资和演出酬劳了，她让她父亲回曲阜继续开店，用自己的钱给她父母的裁缝店扩张了规模。你知道吗，关键是，她还说了，小苹，你是我在梦想之路伊始时第一个陪伴我的人，这份姐妹深情在我心里的分量一直不变，以后你来省城了我一定好好招待你。

我问她："你怨你父亲吗？"

她说："我从来没怨过我的父亲。虽然我们都喜欢跳舞，但我知道她比我更有天赋，我也知道她一路上遭过多少非人的罪，这些罪我也许连十分之一都受不住。"

颜苹从来没有要求我描述我们的未来，也没有问过我到底爱不爱她，似乎她的世界里只有当下的事物和当下的话语。

曾经有一次，我也和她买了2杯金桔汁，靠在一扇精致的瓷砖壁上。她同样也是低下头看着自己的杯子，但她没有乔都那种飘荡在生活之外与世隔绝的灵气，她看着杯子就是在看着杯子。

我诚实地向她解释过了我为什么会被学校开除，她始终无法理解为什么我们在自己出手之前不让警察来制裁罗建军，而且我们为什么要兴师动众地开着卡车去他工作的地方找他，随便找个人等在他家门口砍他两下不就完了吗？

她也跟我提过她的家庭，她们家的情况好像不太乐观，大概就是一个无耻混蛋父亲和一个无限隐忍母亲的典型悲剧。她不是个习惯于把苦难挂在嘴边的女人，我也不知道怎么安慰她，想了半天只能跟她说："人在 18 岁以后的生活就跟父母没什么关系了，你只有 2 年了，快了。"

又一年冬季到了，在街上刚开始张灯结彩的时候，我心里知道很快就可以见到小朱哥哥了。我在想见到他时他会从东北给我带什么东西回来呢，到时候我该怎么向他介绍颜苹呢？快过年了，杂货铺里的账务开始冗繁起来，这一年多来一直都是我和颜苹分工合作，她负责记录进价、售价、数量这些和数字有关的一切，我因为数学不好，负责管理仓库和货架上的所有实物的流通。因为处理账务我们没能赶在除夕回家过年，后来干脆放松点慢慢搞，一直磨蹭到初五才完成任务，初六晚上和她一起坐长途客车回到了小镇。

进家门之后，我一眼就看到了木沙发上坐着一个年轻的男人。姐姐上来热情地跟我和颜苹打了招呼，然后把这个男人拉过来向我介绍道："这是我的同学，你们叫他马天绍哥哥吧。"

"马天绍哥哥好。"我跟他握手打招呼，颜苹也学着我跟他打了招呼。他大块头，手掌很有力，走起路来地动山摇。不过我喜欢豪气直爽的男人，他勾起我的肩膀，说："对不住啊，程循弟弟，哥不知道你这个时候回来，还带回来个小妹妹，没给你俩准备点什么。"他从裤兜里掏出一沓钱，一分为二，又掏出两个红包，分别装进去，递给了我和颜苹，说：“别嫌少，一点儿压岁钱。”

我连忙摆手，说：“我们俩已经在外面成家立业了，不是小孩子了，不好再收你的红包。而且……而且你给的实在是太多了。”

他说：“麻烦你尊重一下我的习惯好么，我给出去的钱是不会再收回来的。”这个理由我竟无言以对。

这下家里有 3 个女人在厨房帮忙了，七荤八素很快端上了桌。我喝了不少酒，没听见他们在聊些什么，饭后很快倒在沙发上昏了过去。

第二天一大早，白兴浩就赶来接我了。这两年物流业在我们市兴起，他成了我们镇里物流点的老总。按他自己的说法，他进入这个行业不久就有了这样的地位，将来不出十年整个省的物流都会在他的掌管之下。且不论他的说法是否有吹嘘的成分，他那身精明伶俐、见风使舵的气质倒是修炼出来了。我和颜苹坐上了他的小中巴，他说，循哥，今儿我带你重新过一次春节。

和白兴浩一起来的女伴是羽琪。他把我们带到了一家新开张的中国风浓重的酒楼，过年期间人多上菜慢，他跟服务员先要来了一瓶酒，跟我谈起往事，说，羽琪当年说我以后都不想见到你了的话还记忆犹新，两年前他又在一所大学里重新找到羽琪，恰好那时候她还单身，他又使出浑身解数把她挽回了。他殷勤地给颜苹倒酒，说，嫂子，这杯我得真心实意地敬你，当年循哥也算是我的救命恩人，你看我肩膀上这儿，他解开衣扣扯下衣领，伤口现在还在。我顺道问起，你现在还听说过王悦嘉的消息吗，他说，呵，王悦嘉现在在我手下干活儿呢，要不要我打电话叫他过来陪你，我忙说不用了不用了，咱们自己人聊天方便一些。

晚上白兴浩执意要带我去爽翻通宵，但颜苹跟他说想去我以前读书的地方看看，他便开车把我们送到了我以前的高中。那时是寒假期间，校门紧闭，空无一人。沿着一片漆黑的校园外墙走着，我突然想到，如果是在一个阳光灿烂的日子里，我同样在这里走着，会不会遇见林老师，她是会询问我这些年的生活，还是向我倾诉着她对我的想念？当然更可能是她只是对着我微微一笑，然后匆匆奔赴即将打铃的教室。我现在变胖了，变毛糙了，她还认得出我吗？

“你以前在这里过得不快乐，对吗？”颜苹松开我的手，问。

“没有啊，我很快乐，我以前最好的朋友都在这里，怎么了，怎么突然问这个？”我问。

“那你的手心为什么出冷汗啊？”

我摊开自己的手掌，猛不觉掌心里已经覆上了一层湿漉漉的液滴。

晚上我把我的床让给了马天绍，和颜苹去家里附近的小旅馆开了房。颜苹说在生地方睡不着觉，要我陪她聊天。我们聊到凌晨3点多，她睡着了，我却再也睡不着了。我搬了张椅子到窗边，闭着眼睛静坐着，直至早上7点多的时候，姐姐过来找我们。

房间里配备的小型皮沙发刚好够我俩坐下，颜苹此时还躺在被窝里沉睡着。我们东拉西扯地聊了会天，我问姐姐：“这个马天绍是个什么人啊？”

她说：“你还记不记得小时候，有个将军来过咱们家？”

一提起那个将军我就忍俊不禁。我问姐姐：“那家伙不会就是那个将军的儿子吧？”

姐姐点了点头，把故事从头讲起。

她们的师范大学有规定，包括汽摩在内的所有机动车不得驶入校园，而教学区是自行车都不准骑进去的。有天，她的教学楼底下赫然停着一台小轿车。师生们都往外多瞟了几眼，车旁一个戴着军帽的男人仰起头，声如洪钟地喊了几遍姐姐的名字。姐姐在所有人的目送下小跑到了车子边，车子挂着一块军牌，她嗔怪地问道：“您是哪位？”

男人脱下帽子朝姐姐鞠了一躬，说：“好久不见，程萱，我是马天绍。”

“你就是那个……”姐姐又惊又笑地问，“小学那个马……”

“没错，就是我。我很开心你没有忘了我，请上车吧。”他为姐姐拉开车门，指着楼上所有人发令，“我数 3 声，都给我回去上课！”

马天绍在街道上使出了暴烈的车技，右手没有离开过排挡杆。姐姐被晃得差点儿呕吐，他说道：“抱歉，这台车不是我的，所以我开得不是很熟练。我来你们学校接你是一件很私人的事情，不想引起太大反响，我本身也是个不爱张扬的人。我自己的配车太显眼了，我怕你坐在里面会不自在，更主要的问题是那车太宽，我怕影响你们学校的交通。所以我找我的战友借了这台车。”

他把车子停在了路边，说：“咱们休息一会儿，我去帮你弄点儿冰水。”

回车里以后，马天绍脱掉了衣服，露出一身腱子肉。姐姐吓了一跳，他指着自己右腹外斜肌，说：“看这儿。”一条深入皮肉的刀疤。他接着说：“你们这些人还在高中看言情小说的时候，我就已经荷枪实弹上过战场了。我是冲到第一线跟敌人肉搏的，这个地方就是被敌人的枪刺下的。”

“这些年还打仗么？”姐姐问。

他说：“我是加入联合国维和部队的，阻止局部冲突扩大化，跟恐怖分子打仗。那边战事很乱，突发状况频繁，本国的部队都被支配散了，一般也不管是哪里的人，只要凑够了人数就安营扎寨。我跟一群法国佬从早到晚厮混在一起，也没什么其他的娱乐，就是互相教对方自己的语言。我还会说几句法语，Il y a soixantes secondes en une minute，mais je t´adore pour plus vingts secondes，你知道是什么意思么？”

“嗯？”

他说：“一分钟有60秒，我对你的爱有80秒。”

姐姐笑了，问：“那你教他们哪句话了？”

他说：“我想到了很多，一直在想哪句更好，本来想用‘人在江湖，身不由己’的，但后来觉得不太合适，还是用了‘天行健，君子以自强不息’。”

姐姐拾起他脱下的衣服，看了看他的肩章。他说：“是不是想知道这个肩章代表什么军衔，哈哈哈，我不会告诉你的，你记住上面有多少道杠，回去自己上网查。”

姐姐说：“穿上衣服吧，别着凉了。”

他边穿衣服边说：“我能有今天这样的地位，并不是我的父亲通过他的势力帮了我很多，我自己总归还是付出了一些东西的。程萱，我可以吻你一下吗，没别的意思，就是太久没见到你，我想你了。”

姐姐说：“要不你还是拥抱我一下吧。”

他靠过来，姐姐说：“等等，先把扣子扣好。”

这时候颜苹醒了，几分钟后，她清醒过来，听出了我们在讲故事，连忙要我们暂停，刷牙洗脸后凑进来要求一起听。

姐姐继续讲道，后来马天绍又把她约出来了，带她去他们军区看了场杂技表演。演完后，她看到他手臂上还有条刀疤，问：“这也是在战场上留下的么？”

他说：“不是。这是我上一个女朋友留下的。那次我们发生了争执，她提起一把菜刀朝我砍过来，我认为作为一个男子汉，这种时候躲开是有失尊严的，可是她是个女人，我还手也是有失尊严的。我说，你砍死我以后，记得把刀洗干净藏起来，不然警察找到证据会把你抓起来的。不过，就算警察不抓你，我那些部队里的兄弟们也会跟你没完的，我父亲也不会放过你的，你最好快点儿偷渡到国外去。她那一下手就软了，用刀在我手臂上轻轻割了一条，割完以后又扔掉刀哇哇大哭起来，死死抱着我说你这个坏人，大坏人，你为什么要让我心疼你，你知道心疼你的时候我的心有多疼么，我好疼，我要一辈子对你好，一辈子给你准备早餐。我推开她，跟她说，我们分手吧。我跟你说，之前我交往过不下10个女朋友，她们有各种各样的性格，甚至有的很极端，我觉得都没什么。但我发现，交往到一个性格不稳定的女人是最悲哀的。你不知道什么时候她会突然变成另外一个人，你还得跟着她的变而变，你没变到位她还会责备你为什么变了。可能是因为我常年军旅生涯的关系，有时候我对突然的变化有种下意识的恐慌。其实那个女人我一早就知道她不好相处，但我有一次，也是在刚刚咱们看表演的地方，看了她跳舞，不是别人唱歌她伴舞，是别人伴唱她独舞，那一刻我为她的风姿彻底臣服了。她父亲是我们这儿一个替别人修改军装的裁缝，但她真的特别特别难追，我掏空了全部的心思走了无数的弯路才得手。中途有几次我都想放弃了，但我已经走不出她的诱惑。说到追女孩儿，我反思了小学时候在你身上的失败，是因为我追得太紧了，热情过火,你便会害怕自己被烫伤。这么多年我还是我，但我已经在摸爬滚打中成熟了，我悟出了这么个道理，你前进两步就要后退一步，把那一步留给对方去走，正如你要等到对方感到足够的寒冷，你再点起一根小火苗，让他自动朝你的温暖靠拢。但是程萱，上次见到你以后，这些狗屁道理统统失效了，我再也表演不出另外一套戏码，我还是回到了当初那个马天绍，哪怕你再让我失败一次。”

那天晚上，他们在一起过夜了。但姐姐说，马天绍哥哥没有做出任何出格的举动，他们整晚只是在聊天，聊小时候的事情。马天绍说，我爹这辈子做的最错误的决定就是把我转进了那所贵族学校。那学校烂死了，学生每天就比谁的衣服手表贵，逃课打架搞帮派，一年到头不知道教科书是什么颜色的。老师班主任都不管，也管不着。初中我去了一个公办学校，虽然老师我也不喜欢，但总算是有个学校的样子。不过我对我爹也就是说说而已，我知道我这辈子是不可能超过他的。没办法，我们父子的思维方式不一样，他也说过要我长大后不要走他的路，自己想办法过得开心就好了。

颜苹问，你们这算不算确定了某种关系。姐姐说，她也不知道，但肯定和一般的男生女生朋友不一样了，你呢，程循和你算是确定了某种关系吗，你们俩是通过什么方式确立的？

我连忙打住，说：“算了，咱俩的事儿以后再说吧。今天外面空气挺好的，我们下去走走吧。”

回家以后姐姐和马天绍哥哥要带着颜苹出去玩，我找了个借口不跟他们一起了。他们走了以后我给小朱哥哥的白色公路单车打好气，在整个秋港寻找小朱哥哥。我骑得不快，因为我的内心想法很乱，我都不知道自己最希望的结果是什么。他从来没有对我和姐姐许下过草率的诺言，他这个春节肯定是回来过了。他要是真的违背了这个诺言我心里反而会舒服一些。他虽然没有进我们家门，但不排除他来过我们家的可能性。如果来过，他是抱着一种怎样的心情离去的，他是继续待在自己家里，还是故意找个地方躲起来，还是直接买票飞回了东北？如果没来，是不是因为他早已预知了什么？至少我从上午找到了下午，从下午找到了傍晚，都没有找到他的影子。

傍晚时分，姐姐来电话通知我，今天他们带颜苹玩得很开心，马天绍在酒店里订了一桌菜，让我过来。我说：“你现在跟他们坐在一起吗？”

姐姐说：“没有。我是拿酒店大堂的电话打给你的，他们都坐在里面的餐桌上。”

我说：“我现在心情真的非常糟糕，能不能不来了。”

姐姐说："还是来吧，菜是按四个人的量点的，不来浪费了。"

我说："你要是认为我不来会显得对马天绍不友好，会让你尴尬的话，那我就来吧。"

姐姐说："马天绍这个人想不到那儿去的。我知道你心里在想什么，有些遗憾是无法弥补的，你不必沉湎于追思。你别自己在那儿琢磨了，以后我找机会和你单独谈谈。"

我把单车骑到了酒店门口，刚推进大堂，服务员拦下了我，说："不好意思这位先生，单车不能推进酒店里。"

"你的意思是让我连人带车一起走是吧？"

"您可以把单车放到门外，我交代保安帮你看管一下。"

要是其他的单车我也就同意了，但这台车是小朱哥哥寄存在我这里的，而且本身比较昂贵。我说："现在天黑了，我不放心。要不这样，我放在你们大堂的角落里，你帮我看着。"

"不好意思,先生，单车是不能进入酒店的大门的。"

换到平时，我一定不会为难服务员的工作，起码不会跟他们吵架，但今天我的情绪不好，无法保持风度了，我跟她还有另外几位服务员争吵了起来。马天绍他们听到争吵声，走了出来，他问了下我怎么回事儿，然后对服务员说："是这样，我们不会骑的，我们推着单车进去，搁在我们吃饭的桌子边，不会影响其他客人用餐，可以么？"

服务员说：“不好意思，我们不能违反酒店的规定。”

马天绍说：“这规定是你定的么？”

服务员说：“当然不是。”

马天绍说：“不管是谁定的，只要我愿意，我可以让这个定规定的人走人，如果是你们老板定的，我可以让你们酒店一个星期之内改名字。我不是在恐吓你，我是在告诉你事实。”

我把白色公路单车放在了桌边，马天绍对我说：“这车对你挺重要的嘛，哪儿整来的？”

“是我一个哥哥借给我骑的。”

“哦。”

“你不想知道这个哥哥是谁吗？”

“怎么，我认识？”

“曾经认识过，但你不一定记得他了。”

“谁？”

“朱翰杉。”

他夹起一口菜放到嘴里，沉吟片刻，说：“哦，他啊，我想起来了。他现在在干嘛？”

“和我姐姐一样，还在读大学。”

他给自己杯中斟酒，对姐姐说：“程萱，说真的，那哥们儿是我为数不多的真心佩服的几个人之一。当年那场架，他表现得比我勇敢。要知道，勇敢不代表不害怕，敌人拿着比你长比你粗的枪对着你，你肯定害怕，但你还是瑟瑟发抖地把你的小枪举起来对着他，这就是勇敢。敢打一个明显打不过你的人这没什么，但面对一个你肯定打不过的人，还敢扑上去打，这就是勇敢。”

在回省城的长途车上，颜苹对我说，她已经很明显地看出来姐姐和马天绍是那种关系了，为什么她总是不愿意把话说定。我说，可能是因为她心里还是认为会有其他的情况发生，虽然可能性微乎其微，但在确定它完全没有了之前，她不愿意就这么定下来了。这是个多么糟糕蹩脚的回答，颜苹却面有愧色，问我，这个问题她是不是不该问。我说，没什么，你可以问，我只是没想到你还有这样的洞察力，我以为你关注不到这个细节的。

此后的某一天，我在将近中午的时候骑着小踏板去菜市场买了菜送回到铺子里，然后骑着车到了612路公交车总站。这趟车是从木材厂那边的远郊到省城的，我和关明约好了在这里会面。

等了没多久，关明就从一趟公交车上下来了。他穿了身崭新的时装，头发仍是长乱散落，眯缝着那双清秀的眼睛上下打量着我。我载着他来到了我们那家杂货铺，走进去的时候，他和颜苹简单打了个招呼，然后她就跑进去做菜了。

为了节省我和颜苹的共同财产，她去百货商场买来了一套厨具，正好能摆放在杂货铺里面那个无人进入的隔间里。这近半年来，除了我们出去游玩的时间，都是我去菜市场买菜，然后带到铺子里来由她做饭。我和关明把柜台里的一张折叠桌子拖了出来，摊开来摆放在柜台前那片不大的空地上。

我想去拿点儿喝的过来招待他，他说不用了，他自己带来了几罐啤酒和含酒精果汁，让我去准备几个杯子就可以了。

一会儿饭菜上桌了，颜苹非常周到客气地陪关明喝酒。其实关明不是个很能喝的人，所以他牢牢控制着自己不敢多喝，尤其是在这种有女人的场合。

酒过三巡以后，关明开始问起我这段时间的生活，我说还不错吧，就是从早到晚待在店里，攒了5000多块钱。然后他问我："你以后准备一直在这儿干下去吗？"

我说："这个地方生活安逸，但我知道长期的安逸过后就是厌倦的一天。"

颜苹说："我给他租了半年的房子，现在也快到期了，房东已经在问我要不要继续租下去了。"

关明说："你们还在这边租了房子啊，怎么样啊？"

颜苹说："还不错吧，因为房东是我表姐夫的亲戚，所以他几乎没赚程循的钱。他一般是不愿意租短期的，其他房客租起码都是一次签订一年以上，但当时租给程循的时候，是只给了半年的钱。"

这天晚上关明睡在我的小房子里，接下来的几天里，他陪我去一个复印店用电脑写了一份简历，复印了数份，在省城里四处寻找工作。我投出了不下5份简历，全部杳无音讯，后来有天来到了一栋低矮的楼房边，楼房的角落里有一个狭隘的入口，上面挂着的一块写有公司名的匾。

我试探性地走了进去，看到只有寥寥几个员工坐在里面。他们看到我后问我什么事儿，我说我想应聘，然后掏出一份简历给了他们。他们把简历还给了我，说：“不用给我们了，老板就在上面。”

关明在1楼等我，我顺着一座生锈的铁楼梯爬到了2楼，这里只有一间办公室。我推开门走了进去，把简历给了老板，说明来意。老板的办公室里看起来摇摇欲坠，里面却茶香四溢。他随意翻了翻我的简历，说：“高中还没有毕业啊？”

“是啊。”我说。

“那你能给我们干什么啊？”他苦笑了一下。

“您让我干什么我就干什么，只要您给我这份工作就行了。”

我终于得到了这份工作。我把关明送到了车站，上车前，他对我说：“以后可能没机会来看你了，你和弟妹好好保重。你找到了满意的工作，我也得琢磨琢磨今后的路怎么走了。”

我对他说：“行吧，不来就不来吧，日子还很长，总有相见的那一天的。”

这家公司说是叫什么塑料制品公司，其实就是生产一些水壶饭盒收纳箱之类的，投放到百货公司里那些无人问津的角落。厂子和公司离了十万八千里，里面的机械和黄文丰他爹的厂子也有着天壤之别。也许是看我小或者是因为公司里的人实在太少，起初老板亲自指导我的工作，我花了一个星期的时间就熟悉了我的工作，之后的一年里，我对这份工作完全没有了任何兴趣。

我在这里认识了好几个同事，他们都是年近三十，早早地拖家带口，对事业丧失了所有的热情。只要老板不降工资，他们就会觉得这份工作可以稳稳地干到老。在公司上班时，只要手头没有事做，他们就会聚到公司里唯一的一台 32 吋长虹彩电前观看韩剧。他们是如此虔诚，以至于任何人敢于点评剧情都会遭到一致唾骂。下班后每个人都因为妻儿的琐事急匆匆地赶回去，偶尔有几个家里消停的就会聚在一起，去吃吃饭打打桌球什么的。在过于平淡得让人昏昏欲睡的时光里，从前那些腥风血雨、刀光剑影的记忆越来越模糊，轻薄得就像一张白纸，只有在偶尔几次平静的睡梦中才会偶然闪现。

又过了一年，我终于下定决心辞去这个工作，可这时我已经不知不觉成为了员工里的中流砥柱，老板把我工资翻了 2 倍，并给我升了一个有名无实的职务，我才继续留了下来。

在这以后不久颜苹的表姐知道我的存在了，邀请我去他们家吃了一次饭。她问了我一些家住哪儿啊爸爸妈妈是干什么的啊之类的基本情况，然后表示小孩子打打闹闹就不要当真了。表姐夫这时候说："你表妹已经成年了，他们俩都是小大人了。"

后来我开始常去省城里的购书中心，多余的钱都用来买一些专业性的书籍了。我开始阅读和研究这些只有论调没有情节的书籍，就像当年对待小朱哥哥送给我的那些小说和散文一样。这家公司的资产竟然开始增加了，在所有人的共同努力下，我们的营业额开始提升，公司重新装修了一遍，老板的办公室不再那么摇摇欲坠，厂房里换了进口的机械，卫生条件也开始改善了。年终奖发放后，我凑齐和颜苹攒下的所有钱，买下了一台夏利的小车。这车发动机不到 1 升，没有后备箱，坐进车里就像钻进了蛤蟆的肚子里。但它当时红遍了全国，质量相当可靠，我第一次带颜苹开着它出去的时候，我在市区挂到了 3 档后，速度已经让她心惊胆战。

就在我们这家公司蒸蒸日上的时候，黄文丰从老家来省城找我了。他入住在省政府大楼对面的中华大饭店，一住进去就让手下把房间号传给了我。我开着车过去，按照他给我的楼层坐电梯找了上去。

他的房间在这里的顶楼，比楼下其他的客房都要多几间套房。几年没见了，他已经不再是当年那个一头邋遢无所事事的混小子了，他的面容干净得体，身上穿着简洁严肃的长袖衬衫，个子也长高了一些。

房间里所有灯打开了依然是昏暗的，我和他坐在了玻璃茶几边的布艺沙发上。空调的冷风把宽大的套房包裹得一丝不漏，他一动身上就散发出一股汽车香水的香味儿。

“还记得以前我跟你说过的，我爸想要成立一个慈善组织，筹款给那些得了绝症的人吗？”

“我一直记得呢。”我说。

黄文丰很欣慰地笑了笑，说：“现在他给了我资金，让我着手来操办这个事儿了。”

我问：“你现在有什么计划了吗？”

他从随身文件夹里掏出一张省城的地图和一支圆珠笔，在一个图标上画了个圈圈，说：“我已经买下这栋房子的3层楼了，以后这里就是我们这个组织的总部了。”

我看了下，说：“位置不错，这是我们省城的新区，报纸上说这地方10年内肯定会成为商业中心，我们公司最近也准备迁到这里来。”

黄文丰问：“你们公司给你的待遇怎么样？”

我说：“我现在已经是个名义上的小主管了，待遇还不错。”

他说：“我给你两倍的工资，你来给我们组织干活吧。”

当天下午我就给我的老板递了辞呈，黄文丰的司机开过来了一台商务车，我们坐着这台车前往了他所说的那个位置。那是一栋新建起的楼房，里面刚刷了墙壁铺了地砖，空空如也。他买下的是 2 楼到 5 楼，我们一层层地观赏了将来会属于我们的地方。

晚上我们回到了饭店，接了颜苹过来，在大堂里的西餐厅一起吃饭。我告诉黄文丰这是我的女朋友，我告诉颜苹这是我从小玩到大的哥们儿，他父亲是我们当地最大的机械钟表厂的老板。黄文丰摇晃着高脚杯里的白葡萄酒说现在已经不是了，这几年混合所有制经济政策放宽了，很多私人工厂在老家冒出来了，他爹的厂子早已不是一枝独秀的位置。他爹倒是清醒地认识到了自己的年龄局限，2 年前就开始放出一部分权利由他掌管了。公司在他手里平稳运营起来后，他爹才想起自己几年前那个慈善的心愿，跟他提起这个事儿，并给了他足够的资金，在今年年初就正式开始施行计划了。

聊了一会儿后，我们说到了他父亲和袁若菲的事情，黄文丰告诉我，他父亲和袁若菲已经结婚了，终于成为了名副其实的夫妻。从前人们在不明真相的情况下以习惯性思维臆断出了袁若菲种种的无耻行径，想方设法靠近黄大地，色诱勾引，勾走了他的魂魄捣毁了他的节操，使得他一夜之间抛弃了结发妻子，害得儿子没了妈，盖起了 4 层楼房供养她，而妻子漂泊在外流离失所。黄大地依旧带着妖艳风骚的袁若菲出席各种重要场合，人们表面上默不作声，私底下就说，看吧看吧，这女人现在麻雀变凤凰，黄大地的家产都是她的了，荣华富贵锦衣玉食下辈子都享之不尽等。

戏剧性的转折往往在漫长的等待后才会发生，黄大地的原配杨贤妹回到了故乡，再次与乡亲见面时却是以犯罪嫌疑人的身份，还带来了一个不明身份的老男人。她们结党营私贪污腐败，从人民嘴里掠夺口粮。这时候，所有人都对黄大地和袁若菲报以最真挚的祝福，更加心悦诚服地赞扬黄老板有着海一样宽广的胸怀，是一位真正的成功人士。并且热切地期盼着他们搞一个隆重的结婚典礼，让整个县城都沾沾喜气。

黄大地不负众望，以中国传统的方式举行了一个最光鲜漂亮的喜事。他不是想炫耀什么，而是为了给隐忍等待了多年的袁若菲一个交代。袁若菲锦衣华服出现在婚礼现场，黄文丰在她身后为她提着裙摆，那位小学语文老师朋友做她的伴娘。县城里的女人都在看着她。

“结婚那天晚上我爸喝了太多酒，不是一般的多，在场的所有男人不管是干什么的向他敬酒他都仰脖子喝光，晚上又和你爸还有其他几个老朋友载歌载舞闹腾了一整个通宵，第二天就病了。袁若菲去接待所有来送祝福的亲戚朋友，他就一个人盖着被子躺在床上。那个时候，他就跟我讲了一些以前我从来没有听说过的事情。

“他的厂子开起很多年之后，他依然是和厂里的工人一起住在一个很简陋的板房里面。厂里的利润没办法让它们改善生活条件，就此散伙各自回家又心有不甘。他找人铸了一口巨锅，一到冬天冷的时候就在板房里烧羊汤，一次剁光一头整羊丢进去，再把包菜萝卜什么的倒在旁边。他亲自蹲在锅子旁边掌勺，厂里所有人都围在这口锅旁边。热汤让板房里有了温暖，他就缩在白雾里只管做汤不说话。尽管已经这样了，他当时还是每天把自己洗得干干净净的，头发永远理得整洁精神，还在集市里买了几套廉价的冒牌西装漂洗干净了穿上。板房下面有一间是他名义上的办公室，其实里面只有一套桌椅，晚上睡觉了还要到隔壁和他的投资伙伴分床睡。白天在办公室里的时候他烟雾不断，有几次他偶然注意到了，一个大学生模样的姑娘走在板房旁边那条路时总是放慢脚步，眼光不敢直视地往他的窗子里面瞟。刚开始她看了几次他就当没看见，后来有一次她又在那儿偷偷看，黄大地就站到窗子边叫住了她，然后走到外面对她说：‘来，我带你去参观我的办公室。’

“我爸掸了掸桌面上的烟灰，问：‘你是大学生吧，在哪个大学读书啊？’

“‘石崇大学。’那个姑娘说。”

“你爸第一眼就喜欢上她了吗？”颜苹问。

“没有，他只是想有个大学生以后能给他工作多好。”黄

文丰接着说，“我爸说：‘这个大学挺好。你叫什么名字？’

“‘袁若菲。’那个姑娘说。

“‘这个名字得是有文化的爸爸妈妈才起得出来。’我爸又控制不住地抽出一根烟点上了。

“菲姐说：‘我爸爸是我在的那所大学的历史老师，妈妈是国土局的一个公务员。’

“我爸说：‘如果你不嫌弃的话，以后大学毕业了可以来我这儿工作啊。你是学历最高的，我会给你最高薪水。’

“‘我没有嫌弃。’菲姐被我爸的二手烟熏得咳嗽不止，说，‘我只是想说一下我看到的客观情况，在你们这儿工作的条件好像比较艰苦啊，老板的办公室都这样。’

“‘这点你还真没看走眼。’我爸见熏着她了，赶紧掐掉烟。”

我笑了笑喝了口甜丝丝的白葡萄酒说：“据我所知，菲姐说话还真就是这么个风格，开口就忍不住要把看到的讲出来。”

黄文丰也笑了，说：“就是因为她说了这句话，我爸当时就对她有点儿好感了。”然后又马上转向颜苹解释道，“但只是单纯地喜欢她的性格，还没有到心动那一步。”然后说道：“然后我爸说：‘当年啊，就是因为我的一句承诺，这些兄弟们就都跟着我来干了。我当时就是突然想到要搞这个东西，这么多年过去了，大家还是跟着我换了一个又一个板房，凑合着过日子。 每年年底都拿不出漂亮的工钱给他们，但他们第二年还是来了，又辛辛苦苦地再坚持一年。’

“‘那你干嘛不跟她们把这个承诺挑破了？起码以后他们就不用跟着你那么辛苦地生活了？’菲姐说。

“我爸这时候说：‘我可以找个时间跟他们说这个承诺就是在扯谎，但我觉得更好的是，我还是保留着这个承诺，去尽力让他们过上更好的生活。’

“菲姐这个时候就说：‘老板，我愿意来为你工作。’

“我爸问她：‘你毕业了没有？’

“她说：‘我现在大二了，还差两年。’

“我爸说：‘那不行，一定要等毕业了再来。 你父亲就是你们大学的老师，他要是知道了你半路辍学来打工肯定饶不了你。’

“‘那我以后可以常来你这儿看看吗？’菲姐问。

“我爸说：‘当然可以，以后还可以让你看看我们的工人是怎么工作的，还可以让你看看我的儿子，才这么点儿高，可可爱了。’

“后来菲姐就时不时跑去板房那儿找我爸。 她去了先不说，就趴在窗口，静静地看我爸工作时候的侧影，看够了之后再突然叫他，经常把他吓得半死。 他们俩在逼仄的办公室里坐闷了就出去一起走走。 那时候我爸还没现在这么老，又蓄了鲁迅那样的一字须，那张脸还是足以令小姑娘们倾心的。熟了以后菲姐经常调侃他说厂子穷得都快倒闭了还那么在意打扮，他就笑笑没说什么，以后还是把自己收拾得干净利索，去县城里的理发店理发，给自己买便宜冒牌的西装。后来菲姐说他当初就是喜欢这个男人这一点，在物质条件堪忧的情况下依然要保持良好的精神面貌。当时有几家大型企业愿意给我爸一笔少得可怜的钱，让他的厂子成为他们的一部分，给他个车间主任的头衔，每月发给他500元的固定工资，还有几家国有企业想让我爸的厂子成为他们的一个生产机器，给他们生产产品，他名义上还是老板，但工人和器械都没有权利管理了，利润还是会提出一部分分给他。当时厂里已经有一部分人赞成了，菲姐知道了后也劝他这些个建议不错，但他都拒绝了。他有次跟菲姐说，不是我嫌500元少，虽然少确实是少，但至少可以让我儿子的吃住条件比现在好很多。我只是预感到了，未来搞生产的只有独立才有可能有前途，依附别人迟早会被别人不在意荒废掉。这说大了是一种商业发展的趋势，在以后的以后，也总会有一种更好的形势把独立办厂的淘汰掉。能在生存期内把它做起来，哪怕效益惨淡，我也觉得它能出现在那里就是值得的。

“冬天的日子里工人们齐聚时，我爸也带了菲姐去，工人们都在议论厂里怎么来了个这么年轻的小工人。再一年春天来临的时候，菲姐就不常去看我爸了，我爸有时候还挺想那个

活泼直率的小姑娘的。后来有一次菲姐去了，直接向他表达了爱意，他跟她说：‘等你发育完了再说吧。’

“后来我爸想了很多办法安抚她，最后只好跟她说：‘不管怎么样，男女方面的事情要等你大学毕业之后再说。这两年我先当你的叔叔，如果你大学毕业以后还没改变你现在的想法，那就到时候再说。’

“后来菲姐跟我说了，其实在她表完白之后她就已经把我爸当成男伴了，两人还是经常一起吃饭一起玩儿，2 年过后只是确立了名义上的男女关系。”

听到这儿颜苹才放下手里的刀叉，松了口气似的笑了笑，似乎是一个爱情故事终于等到了结局。她想了很久终于说出了一句概括性的话：“真是命运让他们在一起了。”

“我们明知道命运是不真实存在的，人与人之间发生的事都是他们行为的结果，但有些事情，除了命运这两个字，似乎没有其他什么可以解释的了。”黄文丰干掉了整杯酒，说。

“然后呢？”我问。

“然后就像我先前跟你说的，我爸不知怎么地就成了县城的首富，他名气大了，菲姐也跟着承受了很多流言蜚语。我们家现在住的那栋四层的房子刚盖起来的时候，菲姐还不敢住进来。她有近 10 年的时间都是住在厂里的普通女工宿舍。到了近几年，就那次我让你去我家看小霸王的时候，她才刚刚被我爸生拉硬拽地搬进那栋房子，刚搬进来的时候她都不大愿意出去。”

“好在现在好了。”颜苹说。

“是啊。”我说，“现在菲姐就是那里堂堂正正的女主人了。”

后来我们说起了慈善组织的事儿，黄文丰告诉我，他父亲把那栋乳白色房屋卖掉了，那些钱全给他用作了慈善组织的资金。我有些惊愕，问他：“怎么卖掉了？”

他说：“那天他跟一个山西老板一起去那里，那个老板刚一到就把他羞辱了一通，说你这个人不行，居然把这个地方做成了饭馆儿，真是浪费了这样的建筑这样的环境。你知道不，现在像我这个阶层的有钱人，都喜欢会所，我们进会所要的不是饭菜，是一种高贵的气氛。你懂什么意思不？我爸摇摇头。那个老板说：‘想来你也是不会懂得。这样吧，你报个数，这个地方卖给我算了。’”

后来，这个山西老板给它进行了改造，一如既往地继承了古典的内饰，全部装上了厚厚的窗帘、地毯和色泽诡谲的欧式灯光，每层都只有寥寥几张沙发桌子，里面只提供高档洋酒和香烟。

山西老板付出的这笔钱现在就在黄文丰手里，这里面包括了购买组织总部的楼房的钱，还有慈善基金的第一笔款项。搬进那栋新区的楼房后，我和黄文丰一致商议着把那笔款项先用来创业，这样一来他们黄家又多了一份事业，二来以后会有源源不断的资金投入到慈善组织里去，这样也使得其他企业家更有信心投资给我们的慈善组织。

当时那是一笔不小的钱，其实我们想干什么都可以，但黄文丰还是复制了他爸的经历，把机械钟表当成了自己创业的初始。我们依旧是在那栋楼房里工作，2 年后开始把第一笔盈利而来的资金投入了慈善组织，并且正式把我们这个主题是绝症救援的慈善组织推进了人们的视野。

组织的运营数额正在逐步上升的时候，黄文丰独自去上海考察了一趟，认为那里是个金主多的地方，数月后在徐汇区的一家大饭店举行了一次慈善关注者见面会，还邀请了很多媒体前来。会上我作为主办方的合伙人之一做了一次不知所云的演讲，一被镜头对准就思路全无，完全凭自己的感受讲了一些重症绝症给一个人、一个家庭会打来怎样致命的创伤。下来以后就是和各个老板们碰杯聊天，他们纷纷表示自己也是贫寒百姓出身，创业之路十分艰难，如今有了这样的成绩需常怀感恩之心，念念不忘回馈社会。其实我也不知道这次见面会对我们的慈善组织有多大影响，但愿那些大老板们的感言都是发自肺腑的。

这是我第一次走出省城新建的机场，外头淅淅沥沥的秋雨把天空点缀得灰蒙蒙的，巨大的落地窗玻璃被水雾渲染模糊，雨帘笼罩着来往的一切行人车辆，一出了机场雨点声就变得清晰起来了。

在机场外我们坐上了一台的士，往市区行驶的时候，黄文丰拍了拍坐垫对我说：“你现在开的车就是跟这个一模一样的吧。”

“好像是吧。”

“那就先别回公司了，咱俩看车去。”

我和黄文丰在几家车行前纠结了半天，终于搞清楚了一汽大众和上海大众不是一个概念。我看上了圆鼓鼓的帕萨特，一个月后把它开回了家。曾经我开着夏利上街自我感觉良好到天上，几年过去后我开着帕萨特上下班，发现街上前后左右都是比我好的轿车。

几年前省城在修建机场的同时也修建好了国道，通往各个下级市都有笔直平坦的柏油马路，从前从秋港到省城的长途客车几乎无人问津。车子刚过了磨合期后，我把它开上了国道。行驶到路途中已近午夜，黑暗的路面上只有依次出现的昏黄路灯为司机指明远方的道路，我几乎察觉不到速度有多快，只能根据前面稀疏的车灯来控制油门。当时买车的时候一时冲动给它选装了导航，可那个年代的车载导航仪技术并不成熟，没给你往反方向指算是仁慈的了，好几次和黄文丰约好一起去见重要的客户和慈善家，都因为它胡乱指路迟到，害得先到的黄文丰吓出一身冷汗以为我放他鸽子。后来我终于养成了自己认路的好习惯，但一上车还是习惯性地打开它。今天它在高速上干脆连卫星都检测不到了，我只好关掉它，摁下了音乐播放器的启动键，等待几秒的缓冲。

……只求望一望　让爱火永远地高烧
青春请你归来　再伴我一会

若果他朝此生不可与你　那管生命是无奈
过去也曾尽诉　往日心里爱的声音
就像隔世人期望重拾当天的一切
此世短暂转身步过　萧刹了的空间
只求望一望　让爱火……

不幸的是，我的车被一个小姑娘开着小型奔驰从右后方撞了上来，幸运的是，人还能走，车还能开。我希望用交通法说服她，用钱打动她，只求简单了结此事让我尽快离开。可她在考虑的过程中交警不期而至，我们只能接受全程正规处理。

处理完之后已经是后半夜了，交警到办事处来找到我们，把车钥匙还给我们，对我们说：“我简单说一下，我国交通法规定，从辅道进入主道的车辆原则上是要让主道的，而这位女士你走的是辅道，所以这次事故你全责。”

“那接下来怎么办？”小姑娘问。

交警说：“你们只能等了，等到这位先生的车的品牌的

4S 店开门，让店里估个维修价格，你赔给他。”

“算了，不用了。”我说。

“为什么？”小姑娘和交警都问。

“等不及了。”

“先生，慢着。”小姑娘在办事处门口把我拦下，说，“很抱歉耽误了您那么久，但请允许我再耽误您几分钟。从小到大我的家庭就教育我做错了事情一定要负责，您不能等我可以等，我给您的车尾拍几张照片，拿到 4S 店给他们看，让他们估价，您随便写给我一个您的银行卡号，我到时候把修车的钱打给您。”

我到达监狱以后，它的门厅里只坐了 2 个值夜班的警察，高阳光孤零零地坐在长椅上，已经把头埋进领口里打起盹了。

我摇醒他，带着他走出了铁门。出门后他环视了我的车一眼，说：“你也忒不够意思了，8 年不见今儿就开个尾巴都凹了的破车来接我。”

“进去吧。”我为他拉开车门，“进去就看不到尾巴了。”

在城郊绕了几条岔路后找到了窨垄高速的入口，路上空旷无垠，但有了刚才的阴影，我不敢把车开快。我问高阳光：“当时不是说只有 5 年吗，怎么又增到 8 年了。”

高阳光说：“就在 3 年前，即将释放的前一个星期，恰逢放风时间，我们在操场上玩一种丢球的游戏。我们监区来了个新人，和另一伙人正在玩儿，那伙人突然要他平躺到地板上。你知道在监狱里面这就相当于命令，他只能服从照做了。那伙人把他的手脚摁住，一个男的骑到他胸口上，拿出一个不知从哪儿偷来的小起子，直接对准了他的喉管。别以为他们不是来真的，法律能给人的刑罚会有个上限，当一个人的罪重到了一定程度，是否再犯对他来说是没有区别的。”

“阳光哥，我不太明白。”

“罢了，这也不是学术上的说法，是我这些年在里面看到听到总结的。总之当时的情况就是这样，我不出手，他就会死。你知道我会怎么做的。我过去打了那个骑在他身上的人，之后跟其余几个人互相殴打。当天晚上，我就因聚众闹事取消改判提前的一年，同时再追加 3 年。”

“我想告诉你一件事。我想了很久，现在这个时机告诉你是否恰当，但我觉得还是应该现在告诉你。”

“说。”

“宋叔叔过世了。”

我看到他那余温尚存的眼睛霎时间消褪了残留的光泽，变成了两个阴沉寒冷的黑洞，就如同一部电影已经走完了最后一个高潮，剩下的只是无关紧要的延续，而这时银幕的电源被人一下切断。

“是因为什么呢？”他问。

“他的肝被切掉了三分之二，之后身体没有得到妥善护理，那三分之一又发生了严重的病毒感染。”

我从高速的第二个出口拐了下去。宽敞静谧的公墓里晨雾迷蒙，我们沿着整齐划一的墓碑挨个儿查看，好不容易才找到宋叔叔的墓。高阳光在坟前半跪下来，没有哭，只是许久后才仰起头看着天空，深深地叹了一口气。

黎明时分我们在沿途看见了一家招待所，高阳光进去洗了脸梳了头发，把胡子打理好，天亮以后在城里的服装城让我给他选了一件新的外套。然后我们径直开车到了环监局门口。

赵新璐和一个男人推着单车慢步走过来，那个男人比她大太多了，已然头发花白脊柱弯曲，高阳光看了一眼告诉我，这个男的就是赵新璐他爹当年那个司机。他对她轻声交代几句，挥手告别。

赵新璐完全走进单位后，我下车叫住这个男的，邀请他上车聊几句。他刚开始还有点儿戒备，后来我递给他我的名片，跟他说车上有个人是多年前跟他有过一面之交的，他才犹犹豫豫地上来。

高阳光跟他简单交流几句后，他就明白了他是谁。好在他们很默契地都没有问彼此这些年的境况。高阳光想和他互换个联系方式，才发现自己刚出狱根本没有任何联系方式，这个男的倒是很客气地把自己家的电话写给了高阳光，临走的时候说有空来家里坐坐。

半年后高阳光和赵新璐在一家饭馆见了一次面，那次他说务必要我陪他一起去。这么多年他确实有些改变，从前他喜欢从彪悍和独断中寻找勇气，现在他只能在犹豫和依赖中求得安心。

那次在桌子边赵新璐告诉我们，当年那次事情，胡冬远的确被栽上了不属于他的罪名。他在行为上确实对上了裁决的条例，但他思想上没有任何概念，都是他爹安排他干什么，他就干什么，得到的钱财也以为是应得的报酬。海外的成长经历让他性格里有着骄横的成分，从未正视国内环境的影响力，认为自己永远可以掌控全局。一旦事情超出自己想象的范围，身心立马掉入崩溃和癫狂的深渊。她说，她始终不相信她爸爸是个坏人，只恨他爸爸平时对家庭和身边人的慈爱和宽厚无法用物质记录下来。哪怕如今她也不明白她爸爸为什么要去做那样的事。也许，一个人一旦被贴上罪恶的标签，就没有人会注意他身上一如既往的善良。

她爸爸的司机也失业了，再也开不上小轿车了。他时不时去她住的那个小地方看她，给她带一些瓜果蔬菜和生活用品。他去了若干次后，赵新璐跟她说：“小叔叔，你要是没有不乐意的话，你就娶我做老婆吧。”

他忙说：“没有没有，只是以后陪你一起去牢里看老书记的时候，我怕他看了会心寒。”

她说："那你就对我好一点啊。"

婚后她把小房子退回给了单位，跟司机一起搬到了他新买的一处一房一厅，直至现在。

16
人生中某种不可或缺的东西

我们的慈善机构每年的处理数额都有所增加，我和黄文丰的机械钟表厂业绩也稳步上升。我和黄文丰有一份只有我们俩看得到的表格，上面写了十几条我们的事业未来的目标，实现了的就打个勾，无法实现的就打个叉。这张表上面现在有很多个勾，也有很多个叉，但我们为此已经倍感欣慰并对前途充满希望。颜苹的家人给她找了个男人——发改委档案处的一个秘书，年龄般配，省城户口，随时可以结婚，我跟她在我们第一次下的馆子里吃了顿饭就分手了。我把那台夏利送给了她，她说没理由接受我的东西，我说这坨废铁值不了几个钱的，能不能从这里开到你的新家还不一定，主要是留个念想。黄文丰在一次私人聚会上遇到了一个拍杂志的模特，两人相聊甚欢，要知道他跟我在一起都不曾这么敞开心扉。黄文丰这些年成熟后五官越发纤毫分明，在会场黯淡的灯光下总是若隐若现地看到黄大地的影子。她那时还不知道他的职业，毫无保留地向他分析了他相貌的美术价值，力邀他下次有机会一起合拍杂志封面。黄文丰回去后向我反复重申他对她丝毫没有动心，只是在朋友关系的基点上找到了知音。之后他三番五次地旷班，半年后直接把结婚证丢到了我的桌上。

这几年我一直在断断续续地搜寻关于小朱哥哥的线索，但它们都太零碎了，不具备生命力，被我存储一二便不见踪影。他们家原来住的那套房子早已卖给了其他人，之后又经历了拆迁，现在已经完全寻不见曾经的影子。我去了东北的那所工科大学，通过各种渠道找出了他当年的同学，他们都说朱翰杉毕业后就没有跟他们见面了，同学聚会一次都没来参加，只有一个女同学保留了他的一个手机号，这么久了都不知道有没有失效，我尝试着打了过去。

那次我和小朱哥哥是在一家工厂里见面的。他到门口来接我，步行在滑溜溜的地板上举步维艰，他说别怕，这是机床的润滑油。我问他机床的润滑油怎么会流到这个地方，他说前几天厂房里出了个小小的爆炸事故，造成了2吨的润滑油泄露。我忙问他是否安好，他说，我不是在厂房里工作的，我属于厂里的研究人员。厂房后面是一栋办公楼，顶楼被一分为二，左边那间是小朱哥哥所在的集体办公室。我去的时候是周末，里头并没有其他的同事，小朱哥哥的办公桌上堆满了横七竖八的水龙头和铅笔稿纸。他对我说："你看，我的工作就是研发水龙头的。"

我拿起一个被做满了标记的银色水龙头端详半天，他对我说："它进水口和出水口的口径主要取决于水压，它里面和水接触到的部分要使用特殊的防锈材料，我们每天都在研制试验防锈效果更好的材料。它外面的材料就要考虑得更细，首要是美观，其次是手感，抗刮擦，清洁的方便程度等。你们开关水龙头的手柄是在控制里面的一个阀，它要有持久的密封性，不然会漏水，当然它也不能太笨重，不然操作起来就会吃力。”

之后我们坐下来聊，他告诉我：“我们那一届大学毕业以后都分配到了这个厂，但现在只剩下我一个了。他们都觉得在这种地方搞研究看不到未来，有的自己出去找工作了，有的放弃工作继续读研。我没有走是因为我对现状没什么不满，每天能按时上下班，每月有固定的工资就可以了，这些工资我一个人花销已经绰绰有余。再有就是在这里待着比较自由，能完成工作就行了，其他时间也没人管你。”

数年以后我再次联系小朱哥哥，他已经离开了那家工厂。在此之前他已经当上了研究小组的组长，有次递交一个产品的最终设计图，领导未加考虑下达了修改意见。他当即跟领导指出，您超越自己的权限了，专业上的问题您没有资格提意见，如果按您这个方案修改，水龙头是出不了水的。如果您能提出营销或其他方面的质疑，只要您能说出 3 点，当然前提是有足够说服力，我当着您的面撕了这张图。但如果您做不到，抱歉我无法遵循您的意见，今天下午我就把方案交予厂房开工。领导一下子哑口无言，恼羞成怒地用粗言秽语把他驱逐出办公室。

中午 11 点半左右，主管全厂设计的总监召见小朱哥哥。

他跟他说，领导先前已经打电话跟我说了一下你的情况，这样吧，我让厂房把计划开工时间延期一周，你现在手里的设计图还是留着，你按照他的修改意见再做出一份图纸，也别管能不能出水，一周后交给他，到时候还是让厂房按你现在的设计图做，反正他什么也不懂，看不出来的。

小朱哥哥问："还有别的办法么？"

总监说："小朱同志，有时候我真不知道你是真傻还是倔强，上午领导跟我打电话的时候已经有让你走人的意思了，我是出于怜惜有才华的年轻人，欣赏你忠诚专一的态度，才想办法给你搭了个台阶下，你何苦要自求一个头破血流的结果呢。"

小朱哥哥说："这是国营单位，不是他说我走我就得走的。"

总监说："你说的没错，他没办法直接让你走，但他可以有一百种方式让你待不下去。到那时候，你自己辞职还不是早晚的事儿。"

小朱哥哥说："那您认为我现在就辞职如何？"

总监说："你不是在跟我说气话吧？"

小朱哥哥说："不是。"

总监话锋一转，说："那好，以下我跟你说的也不是气话。对于你来说，趁早离开这个地方才是最明智的选择。以你这样的性格，在这种单位待一辈子也是受一辈子的折磨。

现如今社会越来越强调立体化，外面总有个角落让你安身立命，你就去自由生长吧，成才成草都听天由命。”

他与我告别后逗留了半年，坐飞机去了新疆，在她姨妈的果园里做了 2 年帮工。之后他回来了，原因是姐姐帮他在一所中学里找到了一份物理老师的工作，她那时已经是那所中学的教导主任。由于有姐姐的介绍，再加上招聘的人看中他那所大学的毕业证书，他被顺利录用。第一天上课他就跟同学们说，昨晚我通宵翻阅了你们三年的课本，课本上的东西基本上是没意义的。我并不是说知识本身没意义，我的意思是，它没有挖掘出知识的深度，只讲了一些浅显的皮毛，而这些皮毛，学也可以，不学也可以。我知道你们要应付考试，在这点上我不会让你们有所困扰，但我希望在我们处于师生关系的短暂时间里，你们能学到更多对自身真正有帮助的东西，哪怕不是物理。他每天上课净跟学生讲一些社会事务，只有最后五分钟才指导他们学习课本，而每次他们考试成绩平均都有 85 分以上。问题就出在学生们的政治成绩短期内有了显著提高，政治老师无法解释这一现象，暗中介入调查，查出了小朱哥哥的真相。事发后她匆匆跑去找他，对他说，你如果觉得正常教书很为难，你去做图书管理员怎么样。我现在还可以去跟领导说说，让他们不必开除你。小朱哥哥说，算了，你现在日子过得轻松，别再增加一个求情的负担了。反正我也没有特别大的渴望要留在这里，走的那天你来送送我就行了。结果那天，不止姐姐，他的所有学生们都来送他了。他们帮他提着行李，依依不舍地把他送到了车站。

所有人都在以各种各样诚恳或荒诞的姿态在进行着生活，我也是他们中的一员。正当我发觉自己已经被所有人遗忘的时候，乔都在我们公司大门口叫住了我。她现在已经是一家大型外企的总经理了，一口流利的商务英语让我羡慕不已。她的一台高大威武的越野车就停在门外，她说，我带你去我上班的地方看看，你上去交代一下工作吧，我就在车里等你，半个小时够不够。

坐进高高的车厢里很舒服，我们沿着崭新的国道疾驰而过。我们大致参观了一下那家现代化很完善的外企，然后她跟我说："我们找个地方坐一下吧。"

我们在市内繁荣的商业区漫步，找到了一家私人咖啡厅，里面干净整洁，光线正好，色彩简明的壁画让人看了舒心而倦怠。

等待咖啡上来的时候，我问乔都："刘力杰现在还跟你在一起吗？"

她笑笑说："我们俩早就分了，他在我之前的男朋友里面已经不知道排到多后了。"

我愣怔了一下，刚才的笑容还遗留在脸上。她对我说："你是不是觉得我是个轻浮放荡的女人，换男朋友换得特勤？"

我说："没有没有，我一点都不这么觉得，你这么说自己让我心里很过意不去。感情的事情主要还是机缘巧合。我一个不是亲哥哥的哥哥告诉过我，两人相遇后能否相守，共处一天还是陪伴到老，这个是缘分在起作用。还有另外一个客观的原因，你太优秀了，男人跟你在一起要承受更大的压力。"

这时候咖啡端上来了，乔都双手捧起杯子，微微低下头，用鼻尖去接近摩卡浓郁的香气。咖啡的热气润湿了她的脸庞，她抬头看着我，眼睛里依然交织着平静和涌动，只是她没有拨开挡在眼前的头发，她梳直的长发挽在脑后束成一个髻，有着所有职业女性简洁干练的特征。她已经学会了把淡妆化得不露痕迹。如今的乔都已经不是以前那个姑娘了，她掌管着几百号人的饭碗，她和我在一起的时候依然透露着聪明灵巧，但更显而易见的是成熟和大气。

她告诉我，我被学校开除后1年，她和刘力杰考上了不同的大学。只是因为大学所在的城市不同这个不能再简单的原因，他们俩就分手了。她说，她后来明白了一个道理，刘力杰当年追求她时表现出来的决心和毅力，只是出于对完成目标的渴望，当这个目标已经完成，目标本身就不那么重要了。她之所以没有怨恨刘力杰，是因为这是某个层面上的人之常情，这还没有到达爱与不爱那个层面。其实我想说的是，她所说的这些我在刘力杰追她的时候就隐隐感觉到了，只是当时不愿意承认。她说她从来没有不认为刘力杰是个好男人，将来他也会成为一个好丈夫，他和她在一起的那段时间里，他的确兑现了自己的承诺，把最好的都给了她。

晚上她把车开到了市里一个新造的人工湖边，我们在车外靠着车门站着，面对夜色中波光粼粼的湖面，她挽着我的手臂，好几次想把头靠到我的肩膀上，最终都放弃了。我知道我们现在已经不是当年那两个一无所有的高中生了，我们之间已经有了某种看不见的隔阂。

谈起当年她给我写的那些书信，她说，程循，你在我心里一点没变，但是我们已经回不到从前了。我想，她的事业会把她打磨得更加沉稳和理智，她如今是不会再用那种方式来表达感情了。

后来她对我说："抱歉，我有个不情之请，今天晚上你能不能跟我一起过，就陪我度过今晚就好？"

我没有理由拒绝她。如果我拒绝了，那反而证明了我心里有不单纯的东西。

我们最直接的选择就是去宾馆开房，但我总觉得这样就把我们的行为猥琐化了。我和她一起坐进了她的越野车的后排，她枕在我的腿上，微闭双眼，安详得就像一只小鹿。我仰着头靠在座椅上，很快沉沉睡去。

梦里，我又回到了那天开学走上的教学楼，乔都站在走廊上阳光最耀眼的中心，远看因为隔光而朦胧。她在用一个小剪子仔细地剪下枝条上每个部位的树叶，小心翼翼地夹进一个本子里。我拉住身边的刘力杰让他不要去打扰她。

此后的很长一段时间，我才想起去看看高阳光，没想到那时他已经拮据到衣食堪忧的地步。之前他通过一些旧友的关系在一个花圃当保安，不幸头一个星期花圃就失窃了四盆价值不菲的花，其中还有一盆名贵的蓝色妖姬。和他共同值班的另一个保安跑路了，他一个人承担所有的损失，赔光了全部的积蓄。我在他住的小阁楼里踱步良久，后来我想到他是懂机械的，让黄文丰给他安排了一个工作，在我们下属的一个厂里照管 2 台大型柴油发电机。可还是头一个月，厂里就接连出现多次电路全面瘫痪的情况。因为他是黄文丰带来的人，没有人会因此责备他，但他自己辞职了，他的自尊心受不了。

后来我常在想，人生中如果失去了某些特别的物质，是不是皮囊和灵魂会一起被抽空，塌陷，然后再也无法站起来行走，再也无法做成任何事情。再后来听说高阳光为了谋生还是找了一些零零散散的活儿，也不知道他有没有一直干下去，我再也没有听到过他的消息。

我终于还是有机会踏上了新疆的土地，曾经我无法将小朱哥哥向我描述的新疆生活的具体模样套入自己的脑海中，但我现在置身其上了。道路上弥散着黄沙，四周围绕着色彩朴素的自由生长的树木和丛林，凭着双脚一步一步走似乎永远看不到目的地。天空蓝得透亮，把阳光慷慨地铺撒在了一望无际的土地和田野上，驮着包袱的骆驼和马儿脚步缓慢，与汽车同路行走，拐进或拐出一个个花丛掩映、杂草丛生的田园或农场。

根据对小朱哥哥多年前言语的回忆，我搭乘一个疆民的黄牛拉车，漫长奔波后来到了他姨妈姨丈家的果园。那是一栋坐落在草地上的普通的新疆民居。姨丈为我开了门，我向他自我介绍道："您好，我是小朱哥哥的朋友。"

"您好，快请进吧，您是从内地来的吗？"

"是的，我刚下火车就直奔您这儿来了。"

"在火车上熬了那么久挺受罪的吧，我还记得我第一次坐火车来这儿的滋味。"姨丈招呼我在木沙发上坐下，姨妈给我沏了香浓的酥油奶茶。

"还好吧，毕竟现在的火车已经提速了许多。我的计划是坐火车来，预备足够的时间，慢慢欣赏沿途的风景，再坐飞机回去。"

姨丈下颌的胡须已经雪白，纤细的嘴角笑起来分外斯文，厚厚的镜片后是和善的双眼和岁月累积的沉重眼袋。姨妈也坐过来和我们一起拉了会儿家常，然后就被孩子们拽走了。

我对姨丈谈起了他和姨妈动人的爱情故事，天山脚下那次诗情画意的相遇。他笑了，说，我年轻的时候总是喜欢把事实讲成故事。其实，只是两个人，在偶然的任何一个地点，互相看了对方一眼，内心肯定的彼此，然后就走在了一起。

他对我说，翰杉这个孩子，勤恳地生活了这么多年，没有人愿意理解他。他的内心太细密了，他已经习惯用透彻的眼光去直面所有问题，我也不知道这是他的幸运或不幸。按照数学的思维，如果以非此即彼的形式去推究一样事物的意义，那么所有事物都是无意义的，甚至可以说是悲观的、绝望的。他的沉沦，以及在感情上的犹豫、逃避，或多或少都是源于此。话说回来，支撑人活着的其实也是非真实的东西，人往往也是在未知和混沌的时候感觉到快乐。我认为，用常人的观念评判他，这对他并不公平，他所做出的行为和反应在他脑中是必然的结果。不知道他有没有跟你说过，他曾经在我这里住过 2 年，我当时觉得，作为他最亲近的人，也作为一个长辈，我有必要以我的人生经验去对他进行一些启发。但是，每当我看到翰杉那双眼睛，那样锋利和单纯，我就放弃了这个想法，他和所有人一样只应该按照他本来的样子生活，我不能把他变成另外一个人。也许我们作为他最亲近的人，所能对他做的最好的事，就是尊重他的选择。

离开的时候，姨丈坚持要用他的小摩托车送我，果园外崎岖不平的道路上结满了泥巴块子，我的屁股承受了巨大的折磨。路上驮着沉重货物的骆驼依然往来不绝，和煦的风儿带着植物的气息，穿行过街道和林木，消失在森林、湖泊深处。零星顿挫的乐曲常在不经意间响起，维吾尔族少年们自如欢畅地摇曳着身姿。天边蓝得就像洗过一样，那是一种无法形容的蓝，直把人的目光引向宇宙边缘。

返程的航班在夕阳下探入云朵，像是坠入了一片金黄色的无垠空间。当窗外失去所有参照物时，我无法确定自己此刻有多高，有多快。我不想再看窗外，我知道只要再在这里坐上数小时，我一定会准确地降落在指定好的地点。

“哥们儿。”我右边的一名男士拍了下我，从衣兜里掏出一个小瓶子，“我这里有晕机药，我想您可能会需要。”

“谢谢您给我这个，不过我没有晕机。”

“放轻松点儿，这不是什么难为情的事儿，我第一次坐飞机的时候也晕。那飞机还没这个好，两边四个螺旋桨在那儿呼啦啦地转，当然我并没有说您是第一次坐飞机的意思。我只是想说，我懂得这种感觉，简直就想冲到前面去劫机让他……”这时空乘从我们这儿经过，这名男士讲到痛处没能控制住音量，她的眼睛都瞪直了。男士赶紧把脸转开，继续说道：“……让他就地给我降下去。”

我说：“还是谢谢您，不过您真的误会了，我只是在想一些事情。”

那一刻，我突然感觉到我过去的生活是多么虚无和空洞。我从小到大一直想成为的，是一个在某些方面出类拔萃的人，抑或是一个在性格上有美妙吸引力的人，但我都没有成为，我只是一个和无数人一样的普通人。我想到，只有当人认识到自己足够普通的时候，才会虚化掉自我身上高昂的附属特性，把自己的本体还原成一个点，去探寻与周围世界的联系。那时候我们更关注的是这个点线面的组合互动原理，以及在这个组合中，我们的存在会如何去影响对方，影响整体。

小朱哥哥失去教师一职后就再也没有去找工作了。 忘了说了，我们县隔壁县名字叫冬港。 几年前，因为县太小了，市政府把秋港和冬港合并，起名为新港。 就是在那时，小朱哥哥的父母看中了一处新盖的楼盘，恰逢拆迁，老两口花掉卖老房子的钱住进了新家。 这里地段繁华，寓所的外部环境也更加优美。 父母买下的房子面积很大，房间充裕，小朱哥哥现在和二老住在一起，几乎全部的时间都蛰居在自己的房间里。 我每隔一两个月会从省城驱车去看他一次，他依旧和以前一样乐意把自己闭门造车的成果讲给我听，只是他再也不提现在的县的名字了，他荒芜的心灵里对这片家园唯一的喜爱已经破灭。 他最近的兴趣爱好是研究乌龟，乌龟是所有动物中唯一能活过百年的，他深信龟壳上的纹路是通向天地规律的密码。 我向一个老朋友提出想要 2 只海龟时，他爽快地答应了，他是关明。 当年关明辞去了工作，为了写诗采风云游四海，游到了珠江出海口伶仃洋，在那里和当地人学习养鳗技术。 现在他已经是新港海鲜商业的巨头。 他打听了一下我需要乌龟的目的，几天后来电，说他弄到了 2 只刚成年的密西西比红耳龟，物种很有渊源，一定满足小朱哥哥的要求。

这周的最后一场会议刚刚结束，我正在从公司下停车场的路上。缴停车费的时候，我发现皮夹里没有现金了。我翻了翻，里面夹了张不常用的银行卡，但我很快认出了它的银行卡号。停车场对面有一个ATM机，我让收费员等我一会儿，虽然那个小姑娘表示不相信我，但我决定相信她一次。

我带着这次行程需要的钱回到了车里，待会儿我就要去关明那儿取乌龟了。红耳龟是一种金贵的龟种，对环境的要求较高，我不知道能不能把它们活着带进小朱哥哥的房间。